Rivales

# Rivales

# Vi **Keeland**

TRADUCCIÓN DE
Tamara Arteaga y
Yuliss M. Priego

CHIC

Primera edición: junio de 2022
Título original: *The Rivals*

© Vi Keeland, 2020
© de esta traducción, Tamara Arteaga y Yuliss M. Priego, 2022
© de esta edición, Futurbox Project S. L., 2022
Todos los derechos reservados.
Los derechos morales de la autora han sido reconocidos.

Diseño de cubierta: Sommer Stein - Perfect Pear Creative
Modelo de cubierta: Tobias Cameroon
Fotógrafo: Walter Chin
Corrección: Carmen Romero

Publicado por Chic Editorial
C/ Aragó, n.º 287, 2.º 1.ª
08009, Barcelona
www.chiceditorial.com
chic@chiceditorial.com

ISBN: 978-84-17972-75-2
THEMA: FRD
Depósito Legal: B 10939-2022
Preimpresión: Taller de los Libros
Impresión y encuadernación: Liberdúplex
Impreso en España — *Printed in Spain*

*«Ámame u ódiame, ambas me favorecen.*
*Si me amas, siempre estaré en tu corazón…*
*Si me odias, siempre estaré en tu mente».*

Anónimo

# Capítulo 1

## *Sophia*

—¡Espere!

La azafata de tierra estiró la cinta de nailon de un poste al otro y la encajó con un clic para bloquear el acceso a la puerta. Alzó la mirada con el ceño fruncido cuando me vio acercarme a ella a toda velocidad arrastrando la maletita de mano. Había atravesado a la carrera la terminal A hasta llegar a la C y ahora jadeaba como un fumador que se echa dos paquetes al día entre pecho y espalda.

—Siento llegar tarde. ¿Puedo embarcar, por favor?

—La última llamada ha sido hace diez minutos.

—Mi vuelo de conexión ha llegado con retraso y he tenido que venir corriendo desde la terminal internacional. Por favor, tengo que llegar a Nueva York por la mañana y este es el último vuelo.

No parecía muy por la labor, pero yo estaba desesperada.

—Mire —empecé—, el mes pasado me dejó mi novio. Acabo de volver de Londres y mañana a primera hora empiezo a trabajar con mi padre. Nos llevamos a matar. Piensa que no estoy capacitada para el puesto, y probablemente tenga razón, pero necesitaba marcharme de Londres. —Niego con la cabeza—. Por favor, déjeme subir al avión. No puedo llegar tarde el primer día.

El rostro de la mujer se suavizó.

—He conseguido llegar a ser encargada de esta aerolínea en menos de dos años y, aun así, cada vez que veo a mi padre, no me pregunta por el trabajo sino si ya he conocido a un hombre. Déjeme comprobar si las puertas siguen abiertas.

Suspiré de alivio mientras ella se acercaba al mostrador y hacía una llamada. Regresó y abrió la barrera.

—Déjeme ver su tarjeta de embarque.

—¡Es usted la mejor! Muchísimas gracias.

Escaneó el código de la pantalla de mi móvil y me lo devolvió con un guiño.

—Demuéstrele a su padre que está muy equivocado.

Me precipité por el *finger* y embarqué. Mi asiento era el 3B, pero el compartimento superior ya estaba lleno. La azafata de vuelo se aproximó con cara de pocos amigos.

—¿Sabe si hay sitio en otro compartimento? —pregunté.

—Está todo lleno. Tendré que pedir a mis compañeros que le facturen la maleta.

Miré a mi alrededor. Los pasajeros sentados no me quitaban el ojo de encima, como si yo fuera la única culpable de que el avión no hubiese despegado todavía. «Aunque, bueno… quizás sí que lo sea». Suspiré y me obligué a sonreír.

—Maravilloso. Muchas gracias.

La azafata se llevó mi maleta y yo miré al asiento vacío junto al pasillo. Juraría que había reservado el de la ventanilla. Volví a comprobar la tarjeta de embarque y los números sobre los asientos, y me agaché para hablar con la persona con quien iba a compartir el vuelo.

—Eh… disculpe. Creo que ese es mi sitio.

El hombre, inmerso en el *Wall Street Journal,* bajó el periódico. Torció el gesto como si tuviera derecho a sentirse irritado cuando era él quien había ocupado mi asiento. Me llevó unos cuantos segundos levantar la mirada para discernir el resto de su cara. Pero en cuanto lo hice, se me desencajó la mandíbula y el ladronzuelo curvó los labios en una sonrisilla engreída.

Parpadeé varias veces con la esperanza de estar viendo un espejismo.

No.

Ahí seguía.

«Uf».

Negué con la cabeza.

—Será una broma, ¿no?

—Me alegro de verte, Fifí.

No. Ni hablar. Las últimas semanas ya habían sido lo suficientemente horribles. Esto no podía estar pasando.

Weston Lockwood.

De todos los aviones y de todas las malditas personas que hay en el mundo, ¿cómo había tenido la mala pata de acabar sentada junto a él? Debía de tratarse de una broma de mal gusto.

Miré a los lados en busca de un asiento libre. Pero, por supuesto, no había ninguno. La azafata que se había llevado mi maleta con tan pocas ganas apareció de nuevo a mi lado, y ahora estaba incluso más inquieta.

—¿Tiene algún problema? Estamos esperando a que tome asiento para alejarnos de la puerta de embarque.

—Sí. No puedo sentarme aquí. ¿Hay algún otro asiento libre?

La mujer colocó los brazos en jarras.

—Este es el único asiento disponible. Haga el favor de sentarse, señora.

—Pero…

—Voy a tener que llamar a seguridad si no toma asiento.

Desvié la mirada a Weston y el capullo tuvo la audacia de sonreír.

—Levántate. —Lo fulminé con la mirada—. Al menos quiero el asiento en ventanilla que tengo reservado.

Weston miró a la azafata y le regaló una sonrisa deslumbrante.

—Lleva coladita por mis huesos desde primaria. Esta es su forma de demostrarlo. —Guiñó un ojo mientras se ponía en pie y extendía el brazo—. Quédate con el asiento.

11

Lo fulminé con tantísima intensidad que mis ojos se asemejaban a dos rayitas negras.

—Quítate de en medio. —Traté de pasar junto a él sin que nos rozáramos y ocupé mi asiento junto a la ventana. Resoplando, coloqué el bolso bajo el asiento delantero y me abroché el cinturón.

Inmediatamente después, la azafata empezó a recitar por los altavoces todas las medidas de seguridad y el avión se alejó de la terminal poco a poco.

El capullo que estaba sentado a mi lado se inclinó hacia mí.

—Te veo bien, Fi. ¿Cuánto tiempo ha pasado?

Suspiré.

—Obviamente, no el suficiente, porque estás sentado a mi lado ahora mismo.

Weston sonrió.

—Sigues fingiendo que no te intereso, ¿eh?

Puse los ojos en blanco.

—Ya veo que sigues soñando.

Por desgracia, cuando mis ojos regresaron a su posición habitual, no pude evitar escrutar al hombre que me había pasado toda la vida despreciando. Cómo no, el capullo se había vuelto incluso más guapo. Weston Lockwood había sido guapísimo de adolescente. Eso era innegable. Pero es que el hombre sentado a mi lado estaba como un auténtico tren. Tenía una mandíbula cuadrada y masculina, una nariz afilada y romántica y unos ojos arrolladores, grandes y azules del color de un glaciar de Alaska. Exhibía una piel bronceada y unas pequeñas patas de gallo alrededor de los ojos que (a saber por qué) me resultaban de lo más sensuales. Lo que parecía una barba de un día rodeaba sus labios y a su cabello oscuro tampoco le habría venido mal un corte de pelo. Pero en vez de delatar una apariencia descuidada, el estilo de Weston Lockwood gritaba «que te jodan» al mundo corporativo de los peinados rectos y engominados. En definitiva, no era mi tipo ideal. Y, aun así, mientras contemplaba a aquel imbécil, me pregunté si alguna vez me había atraído alguien que se correspondiera con mi tipo ideal.

Qué pena que fuera un capullo. «Y un Lockwood». Aunque esas dos afirmaciones eran redundantes, porque ser un Lockwood te convertía automáticamente en un capullo.

Me obligué a fijar la mirada en el asiento de delante, aunque sentía los ojos de Weston en mi cara. Al final, me resultó tan difícil ignorarlo que resoplé y me giré de nuevo hacia él.

—¿Te vas a pasar todo el vuelo mirándome o qué?

Su labio superior se crispó.

—Puede. Las vistas no están nada mal.

Negué con la cabeza.

—Duérmete. Tengo que trabajar. —Alargué el brazo bajo el asiento de delante y saqué el bolso. Mi plan había sido investigar sobre el hotel The Countess durante el vuelo. Pero enseguida me di cuenta de que no tenía el portátil en el bolso. Lo había metido en el bolsillo exterior de la maleta de mano, porque había supuesto que la llevaría conmigo en cabina. «Genial». Ahora mi portátil estaba facturado en la bodega. ¿Qué posibilidades había de que siguiera de una pieza cuando llegáramos, si es que seguía siquiera en la maleta, claro está? ¿Y qué narices iba a hacer ahora en el avión para pasar el rato? Eso sin mencionar que la reunión con los abogados del The Countess era mañana por la mañana y no estaba ni de lejos preparada. Ahora tendría que quedarme toda la noche despierta estudiando los materiales cuando por fin llegara al hotel.

«Fantástico».

Fabuloso, vaya.

En vez de entrar en pánico, que sería mi típico *modus operandi*, decidí dormir para recuperar el sueño del que me privaría esa noche. Así que cerré los ojos e intenté descansar mientras el avión despegaba. Pero pensar en el hombre sentado a mi lado me impedía relajarme.

Por Dios, no lo soportaba.

Mi familia odiaba a la suya.

Desde que tenía uso de razón, siempre habíamos sido los Hatfield y los McCoy. El enfrentamiento de nuestras familias se remontaba a nuestros abuelos. Aunque, durante la mayor parte de mi infancia, ambos habíamos frecuentado los mismos círculos sociales. Weston y yo asistimos a los mismos colegios privados, nos veíamos a menudo en galas benéficas o eventos sociales y hasta teníamos amigos en común. Nuestras casas familiares en el Upper West Side apenas estaban a unas cuantas manzanas. Pero, al igual que nuestros padres y abuelos, manteníamos tanta distancia entre nosotros como nos fuera posible.

Bueno, excepto aquella única vez.

Aquella noche en la que cometí un error gigantesco y horrible.

Por norma general, siempre fingía que no había pasado.

Por norma general…

Pero muy de vez en cuando…

Muy de higos a brevas…

Pensaba en ello.

No a menudo.

Pero cuando lo hacía…

«Olvídalo». Respiré hondo y desterré esos pensamientos de mi mente.

Era lo último en lo que tendría que estar pensando en este momento.

Pero ¿por qué estaba sentado a mi lado, a ver?

Por lo que tenía entendido, Weston vivía en Las Vegas. Se ocupaba de los hoteles de su familia en toda el área sudoeste; aunque tampoco es que le hubiera seguido la pista ni nada.

Pero, bueno, ¿qué posibilidades había de encontrármelo camino a Nueva York? Habían pasado seis años desde la última vez que había estado en la costa este. Y, aun así, aquí estábamos, sentados el uno junto al otro, en el mismo vuelo, a la misma hora.

¡Ay!

«Mierda».

Abrí los ojos de golpe.

No podía ser.

Por favor, Dios mío. Que no fuera eso.

Me giré hacia Weston.

—Espera un momento. ¿Por qué vas a Nueva York?

Él sonrió.

—A ver si lo adivinas.

Seguía sin querer creérmelo, así que me aferré a la esperanza.

—¿Para… visitar a la familia?

Negó con la cabeza sin dejar de sonreír con arrogancia.

—¿Para hacer turismo?

—No.

Cerré los ojos y hundí los hombros.

—Tu familia te ha puesto al mando de la gestión del The Countess, ¿verdad?

Weston aguardó hasta que volví a abrir los ojos para asestarme el golpe mortal.

—Parece que tendremos que seguir viéndonos después de este vuelo tan corto.

# Capítulo 2

## *Sophia*

—No es por ahí, Fifí.

En cuanto salí del ascensor en la cuarta planta, me saludó el mismísimo Don Perfecto.

—Déjame en paz, Lockwood.

Se metió en el ascensor del que yo acababa de salir, pero pulsó un botón y evitó que las puertas se cerraran. Se encogió de hombros antes de contestar:

—Allá tú, pero no hay nadie en la sala de juntas 420.

Me volví.

—¿Y eso?

—Han trasladado las reuniones al despacho del abogado del hotel. En el centro, en el edificio Flatiron.

Resoplé.

—¿Te estás quedando conmigo? Nadie me ha avisado. ¿Por qué han cambiado de sitio?

—Ni idea. Supongo que nos enteraremos al llegar. —Weston soltó el botón del panel y retrocedió un paso—. Me marcho. ¿Vienes o qué? No piensan retrasar la hora y el tráfico va a ser horrible.

Miré hacia la sala de juntas por encima del hombro. No había nadie. Suspiré y volví al ascensor. Weston se hallaba detrás de mí, pero en cuanto las puertas se cerraron, dio un paso hacia delante.

—¿Qué haces?

—Nada.

—Pues échate hacia atrás. No te acerques tanto.

Weston soltó una risilla, pero ni se inmutó. Me repateaba ser tan consciente de lo bien que olía; a una mezcla de roble y limpio, con un toque de cuero. El ascensor ya podía darse más prisa. Salí en cuanto se abrieron las malditas puertas. Me apresuré a cruzar el vestíbulo en dirección a la entrada sin mirar atrás.

Cuarenta minutos más tarde y, tras un trayecto en taxi que apenas avanzó media calle en diez minutos, seguido de dos sofocantes viajes en metro (el segundo aderezado de un olor a pis reciente), llegué corriendo al vestíbulo del edificio Flatiron.

—¿Me puede decir en qué planta está Barton y Fields, por favor? —pregunté al recepcionista.

—En la quinta. —Señaló hacia una larga cola—. Pero uno de los ascensores se ha averiado.

Ya llegaba tarde, así que no tenía tiempo para estar esperando. Suspiré y pregunté al guardia:

—¿Dónde están las escaleras?

Tras ascender cinco largos pisos de escaleras con tacones de diez centímetros, mientras cargaba con un maletín de cuero lleno de documentos, llegué a las puertas dobles de cristal del bufete de abogados del hotel The Countess. La recepcionista estaba atendiendo a alguien y había dos personas más esperando por delante de mí, así que comprobé la hora en el móvil. Esperaba que no hubieran empezado la reunión con puntualidad después de haber cambiado el lugar sin avisar siquiera. Aunque ¿cómo podrían haberlo hecho? Seguro que Weston también había tardado en llegar. Cuando por fin llegó mi turno, me acerqué a la recepcionista.

—Hola, soy Sophia Sterling. Tengo una reunión con Elizabeth Barton.

La recepcionista negó con la cabeza.

—La señorita Barton está fuera, en una reunión. ¿A qué hora tenía cita con ella?

—Lo cierto es que al principio se había concertado la reunión en el The Countess, pero la han cambiado aquí.

La mujer frunció el ceño.

—Cuando he llegado la he visto marcharse, pero deje que lo compruebe. Tal vez haya vuelto mientras he ido a por café. —Tecleó y escuchó algo por el auricular antes de quitárselo—. No contesta. Voy a mirar en su despacho y en la sala de juntas.

Unos minutos más tarde, otra mujer trajeada salió de la parte de atrás junto con la recepcionista.

—Hola, soy Serena, la pasante de la señorita Barton. La reunión es hoy, pero no aquí, sino en el The Countess. En la sala 420.

—Vengo de allí. Al principio se había concertado en el The Countess, pero se ha movido aquí.

La mujer sacudió la cabeza.

—Lo siento. La persona con la que ha hablado le ha dado una información incorrecta. Acabo de llamar a Elizabeth al móvil y ella misma me lo ha confirmado. La reunión de las nueve de la mañana ha empezado hace casi una hora.

Sentí que me empezaba a subir el calor desde los pies hasta la coronilla. «Voy a matar al capullo de Weston».

—Siento muchísimo el retraso —dije al entrar.

La mujer que presidía la sala de juntas, que supuse que era Elizabeth Barton, la abogada del The Countess, miró el reloj con expresión severa.

—Tal vez alguien que sí haya sido puntual sea lo bastante amable como para informarla de lo que se ha perdido. —Se levantó—. Nos tomaremos un descanso de diez minutos y a la vuelta contestaré a sus preguntas, si es que tiene alguna.

Weston sonrió.

—Estaré encantado de poner al día a la señorita Sterling.

La abogada le dio las gracias. Se marchó junto a otros dos hombres que no había visto nunca y me dejaron a solas con él.

Necesité toda mi compostura para no armar un escándalo, o al menos contenerme hasta que se hubiese ido todo el mundo. Weston se levantó, como si también fuera a tomarse un descanso e irse de rositas de la sala.

«Y una mierda».

Bloqueé la puerta para que no pudiese salir.

—¡Cabrón!

Weston se abotonó la chaqueta con una sonrisa petulante.

—¿Es que no te lo enseñaron en Wharton, Fifi? En el amor y en la guerra todo vale.

—¡Deja de llamarme así!

Weston se sacudió unas pelusas imaginarias de una de las mangas de su carísimo traje.

—¿Quieres que te cuente lo que te has perdido?

—Pues claro, imbécil. No he estado aquí por tu culpa.

—Lo haré —Entrelazó las manos y se miró las uñas—… mientras cenamos.

—No pienso cenar contigo.

—¿No?

—¡No!

Se encogió de hombros.

—Tú misma. Intentaba ser un caballero. Pero si quieres que vayamos directamente a mi *suite*, también me parece bien.

Me reí.

—Tú alucinas.

Se inclinó hacia delante. Como le estaba cortando el paso, no tenía forma de alejarme. Y no pensaba darle la satisfacción de encogerme para escabullirme de él, así que me mantuve firme mientras el idiota, que olía deliciosamente bien, acercaba los labios a mi oreja.

—Sé que te acuerdas de lo bien que lo pasamos. Fue el mejor polvo que he echado en mi vida con alguien que no me soporta.

Le respondí entre dientes.

—Seguro que de esos has tenido muchos. A nadie en su sano juicio le caerías bien.

Echó la cabeza hacia atrás y me guiñó el ojo.

—No sueltes ese cabreo, nos vendrá bien después.

Para cuando dieron las ocho de esa misma tarde, ya estaba más que lista para empezar a beber. Menudo día interminable.

—¿Puedo pedir comida aquí o tengo que coger mesa? —pregunté al camarero del restaurante del hotel.

—Puede pedir en la barra. Voy a traerle la carta.

Se fue y tomé asiento en un taburete. Saqué un bloc de notas del bolso gigante y empecé a anotar todo lo que mi padre me había dicho en los últimos veinte minutos. Y lo de «decir» era un eufemismo. Más bien me había gritado desde el momento en que había cogido el teléfono. Ni siquiera me había saludado; había ido directo a la reprimenda, a berrear pregunta tras pregunta. Si había hecho tal o cual cosa, pero sin darme la oportunidad siquiera de intervenir.

Mi padre aborrecía que el abuelo me hubiese dejado la gestión del The Countess. Seguro que habría preferido que mi hermanastro, Spencer, se hubiera hecho cargo. No porque fuera competente (cuando se dona una cantidad ingente de dinero a una universidad de la Ivy League, resulta que milagrosamente dejan entrar a cualquiera), sino porque Spencer era su títere.

Así que, cuando vi la llamada de Scarlett, dejé el bolígrafo en la barra para tomarme un más que merecido descanso.

—¿No es la una de la mañana allí? —pregunté.

—Pues sí y estoy hecha una piltrafa.

Sonreí. Mi mejor amiga, Scarlett, era británica hasta los huesos y me encantaban el acento y las palabras que usaba.

—No sabes la falta que me hacía escuchar hoy ese acento tuyo tan terrible.

—¿Terrible? Hablo como la reina de Inglaterra, querida. Tú usas el inglés de Queens, que es como un vecindario espantoso entre Manhattan y Tall Island.

—Es Long Island, no Tall.

—Da igual.

Me reí.

—¿Cómo estás?

—Bueno, en el trabajo hemos contratado a una empleada nueva y creía que podría sustituirte como mi única amiga. Pero fuimos a ver una peli el fin de semana pasado y se puso unos *leggings* con los que se le marcaba todo el tanga.

Sacudí la cabeza con una sonrisa.

—Ay, madre. Qué mal.

Scarlett trabajaba en el mundo de la moda y tenía tal carácter que hacía que Anna Wintour pareciera tolerante.

—Admitámoslo, soy irreemplazable.

—Sí que lo eres. Y, dime, ¿te has aburrido ya de Nueva York y has decidido volver a Londres?

Me reí.

—Apenas hace veintiséis horas que me he ido.

—¿Qué tal el trabajo nuevo?

—Pues el primer día he llegado tarde a una reunión con la abogada del hotel porque el representante de la familia propietaria de la otra parte del hotel me la ha jugado.

—Hablas de la familia del hombre que hace cincuenta años se tiraba a la propietaria del hotel al mismo tiempo que tu abuelo, ¿no?

Solté una carcajada.

—Sí.

Aunque la situación era un pelín más complicada, no le faltaba razón. Hacía cincuenta años, mi abuelo, August Sterling, abrió un hotel con sus dos mejores amigos, Oliver Lockwood y Grace Copeland. La cosa es que mi abuelo se enamoró de Grace y se comprometieron en Año Nuevo. El día de la boda, Grace llegó al altar y le dijo a mi abuelo que no podía casarse con él. También le confesó que estaba enamorada de Oliver Lockwood. Amaba a ambos y se negaba a casarse con uno de ellos porque el matrimonio implicaba entregar el corazón a un solo hombre y el suyo no le pertenecía a una única persona.

Ambos hombres se pelearon por ella durante años, pero, al final, ninguno consiguió arrebatarle al otro la otra mitad del corazón de Grace, así que tomaron caminos distintos. Mientras que Grace se centró en conservar un único hotel de lujo en lugar de abrir una cadena, mi abuelo y Oliver Lockwood se convirtieron en rivales y pasaron el resto de sus vidas construyendo imperios hoteleros e intentando superar al otro. Los tres alcanzaron un éxito impresionante. Las familias Lockwood y Sterling se convirtieron en las propietarias de los imperios hoteleros más grandes de Estados Unidos. Y, a pesar de que Grace solo fue propietaria de uno, el que abrieron entre los tres, The Countess, que contaba con unas vistas maravillosas a Central Park, llegó a ser uno de los hoteles más reconocidos del mundo. Rivalizaba con el Four Seasons y el Plaza.

Hacía tres semanas, Grace había fallecido tras una larga batalla contra el cáncer y mi familia había descubierto que, sorprendentemente, la antigua hotelera había legado el cuarenta y nueve por ciento del The Countess a mi abuelo y otro porcentaje idéntico a Oliver Lockwood. El dos por ciento restante había ido a parar a una organización benéfica, que subastaría ese porcentaje a la familia mejor postora, lo que implicaría convertirse en el poseedor del cincuenta y un por ciento de las acciones y, por tanto, en el accionista mayoritario del hotel.

Grace Copeland no se casó nunca y me da la impresión de que su última voluntad fue una especie de tragedia griega; supongo que a la gente de a pie le parecería una locura legar un hotel que valía cientos de millones de dólares a dos hombres con los que llevaba cincuenta años sin hablar.

—Tu familia está como una cabra —me dijo Scarlett—, pero eso ya lo sabías, ¿no?

Me reí.

—La verdad es que sí.

Hablamos un poco más de su última cita y sobre dónde pensaba ir de vacaciones antes de que lanzara un suspiro.

—La verdad es que te llamaba porque tengo noticias. ¿Dónde estás?

—En un hotel. Más bien en el The Countess, el hotel del que mi familia posee ahora una parte. ¿Por?

—¿Tienes alcohol en la habitación?

Fruncí el ceño.

—Seguro, pero no estoy allí, sino en el bar de abajo. ¿Qué pasa?

—Vas a necesitarlo después de lo que tengo que contarte.

—¿Qué me vas a contar?

—Es sobre Liam.

Liam era mi ex, un dramaturgo del oeste de Londres. Habíamos roto hacía un mes. Aunque sabía que era lo mejor, oír su nombre todavía me dolía.

—¿Qué pasa con él?

—Lo he visto hoy.

—Vale.

—Metiéndole la lengua hasta la garganta a Marielle.

—¿Marielle? ¿Qué Marielle?

—Creo que solo conocemos a una.

«No puede ser verdad».

—¿Te refieres a mi prima Marielle?

—La misma. Menuda imbécil…

Me subió la bilis por la garganta. ¿Cómo había podido mi prima hacerme algo así? Habíamos estrechado la relación mientras había vivido en Londres.

—Eso no es lo peor.

—¿Hay algo peor?

—Le he preguntado a una amiga en común cuánto tiempo llevan acostándose y me ha dicho que casi medio año.

Me entraron ganas de vomitar. Hacía unos tres o cuatro meses, cuando las cosas con Liam habían empezado a torcerse, encontré una gabardina Burberry roja en el asiento trasero de su coche y él me dijo que era de su hermana. Por aquel entonces carecía de motivos para sospechar, pero era cierto que Marielle tenía una gabardina roja.

Por lo visto, me quedé callada bastante rato.

—¿Sigues ahí? —preguntó Scarlett.

Lancé un suspiro profundo.

—Sí, sigo aquí.

—Lo siento, cariño. He pensado que deberías saberlo para que no le pongas buena cara a esa zorra.

—Gracias por contármelo.

—Ya sabes que siempre estaré ahí.

Esbocé una sonrisa triste.

—Ya. Gracias, Scarlett.

—Pero también tengo una buena noticia.

No creía que nada pudiera animarme después de lo que me acababa de contar.

—¿Cuál?

—He despedido a una de mis jefas editoriales. Me enteré de que se había negado a escribir sobre ciertos diseñadores por temas raciales.

—¿Esa es la buena noticia?

—No. La buena noticia es que tenía un montón de cosas organizadas y ahora voy a tener que trabajar una barbaridad para poder hacerlo todo.

—Creo que no has pillado el concepto de lo que significa una buena noticia, Scarlett.

—¿No te he dicho que una de las cosas de las que me tendré que ocupar es cubrir un desfile de moda en Nueva York dentro de dos semanas?

Sonreí.

—¡Vienes a Nueva York!

—Pues sí. Así que resérvame una habitación en ese hotel carísimo del que tu abuelo es copropietario. Te mandaré un correo con las fechas.

Después de colgar, el camarero me trajo la carta.

—Póngame un cóctel de vodka con zumo de arándanos, por favor.

—Enseguida.

Cuando volvió para tomarme nota, pedí una ensalada sin pensármelo siquiera. Sin embargo, antes de que se fuera, lo detuve.

—¡Espere! ¿Puedo cambiar el pedido?

—Claro, ¿qué quiere?

«A la mierda las calorías».

—Una hamburguesa con queso. Y beicon, si tiene. De acompañamiento, ensalada de repollo. Y patatas fritas.

El camarero me sonrió.

—¿Un mal día?

Asentí.

—Y no deje de traerme copas.

Me bebí el vodka con zumo de arándanos como si nada. Sentada en la barra, hojeando lo que mi padre me había dicho mientras pensaba en mi prima Marielle tirándose a Liam a mis espaldas, empecé a cabrearme. Lo primero que había sentido cuando Scarlett me lo había contado había sido dolor, pero entre el primer vodka y el segundo, aquello pasó a convertirse en rabia.

«Mi padre puede irse a la mierda».

«Trabajo para mi abuelo. Igual que él».

«Las extensiones de Marielle son horrorosas y tiene una voz nasal y de pito».

«Que le den».

¿Y a Liam? «A él que le den todavía más». Había malgastado un año y medio de mi vida con una copia barata de Arthur Miller con chaqueta de punto. ¿Sabéis qué? Sus obras eran malas. Pretenciosas, igual que él.

Me trinqué un cuarto del segundo vodka de un trago. Al menos, las cosas no podían empeorar más. Supongo que eso era lo bueno.

Aunque había hablado demasiado rápido.

Sí que podían ir a peor.

Y así fue.

Weston Lockwood plantó el culo en el taburete contiguo al mío.

—Vaya. Hola, Fifi.

—¿Qué tal estos últimos doce años?

Weston pidió una tónica con limón y se sentó de cara a mí, a pesar de que yo seguía mirando hacia el frente, ignorándolo.

—Déjame en paz, Lockwood.

—A mí me ha ido bastante bien, gracias por preguntar. Después del instituto fui a Harvard, aunque seguro que eso ya lo sabías. Estudié un máster en Administración de Empresas en Columbia y después empecé a trabajar en la empresa familiar. Ahora soy el vicepresidente.

—Vaya, ¿debería sorprenderme que hayas llegado a un puesto tan elevado gracias al nepotismo?

Él sonrió.

—Para nada, hay otras cosas de las que sorprenderse. Me has visto desnudo y seguro que no lo has olvidado, ¿a que no, Fi? Mi cuerpo se ha desarrollado bastante bien desde los dieciocho. Cuando quieras, volvemos a mi habitación y te dejo que lo compruebes con tus propios ojos.

Me giré hacia él con una mueca.

—Creo que no eres consciente de lo que ha pasado durante estos últimos doce años. No me cabe duda de que sufriste algún tipo de traumatismo en la cabeza que te hace vivir en un mundo de fantasía, incapaz de percibir lo que sentimos los humanos.

El muy capullo no dejaba de sonreír.

—Se suele decir que los que más se quejan son los que intentan ocultar lo que sienten de verdad.

Gruñí en señal de frustración.

El camarero se acercó y dejó sobre la barra la comida que había pedido.

—¿Quiere algo más?

—Repelente contra las cucarachas que hay por aquí.

Miró a su alrededor.

—¿Cucarachas? ¿Dónde?

Le hice un gesto con la mano.

—Nada, déjelo. Era una broma.

Compasivo, Weston miró al camarero.

—Estamos trabajando en lo de las bromas, todavía no se le dan muy bien.

El camarero lucía algo confuso, pero se marchó. Mientras estiraba la mano para coger el kétchup, Weston me robó una patata frita del plato.

—No toques mi comida. —Lo fulminé con la mirada.

—Es mucha comida. ¿Seguro que quieres zampártelo todo?

—¿Qué insinúas?

—Nada. Es que parece mucha carne para ese cuerpecito tuyo. —Y otra sonrisa—. Aunque, si no recuerdo mal, te gusta la carne en abundancia. O, al menos, te gustaba hace doce años.

Puse los ojos en blanco. Levanté la hamburguesa de queso y le hinqué el diente. De repente me había entrado mucha hambre. El capullo que tenía al lado parecía deleitado de verme masticar.

Me tapé la boca con la servilleta y le espeté con la boca llena:

—Deja de mirarme mientras como.

No me sorprendió que siguiera mirando. Durante los siguientes treinta minutos, me acabé la comida y me tomé otro cóctel. Weston siguió tratando de entablar conversación, pero yo siempre la cortaba de raíz. Se me llenó la vejiga y no quería llevarme el bolso grande, el portátil y la agenda al baño público, así que a regañadientes tuve que pedirle a ese quebradero de cabeza que les echara un ojo.

—Me encantaría echar un ojo a tus cosas.

Puse los ojos en blanco una vez más. Al levantarme, me tambaleé un poco. Parecía que estaba más achispada de lo que creía.

—Oye, ten cuidado. —Weston me agarró del brazo y me sujetó con fuerza. Sus manos eran cálidas, fuertes y… «Dios, sí que tengo que estar piripi para pensar así».

Liberé el codo de su agarre.

—Me he resbalado por culpa del tacón. Estoy bien. Vigila mis cosas.

Ya en el baño, hice pis y me lavé las manos. Observé mi reflejo y vi que el rímel se me había corrido por debajo del ojo. Lo limpié y me peiné el pelo con los dedos. Fue mera rutina; me importaba una mierda lo presentable que estuviera frente a Weston Lockwood.

Al volver al bar, descubrí que, para variar, mi némesis estaba ocupado. Me senté y vi que me habían servido otro cóctel.

—¿Depilación con cera de azúcar? —inquirió Weston sin mirarme—. ¿En qué se diferencia de la depilación con cera normal?

Fruncí el ceño.

—¿Qué?

Dio un toquecito a lo que sea que estuviese mirando.

—¿El azúcar es comestible? En plan, ¿una vez depilada estás lista para la acción? ¿O se mezcla con alguna sustancia química?

Me incliné para ver qué estaba leyendo. Abrí los ojos como platos.

—¡Dame eso! ¡Eres un cabrón!

El muy capullo había cogido mi agenda, que estaba a mi izquierda en la barra, y se había puesto a leerla. Hice amago de cogerla y Weston alzó las manos en señal de rendición.

—No me extraña que estés tan irritable. Te va a venir la regla dentro de unos días. ¿Has probado a tomar Midol? Me parto el culo con esos anuncios.

Metí la agenda en el bolso y le hice un gesto al camarero al tiempo que le gritaba:

—Me trae la cuenta, ¿por favor?

Este se acercó.

—¿Quiere que lo cargue a su habitación?

Me eché la correa del bolso al hombro y me levanté.

—Ahora que lo dice, no. Cárguela a la habitación de este capullo —dije mientras señalaba a Weston con el pulgar—. Y quédese con una propina de cien dólares de mi parte.

El camarero miró a Weston y se encogió de hombros.

—Vale.

Resoplé y me dirigí a la zona de ascensores sin esperar. No me importaba una mierda si a Don Perfecto no le hacía gracia pagar la cuenta. Impaciente, pulsé el botón para llamar al ascensor una media docena de veces. A la porra el intento de apaciguar la ira con alcohol. Ahora había regresado con fuerza. Sentía ganas de arrojar algo.

Primero a Liam.

Luego a mi padre.

Y dos veces más al capullo de Weston.

Gracias a Dios, las puertas del ascensor se abrieron antes de que pudiera descargar mi ira en algún huésped del hotel. Pulsé el botón de la octava planta y me pregunté si habría vino en el minibar.

—¿Qué leches? —Volví a pulsar el botón una segunda vez. Se iluminó, pero no me moví del sitio. Volví a pulsarlo una tercera. Justo cuando por fin las puertas empezaron a cerrarse, un zapato lo impidió.

Un zapato pala vega.

Y ahí estaba la cara sonriente de Weston saludándome cuando las puertas volvieron a abrirse del todo.

Me hervía la sangre.

—Te juro por lo más sagrado, Weston, que como intentes subir en este ascensor no me hago responsable de lo que te pase. No estoy de humor.

Él hizo caso omiso y entró de todas maneras.

—Anda, Fifi, ¿qué te pasa? Estoy de broma. Te lo tomas todo demasiado a pecho.

Conté hasta diez en silencio, pero no ayudó. A la mierda. ¿Quería sacarme de mis casillas? Pues lo había conseguido. Las puertas se cerraron, yo me volví y lo arrinconé contra la esquina. Entonces por lo menos tuvo la decencia de mostrarse un poco nervioso.

—¿Quieres saber qué me pasa? ¡Te lo voy a decir! Mi padre cree que soy una inepta porque no tengo pene. El hombre con el que he estado el último año y medio me ha sido infiel con una de mis primas. Otra vez. Odio Nueva York. Odio a la familia Lockwood. Y encima tú crees que puedes ir por ahí saliéndote con la tuya porque tienes la polla grande.

Le golpeé el pecho con el dedo con cada palabra.

—Estoy. Hasta. Las. Narices. De. Los. Hombres. Mi padre. Liam. Tú. Todos y cada uno de vosotros. ¡Así que déjame en paz de una puta vez!

Exhausta, me giré y esperé a que se abriera la puerta, pero me percaté de que ni siquiera nos habíamos movido. Bien. De puta madre. Volví a pulsar el botón varias veces, cerré los ojos e inspiré y espiré hondo mientras empezábamos a subir. En mitad de la tercera vez que respiraba hondo, sentí el calor del cuerpo de Weston detrás de mí. Seguro que se había acercado. Seguí tratando de ignorarlo.

Pero el muy capullo olía demasiado bien.

¿Cómo narices lo conseguía? ¿Qué colonia duraba más de doce horas? Después de la paliza que me había dado hasta la otra punta de la ciudad por la mañana, seguro que yo olía fatal. Me jodía que ese capullo oliera… deliciosamente bien.

Se acercó aún más y su respiración me hizo cosquillas en el cuello.

—Así que crees que la tengo grande —susurró con voz grave.

Me giré y le puse mala cara. A pesar de que esta mañana parecía recién afeitado, ahora tenía una sombrita de barba incipiente que le daba un toque siniestro. El traje que llevaba seguramente costara más que todo el armario de jerséis de Liam. Weston Lockwood era la encarnación de todo lo que

30

odiaba en un hombre: era rico, atractivo, engreído, arrogante y temerario. Liam lo odiaría. Mi padre ya lo hacía. Y, en aquel momento, esos eran sus mejores atributos.

Mientras batallaba con la reacción de mi cuerpo a su olor y lo mucho que me gustaba cómo le quedaba esa barbita, Weston posó una mano en mi cintura despacio. Al principio pensé que era porque creía que tenía que sujetarme, como cuando me había tambaleado en el bar. ¿Lo había vuelto a hacer? Juraría que no. Pero no había otra explicación.

Sin embargo, sus intenciones me quedaron mucho más que claras cuando deslizó la mano de la cadera a mi trasero. No intentaba evitar que me cayera. En mi cabeza, la primera reacción que tuve fue gritarle, pero, por alguna razón, las palabras no me salieron.

Cometí el error de alzar la vista de su mandíbula a sus ojos azules. Hubo un destello de calor que los volvió casi grises y a continuación los clavó en mis labios.

No.

Ni de coña.

Aquello no iba a pasar.

Otra vez, no.

El corazón me latía con fuerza; el torrente de la sangre sonaba tan alto que casi ni oí la campanita del ascensor que anunciaba que habíamos llegado a mi planta. Por suerte, aquel ruidito me hizo recuperarme de la locura transitoria que había sufrido.

—Yo… tengo que irme.

Necesité de toda la concentración que pude para andar, pero logré atravesar el pasillo y llegar a mi habitación.

Aunque…

No lo hice sola.

Weston volvía a estar detrás de mí. Cerca. Demasiado cerca. Mientras rebuscaba en el bolso tratando de encontrar la llave de la habitación, envolvió una mano en torno a mi cintura y frotó la parte superior de mi falda. Era consciente de que tenía que cortar la situación de raíz, pero mi cuerpo reaccionó a su caricia de forma increíble. Mi respiración se tornó agitada.

La mano de Weston subió por mi estómago y se detuvo en el aro del sujetador. Tragué saliva, a sabiendas de que tenía que decir algo antes de que fuera demasiado tarde.

—Te odio —susurré.

La respuesta de Weston fue agarrarme un pecho y apretar con fuerza.

—Te odio y odio a esa polla de pacotilla tuya que intenta pegarse a mi culo con una mierda de erección.

Él se inclinó más cerca y me acunó el otro pecho.

—Lo mismo digo, Fifi. Pero sé que te acuerdas de que esa polla de pacotilla es mucho más grande que el rabo enano que le cuelga a ese dramaturgo de tres al cuarto entre las piernas y que seguro que tiene metido entre las piernas de tu prima ahora mismo.

Apreté la mandíbula. Maldito Liam.

—Al menos él nunca ha tenido una ETS. Tú seguramente las tengas todas de haber estado zorreando en Las Vegas.

Weston empujó sus caderas contra mi trasero. Su erección parecía una tubería de acero tratando de abrirse camino entre sus pantalones.

Pero, joder, cómo me gustaba.

Tan dura.

Tan caliente.

Los recuerdos de hacía doce años regresaron. Weston la tenía grande y a los dieciocho ya sabía usarla bien.

—Entremos —rezongó—. Quiero follarte tan fuerte que no te puedas ni sentar en las reuniones de mañana.

Cerré los ojos. En mi interior se libraba una batalla. Sabía que tener algo con Weston sería un error garrafal, sobre todo con la guerra que estaban librando nuestras familias. Pero, joder…, ardía por él.

Ni siquiera teníamos que ser amigos.

Ni caernos bien, ya que estábamos. Podría hacerlo solo esta vez.

Desahogarme y volver a mantener las distancias mañana.

No debería.

No debería hacerlo.

Weston me pellizcó un pezón y sentí una chispa recorrerme el cuerpo.

A la mierda.

Que jodieran a Liam.

Que jodieran a mi padre.

Que jodieran a Weston. Literalmente.

—Con reglas —espeté con voz ronca—. No me beses. Y solo por detrás. No te correrás hasta que lo haga yo o te juro por Dios que te la corto. Usa un puto condón, porque no quiero tener que medicarme contra lo que tengas.

Weston me mordisqueó la oreja.

—¡Au!

—Cierra el pico. Yo también tengo reglas.

—¿Reglas? ¿Qué reglas tienes tú?

—No esperes que me quede después. Te corres. Me corro. Me marcho. En ese orden. No se habla a menos que sea para decir lo mucho que te gusta mi polla dentro de ti. Y no te quites los taconazos. Ah, y si consigo que te corras más de una vez, mañana tendrás que llevar el pelo recogido.

Estaba tan excitada que ni siquiera me paré a pensar en lo que accedía a hacer. Deseaba… lo deseaba a él. Ya.

—De acuerdo —murmuré—. Ahora entra y acabemos con esto de una vez por todas.

Weston me quitó la llave de la mano y abrió la puerta. Me condujo sin cuidado y me empotró contra la pared. Apenas habíamos entrado en la habitación y ya me tenía con la mejilla pegada a la pared.

—Sácamela —gruñó.

Odiaba que me mangonearan, sobre todo él.

—¿Tú te crees que soy Houdini o qué? Tendría que girarme para hacerlo.

Weston tenía el pecho pegado a mi espalda, por lo que se separó un poco retrocediendo medio paso para que pudiera volverme. Envolví la mano en torno a la erección bajo sus pantalones y apreté con fuerza.

Weston siseó.

—Te la sacas tú —gruñí.

Una sonrisa malvada se expandió por su cara. Se desabrochó los pantalones y se bajó la cremallera. A continuación, me agarró la muñeca y me metió la mano en sus calzoncillos.

Joder.

Su piel suave estaba caliente, dura. Gruesa. No había estado tan excitada en mi vida. Aunque no pensaba decírselo. Controlé las emociones que bullían en mi interior antes de mirarlo a los ojos y sacudírsela.

Los ojos de Weston brillaron. Se humedeció el labio inferior y dijo con voz tensa:

—Ya estamos en paz por haber cargado la cena y las bebidas a mi cuenta.

Fruncí el ceño. No sabía a qué se refería; de repente, me agarró la blusa con las dos manos y tiró. El tejido se desgarró y más de un botón salió volando.

—La blusa vale cuatrocientos dólares, capullo.

—Pues entonces tendré que pagarte más cenas.

Me manoseó los pechos con las manos. Usó los pulgares para bajarme las copas del sujetador de encaje y dejarme los senos al descubierto.

Weston me pellizcó uno de los pezones con fuerza y observó mi reacción. Una chispa de dolor me sacudió, a pesar de querer negarme a darle la reacción que buscaba.

—¿Se supone que eso tiene que doler? —lo provoqué.

Él gruñó y agachó la cabeza para chuparlo. Aferró el dobladillo de mi falda con una mano y tiró de él para remangarme la parte delantera hasta la cintura.

—¿Estás húmeda para mí, Fifi?

Si buscaba una respuesta, no me dio tiempo a dársela. Antes de poder contestarle con ironía, levantó el borde de mis braguitas y metió los dedos bajo la tela, acariciándome arriba y abajo una vez antes de introducirse en mí de forma inesperada.

Jadeé y una mirada de satisfacción cruzó su expresión. El muy cabrón lo había conseguido: había logrado que perdiera el control y que reaccionase a sus caricias. Era como si ambos fuéramos plenamente conscientes de que me llevaba ventaja.

—Estás empapada. —Me masturbó una vez y repitió el movimiento—. Llevas así desde el avión, ¿verdad, señorita provocadora?

Estaba tan tensa que me daba la sensación de poder correrme solo con su mano y nunca me había pasado. O por lo menos no con Liam.

Liam.

Qué cabrón.

Que le jodieran a él también.

Aumentaron tanto el cabreo como la excitación que me recorrían. Era incapaz de centrarme en otra cosa que no fueran las sensaciones que me provocaba la mano de Weston y se me olvidó que yo envolvía su erección entre los dedos.

Apreté.

—Saca el puto condón ya.

Weston apretó los dientes. Metió la mano en el bolsillo y logró sacar uno de la cartera. Se llevó el envoltorio a los dientes y lo rasgó.

—Date la vuelta para no tener que mirarte a la cara.

Apartó la mano entre mis piernas y me giró hasta ponerme otra vez de cara a la pared.

Lo miré por encima del hombro.

—Más vale que valga la pena.

Se colocó el preservativo y, a continuación, lanzó el envoltorio al suelo.

—Inclínate. —Hizo presión en mi espalda para conseguir que me doblara por la cintura—. Agárrate a la pared porque, si no, vas a golpearte la cabeza contra ella.

Me levantó la parte trasera de la falda y envolvió mi cintura con la mano al tiempo que me alzaba hasta estar de puntillas. Yo tenía las manos sobre la pared, separadas, con las palmas húmedas a causa de la anticipación. Un sonido resonó en la habitación. Lo oí antes de sentir el picor en el culo.

—¿Pero qué…?

Antes de poder acabar la frase siquiera, Weston se introdujo en mí. El movimiento repentino y brusco me dejó sin aire. Se había internado hasta el fondo, así que tuve que separar más las piernas para aliviar la punzada de incomodidad que me acometió. Sentía las caderas de Weston pegadas al trasero y su incipiente temblor.

—Qué estrecha —gruñó—. Muy estrecha.

Desplazó la mano que tenía en mi espalda a la cadera y me clavó los dedos en la piel.

—Ahora sé una buena chica y dime que te gusta, Fifi.

Me mordí el labio y luché por controlar la respiración. Era lo mejor que había sentido en mucho tiempo, aunque solo hubiese sido una embestida. No obstante, no pensaba admitirlo en voz alta.

—Pues no. Por si no lo sabías, follar normalmente implica movimientos de entrada y salida. No basta con quedarse quieto.

—¿Eso quieres?

Me incliné hacia delante y volví a empujar hacia atrás, acogiéndolo de nuevo en mi interior. El gesto provocó que un dolor de lo más placentero me recorriese de pies a cabeza.

—Cierra el pico y muévete —le ordené.

Weston gruñó y me agarró la melena. Pegó un buen tirón y no la soltó mientras me embestía otra vez y volvía a parar.

—Joder, cómo meneas el culo. Tendría que dejar que lo hicieras tú todo mientras me quedo mirando.

—¡Lockwood!

—Sí, señora. —Y se rio.

Por fin se calló y se puso manos a la obra. Fue un polvo rápido, duro, desesperado, en caliente, pero me gustó muchísimo. Creo que jamás me había excitado tan rápido, o por lo menos no en el año y medio en que el señor Rogers me había estado «haciendo el amor».

Al pensar en Liam, canalicé toda esa rabia hacia el hombre que me estaba destrozando por dentro. Aunque Weston no había vuelto a pararse, empecé a moverme con él, a recibir cada estocada con ansia. Me dejé ir cuando deslizó una mano hacia delante para frotarme el clítoris.

Normalmente me costaba llegar al orgasmo. Era como conducir un coche por el circuito de las 500 Millas de Indianápolis con la esperanza de llegar antes de que el compañero se quede sin gasolina. Hoy, sin embargo, no. Hoy mi orgasmo fue más bien como un choque antes de haber completado la primera vuelta siquiera. Me sobrevino con una intensidad inesperada y mi cuerpo se sacudió al tiempo que dejé escapar un gemido a voz en grito.

—Joder. —Weston aceleró sus embestidas—. Cómo me aprietas. —Se introdujo una, dos, y a la tercera vez, soltó un rugido y se introdujo en mí hasta el fondo. Mi cuerpo lo ceñía tanto que sentí sus tirones mientras se vaciaba en mi interior, incluso a través del preservativo.

Nos quedamos así un buen rato, jadeando y tratando de controlar la respiración. Los ojos me picaban debido a las lágrimas. Había acumulado tanta rabia y frustración este último mes que ahora sentía como si el corcho hubiese salido disparado y todo estuviera a punto de salir a borbotones. Joder, qué momento más oportuno. No pensaba dejar que Weston fuese testigo de lo que notaba que estaba a punto de sobrevenirme, así que me tragué el nudo en la garganta e hice algo que me resultaba natural siempre que estaba con él: comportarme como una estúpida.

—¿Hemos acabado ya? Si es así, puedes irte.

—No hasta que me digas lo mucho que te ha gustado que haya estado dentro de ti.

Intenté incorporarme, pero Weston estiró los dedos entre mis omóplatos y me retuvo.

—¡Deja que me mueva!

—Dilo. Di lo mucho que te encanta mi polla.

—No pienso hacerlo. Y ahora suéltame antes de que grite y los vigilantes del hotel vengan corriendo.

—Cielo, te has pasado los últimos diez minutos gritando. No sé si te has dado cuenta, pero parece que a nadie le importa una mierda. —Sin embargo, salió de mi cuerpo y me ayudó a incorporarme.

Habría sido mejor que se hubiese retirado y me hubiese dejado allí de pie, con el aire frío sustituyendo el calor que emanaba de su cuerpo. En lugar de eso, en cuanto se aseguró de que no iba a perder el equilibrio, me recolocó la falda.

—¿Estás bien? Voy a tirar el condón en el baño.

Asentí y evité el contacto visual. Ya era un desastre de por sí que mis sentimientos me estuviesen dando la lata. Lo último que quería era que Weston Lockwood fuera amable conmigo.

Fue al baño y yo aproveché que me había quedado sola para recomponerme. Estaba despeinada y se me veían las tetas por encima del sujetador. Me arreglé ambas cosas y saqué una botella de agua del minibar mientras esperaba a que Weston saliese del baño. No se hizo de rogar.

Para intentar evitar una despedida incómoda, me situé cerca de las ventanas al otro lado de la habitación, sin mirar a nada en particular. Esperaba que hiciese un gesto con la mano y se fuera.

Sin embargo, los Lockwood nunca hacían lo que los Sterling querían.

Caminó hasta situarse detrás de mí. Tomó la botella de mi mano y bebió de ella antes de enrollarse en el dedo un mechón de mi pelo.

—Me gusta tu pelo así. Lo llevas más largo que cuando íbamos al instituto. Y ahora es ondulado. ¿Te lo alisabas?

Lo miré como si se le hubiese perdido un tornillo.

—Sí, antes. Y gracias por recordarme que tengo que cortármelo. A lo mejor hasta me rapo.

—¿De qué color dirías que es? ¿Castaño?

Fruncí el ceño aún más.

—Ni idea.

Él sonrió.

—¿Sabes que cuando te cabreas tus ojos verdes se ponen casi grises?

—¿Te han enseñado los colores hoy en la guardería o qué?

Weston volvió a llevarse la botella de agua a los labios y la apuró. Me la devolvió vacía.

—¿Lista para la segunda ronda?

Seguí mirando al frente.

—No va a haber segunda ronda. Ni hoy ni nunca. Vete, Lockwood.

A pesar de intentar no mirarlo, capté cómo curvaba la boca en una sonrisa a través del reflejo de la ventana.

—¿Quieres que nos apostemos algo? —preguntó.

—Baja esas ínfulas. Necesitaba correrme. Tú estabas ahí. Ha sido, como mucho, aceptable. No volverá a repetirse.

—¿Aceptable? Tan solo por ese comentario, pienso hacer que la próxima vez me supliques.

Puse los ojos en blanco.

—Vete. Esto ha sido un gran error.

—¿Un error? Ah, sí, olvidaba que te gustan los flacuchos esos a los que les va la literatura y esas chorradas. ¿Te valdría que leyese algo de poesía y te la recitase mientras follamos la próxima vez?

—¡Vete!

Weston sacudió la cabeza.

—De acuerdo, pero, como dijo Shakespeare, «es mejor haber follado y haber perdido que no haber follado nunca».

Casi se me escapó una sonrisa.

—Creo que no lo dijo exactamente así, pero casi.

Él se encogió de hombros.

—Ese tipo era un pelmazo.

—Buenas noches, Weston.

39

—Qué pena. Usar los dedos para emular lo que podría haber sido no será tan gratificante como una segunda ronda.

—Tienes delirios de grandeza.

—Buenas noches, Fi. Me alegro de volver a verte.

—No pienso lo mismo.

Weston se encaminó a la puerta. Esta chirrió al abrirse y observé por el reflejo de la ventana cómo se volvía para mirarme durante varios segundos. Después, se marchó.

Cerré los ojos y sacudí la cabeza.

Cuando volví a abrirlos, asimilé lo que había pasado durante la última media hora.

Joder. ¿Qué acababa de hacer?

# Capítulo 3

## *Sophia*

La había jodido bien jodida.

Y tenía que arreglarlo. Rápido.

Antes de que nadie se enterara y antes de que pusiera en riesgo lo que había venido a hacer.

A la mañana siguiente, Weston entró en la sala de juntas exactamente a las nueve menos cuarto. Nuestra reunión empezaba a las nueve. Sonrió como el gato de Alicia al encontrarme ya allí.

—Buenos días —saludó—. Hoy hace un día precioso.

Respiré hondo.

—Siéntate.

Él señaló la puerta de la sala con el pulgar.

—¿Echo el pestillo? ¿O prefieres vivir al límite, con la posibilidad de que nos pillen? Seguro que eso te pone, ¿eh? Que alguien entre y te vea con la falda remangada y mi...

Lo corté.

—¡Cállate ya y siéntate, Lockwood!

Sonrió.

—A sus órdenes, mi señora.

El capullo debía de pensar que estábamos jugando a un juego de rol, pero yo no estaba por la labor. Por lo que a mí respectaba, mi trabajo estaba en la cuerda floja. Esperé hasta que se sentó y luego tomé asiento en el lado contrario de la mesa.

Entrelacé las manos y dije:

—Lo de anoche no ha pasado.

Una sonrisa engreída apareció en su atractivo rostro.

—Oh, pero sí que ha pasado.

—Déjame reformular la frase. Vamos a hacer como si nunca hubiera pasado.

—¿Por qué iba a hacerlo cuando puedo cerrar los ojos y revivir el momento siempre que se me antoje? —Se reclinó en la silla y cerró los ojos—. Oh, sí… y planeo hacerlo una y otra vez. No podría olvidar ese ruidito que hiciste al correrte sobre mi polla ni aunque lo intentara.

—¡Lockwood! —ladré.

Abrió los ojos de golpe.

Me levanté de la silla y me incliné sobre la mesa. Era una mesa enorme, así que era imposible llegar hasta él, pero al menos era más fácil que no se desviara del tema.

—Escúchame. Lo de anoche fue un error, un error del tamaño de Texas. No tendría que haber pasado. Dejando a un lado lo mucho que te detesto y lo mucho que se odian nuestras familias, estoy aquí por trabajo. Y mi trabajo es muy importante para mí. Así que no puedo tenerte rondándome por ahí, ni haciendo comentarios inapropiados que puedan oír los empleados.

Weston no rompió el contacto visual, pero me percaté de cómo giraban los engranajes dentro de su dura mollera. Se frotó el labio inferior con el pulgar y se incorporó en la silla.

—Vale. Podemos fingir que lo de anoche nunca ha pasado.

Entrecerré los ojos. Había sido demasiado fácil.

—¿Dónde está la trampa?

—¿Por qué crees que la hay?

—Porque eres un Lockwood y un capullo narcisista que piensa que las mujeres estamos en este planeta para ser tus juguetitos. Así que ¿dónde está la trampa?

Se apretó el nudo de la corbata.

—Tengo tres condiciones.

Negué con la cabeza.

—Por supuesto que las tienes.

Levantó el dedo índice.

—La primera. Quiero que me llames Weston, no Lockwood.

—¿Qué? Menuda ridiculez. ¿Qué más da cómo te llame?

—Todo el mundo llama así a mi padre.

—¿Y?

—Si prefieres, puedes llamarme señor Lockwood. De hecho, puede que eso lo disfrute incluso más. —Negó con la cabeza—. Pero Lockwood no. Confunde a los empleados.

Supongo que tenía sentido. Aunque seguro que había algo más aparte de eso. Weston no era de los que desperdiciarían uno de sus tres deseos de la lámpara solo para no confundir a los empleados, eso por descontado. Pero, bueno, tampoco me hacía ningún daño.

—Vale, ¿qué más?

Weston levantó la mano y la ahuecó alrededor de su oreja.

—¿Qué más, qué?

Sacudí la cabeza.

—Has dicho que tenías tres condiciones. ¿Cuáles son las otras dos?

Hizo un ruidito de desaprobación.

—Te faltaba algo al final de la frase. Has dicho: «Vale, ¿qué más?», pero lo que tendrías que haber dicho es: «Vale, ¿qué más, Weston?».

Uf. Parecía algo sencillo. A fin de cuentas, no siempre lo llamaba Lockwood; a veces usaba «capullo». Así que no debería ser tan complicado. Joder, hasta podría referirme al capullo como «Su Alteza» sin problema ninguno, pero llamarlo Weston ahora, tal y como él me había ordenado, me hacía sentir como si no fuera más que un perrito faldero.

—Vale —pronuncié con la boca pequeña.

De nuevo, ahuecó la mano en la oreja.

—Vale... ¿qué más?

—Vale, Weston —dije, rechinando los dientes.

43

La sonrisa de satisfacción no se hizo de rogar.

—Eso es. Muy bien, Fifí.

Entrecerré los ojos.

—¿Yo tengo que llamarte Weston, pero tú sigues llamándome Fifí?

Haciendo caso omiso, colocó las manos en la mesa.

—La segunda. Llevarás el pelo recogido por lo menos un par de veces a la semana.

—¿¿Qué?? —me mofé—. Estás chalado. —Entonces recordé que anoche había intentado lograr que aceptara una apuesta en la que decía que tendría que llevar el pelo recogido si conseguía que me corriera dos veces. Pero lo había echado después del primer orgasmo—. ¿Qué más te da cómo cojones lleve el pelo?

Ordenó unos cuantos archivos que había amontonados frente a él.

—¿Te parece bien la segunda condición o no?

Reflexioné sobre ello. Sinceramente, me importaba un pimiento que hubiera una razón vil y subyacente para que quisiera que lo llamase Weston y llevara el pelo recogido. Tampoco era el fin del mundo y bien era cierto que podría pedir cosas muchísimo peores.

—¿Cuál es la tercera?

—Cenarás conmigo una vez a la semana.

Arrugué el rostro con absoluto desdén.

—¡No pienso salir contigo!

—Tómatelo como una reunión de trabajo. Vamos a dirigir el hotel. Seguro que tendremos muchas cosas de las que hablar.

Tenía razón, pero solo de pensar en sentarme y compartir una cena con él me ponía de los nervios.

—Un almuerzo —regateé.

Negó con la cabeza.

—Mis condiciones no son negociables. O lo tomas o lo dejas.

Gruñí.

—Si accedo a esas condiciones absurdas, tienes que mantener tu parte del trato. No volverás a mencionar lo que ocurrió anoche ni se lo dirás a ninguno de tus estúpidos amigos ni a ningún empleado y mucho menos a tu odiosa familia. Mi pequeño arranque de locura permanecerá encerrado en tu cabeza de chorlito para siempre y jamás volverás a mencionarlo.

Weston extendió la mano. Yo vacilé por multitud de razones. Aunque, al final, tendría que trabajar con él durante un tiempo y había sido idea mía dejarlo todo atrás para poder seguir adelante con nuestra relación profesional. Los profesionales se estrechaban las manos. Así que, aunque todos los huesos de mi cuerpo me gritaban que lo evitara a toda costa, coloqué la mano junto a la suya.

Exactamente como en una película romántica cursi, la corriente eléctrica que me recorrió hizo que se me pusieran de punta todos los pelos del brazo. Y, suerte la mía, el imbécil tuvo que darse cuenta.

No perdió detalle de mi piel de gallina y sonrió con suficiencia.

—Cenamos mañana a las siete. Ya te diré dónde.

Por suerte, la reunión de las nueve puso punto y final a nuestra conversación privada. El gerente general del hotel abrió la puerta. Primero se acercó a mi lado de la mesa.

—Louis Canter.

—Sophia Sterling. Encantada de conocerlo. —Nos estrechamos la mano.

Entonces Louis se dirigió a Weston y los dos hombres se estrecharon la mano mientras Weston se presentaba.

—Gracias por venir —le dije—. Sé que habitualmente trabaja de once a siete, así que le agradezco que haya llegado temprano para poder hablar un rato antes de que comience su ajetreada jornada de trabajo.

—No se preocupe.

—He leído que usted es el empleado con mayor antigüedad en el The Countess. ¿Es cierto?

45

Asintió.

—Así es. Empecé cuando tenía quince años, haciendo trabajillos para la señora Copeland y sus abuelos. Estoy seguro de haber pasado a lo largo de los años por todos los puestos habidos y por haber aquí.

Sonreí y señalé la silla que presidía la mesa, la que se encontraba entre Weston y yo.

—Es increíble. Somos muy afortunados de contar con alguien con tanto conocimiento y experiencia como usted. Por favor, tome asiento. Solo queríamos hablar de la transición y escuchar cualquier preocupación que pudiera tener.

Weston se puso en pie.

—En realidad, ha surgido algo y debo marcharme. Es posible que no vuelva hasta por la tarde.

Parpadeé varias veces.

—¿De qué hablas? ¿Cuándo ha surgido algo?

Weston se dirigió al gerente general.

—Le ruego que me disculpe, Louis. Ya hablaremos mañana. Tengo plena confianza en que la señorita Sterling y usted podrán ocuparse de todo lo necesario por el momento. Sophia puede ponerme al día de lo que me pierda mañana más tarde, por la noche.

¿En serio? Teníamos una media docena de reuniones programadas con empleados importantes con el único propósito de asegurarles que sus puestos de trabajo no corrían ningún peligro y que todo continuaría funcionando como siempre. Todos sabían que los Sterling y los Lockwood nos odiábamos mutuamente, lo cual los ponía el doble de nerviosos. ¿Y ahora decidía saltarse reuniones? ¿Qué imagen daba que uno de los nuevos propietarios ni siquiera tuviera tiempo para ellos?

—Eh… —Me puse en pie—. ¿Puedo hablar contigo un momento antes de que te vayas, Lockwoo… Weston?

Me dedicó una sonrisilla de satisfacción.

Señalé la puerta de la sala de juntas con la cabeza.

—Fuera, en el pasillo. —Me volví a girar hacia Louis—. Discúlpeme un momento, por favor.

46

—Tranquila.

En cuanto salimos al pasillo, miré a ambos lados para asegurarme de que no hubiera ningún empleado cerca. Puse los brazos en jarras e intenté mantener la voz baja.

—¿Qué narices haces? Tenemos el día hasta arriba de reuniones. ¿Qué es eso tan importante para que tengas que saltártelas?

Tal y como ya había hecho anoche, Weston se enrolló un mechón de mi pelo en el dedo y dio un tironcito.

—Puedes hacerte cargo tú, Fifi. Se te da bien complacer a la gente. Seguro que, para cuando acabes, todos los empleados hasta se alegrarán de que la vieja la haya cascado.

Le aparté la mano de mi pelo de un manotazo.

—No soy tu secretaria. Lo que te saltes no es mi problema. No esperes que te ponga al día de nada.

En respuesta, el capullo me guiñó el ojo. De verdad que no aguantaba a los que hacían eso.

—Que tengas un buen día, preciosa.

—¡No me llames así!

Y así, sin más, Weston Lockwood se marchó.

Ese hombre me ponía de los nervios. Que le dieran por saco.

No me hacía ninguna falta en las reuniones.

Estaba hasta mejor sin él.

De hecho, pensándolo bien, el único lugar en el que el capullo resultaba útil era en el dormitorio.

Y no volvería a cometer el mismo error otra vez.

Eso por descontado.

Regresé a la sala de reuniones con Louis.

—Bueno, como ya sabe, el hotel ahora es propiedad de los Sterling y los Lockwood —expliqué—. Cada familia posee un cuarenta y nueve por ciento de las acciones y el dos por ciento restante es propiedad de una ONG con la que la señora Copeland cooperaba aquí en Nueva York.

Louis sonrió con cariño.

—Pies Felices.

Asentí.

—Esa misma.

La ONG a la que Grace había dejado el dos por ciento del hotel era muy interesante y la dirigía un único hombre con un presupuesto anual de menos de cincuenta mil dólares. El dos por ciento del The Countess valía probablemente cien veces esa cantidad. Con razón el tipo tenía tantas ganas de vender su parte a uno de nosotros.

—¿La señora Copeland tenía algún motivo personal para realizar tal generosa donación a esa ONG en particular? No es que sea una organización muy grande, pero sí muy específica.

Louis se reclinó en la silla y asintió. Sus ojos derrocharon calidez cuando habló.

—Leo Farley. Trabaja en el departamento de limpieza.

El nombre no me sonaba de nada.

—¿La razón por la que se interesó en la ONG fue un empleado?

—Hace seis años, más o menos, Leo era vagabundo. Es una larga historia, pero por aquel entonces había tenido un año duro. Había perdido el trabajo, su mujer había fallecido, lo habían echado del piso donde vivía y su hija se había suicidado; todo eso en cuestión de unos pocos meses. A veces dormía en el callejón de la esquina, justo al lado de la entrada del personal del hotel. La señora Copeland salía a pasear dos veces al día, a las diez de la mañana y a las tres de la tarde, como un reloj, y solo recorría unas cuantas manzanas. Una tarde, se topó con Otto Potter, que estaba curándole los pies a Leo.

—¿Otto Potter es quien dirige Pies Felices?

Louis asintió.

—Sí. Es un podólogo jubilado. Muchísimos sintecho tienen problemas de pies, ya sea porque no se tratan la diabetes, de andar por ahí descalzos, o por las infecciones. Hay mil motivos. El hombre abrió Pies Felices para ayudar a las personas de aquí, de la ciudad, que no tuviesen una vida fácil ni fuesen muy felices. Tanto él como otros cuantos voluntarios recorren la ciudad y tratan a personas como Leo en la misma calle.

—Pero ¿Leo trabaja aquí ahora?

—La señora Copeland se encariñó con él. Una vez se le curaron los pies, Leo empezó a salir a pasear con ella. Al final, le terminó ofreciendo trabajo. Ha sido empleado del mes más veces que cualquier otro trabajador del hotel. Le pone mucho empeño.

—Vaya. Menuda historia.

Louis sonrió con orgullo.

—Tengo muchas en lo que respecta a la señora Copeland. Era muy buena persona. Muy leal.

Teniendo en cuenta lo que les había dejado a los dos hombres que la amaron tiempo atrás, diría que eso se quedaba corto. Para mí eran buenas noticias, porque los jefes leales normalmente atraían a empleados leales y esperaba que todo fuera viento en popa mientras me dedicaba a supervisar el hotel y proteger los intereses de mi familia.

Levanté el bolígrafo de la libreta que había traído y desvié la conversación hacia la verdadera razón de la reunión.

—Bueno, hábleme sobre la gestión del The Countess. ¿Va todo bien? ¿Hay algún problema que le gustaría mencionar para que me vaya familiarizando con cómo se hacen las cosas?

Louis señaló la libretita.

—Menos mal que ha traído un cuaderno.

Ay, Señor...

—Lo primero, la huelga inminente.

—¿Qué huelga?

—La señora Copeland era generosa y leal, pero también muy cuadriculada a la hora de hacer las cosas. Yo soy el gerente del hotel. Superviso todas las actividades diarias, pero ella llevaba las cuentas y el negocio en sí. Estuvo enferma mucho tiempo y algunas de las cosas que había que gestionar no se gestionaron.

Suspiré y anoté: «Huelga».

—Vale, cuénteme todos los detalles que conozca sobre los problemas del sindicato.

Cuarenta minutos después, tenía seis páginas llenas de anotaciones solo sobre el primer problema.

—¿Algo más? —«Por favor, que diga que no».

Louis frunció el ceño.

—Yo diría que el segundo mayor problema son las bodas que hay reservadas.

Enarqué las cejas.

—¿Las bodas?

Asintió.

—Seguro que sabe que el The Countess es uno de los hoteles más demandados para celebrar todo tipo de eventos.

—Sí, claro.

—Bueno, pues tenemos dos salones. El Grand Palace y el Imperial Salon. Están reservados con tres años de antelación.

—Sí...

—Hace unos dos años, empezamos a aceptar reservas para el salón The Sundeck. Es una réplica exacta del Imperial, pero con una terraza privada en la azotea.

—No sabía que hubiese terraza en la azotea.

Negó con la cabeza.

—Y no la hay. Ese es parte del problema. Las obras apenas han empezado ni en la azotea ni en el espacio reservado para el salón nuevo. Y las bodas que reservamos hace dos años están ya a la vuelta de la esquina. Los clientes reservaron esperando tener un cóctel o servicio en el exterior. La primera boda es dentro de tres meses. Como se puede imaginar, el hotel atiende a familias muy influyentes. El primer evento es para la sobrina del alcalde.

Abrí los ojos como platos. «Mierda».

Las cosas fueron de mal en peor a partir de aquello. Aunque, desde el punto de vista de un huésped, el grandioso hotel parecía estar mejor que nunca, tenía una buena lista de problemas apremiantes que llevaban acumulándose durante mucho tiempo. Y ahora esos problemas eran mis problemas. Durante las siguientes tres horas y media, Louis me comentó problema tras problema. Teníamos tantísimo de lo que hablar que tuve que aplazar las reuniones que había organizado con los demás responsables del hotel esa mañana. Para cuando terminamos la reunión, la cabeza me daba vueltas.

Me coloqué de pie junto a la puerta de la sala de reuniones.

—Muchísimas gracias por ponerme al día de todo.

Sonrió.

—Menos mal que ustedes son dos, porque hay mucho trabajo que hacer.

Weston Lockwood era lo último que tenía en mente en ese momento y Louis detectó la confusión en mi rostro.

—Me refería al señor Lockwood —aclaró—. Debe de ser un alivio tener a alguien en primera línea con usted que la ayude a solucionar todo esto.

Sonreí en vez de responderle que el mayor problema que podría tener el hotel es que los Sterling y los Lockwood llegaran a ponerse de acuerdo en algo.

—Sí. —Fingí sonreír de la mejor manera posible—. Me alegro de poder contar con alguien. —«Para que se quite de en medio, como ha hecho hoy».

—Aquí estoy para lo que necesiten.

—Gracias, Louis.

En cuanto se marchó de la sala de reuniones, me desplomé en la silla en un intento de organizarme las ideas. Creía que había venido a Nueva York para medio dirigir un hotel mientras mi familia se las ingeniaba para comprar la parte minoritaria. Al parecer, tenía bastante trabajo por delante. Mientras estaba allí sentada, un pelín aturdida, mi móvil empezó a vibrar en la mesa.

Lo levanté y suspiré en voz alta.

Solo había un hombre con quien me habría gustado no tener que discutir sobre todo lo que acababa de enterarme, aparte de Weston Lockwood. Así que, como era natural, tenía que llamarme justo en ese momento. Respiré hondo y me figuré que lo mejor sería quitármelo de encima, así que descolgué.

—Hola, papá…

# Capítulo 4

## *Sophia*

—¿Qué cojones ha pasado?

Mi padre empezó a despotricar antes incluso de que nos sentásemos a la mesa. Esta mañana había colgado cinco minutos después de llamarme, en cuanto había mencionado lo de la huelga inminente. Ni siquiera había podido hablarle del resto de problemas. Media hora después de colgar, su secretaria me había escrito para decirme que el vuelo de mi padre aterrizaba a las siete y que cenaríamos en Prime, uno de los restaurantes del The Countess. Ni siquiera me preguntaba si podía, más bien me informaba de dónde cenaríamos.

Además, fue así como me había enterado de que mi padre pensaba venir a la ciudad esta noche. Y tampoco sabía que lo acompañaría mi hermanastro, Spencer. Aunque, ahora que lo pensaba, debería haber sospechado ambas cosas.

—Bueno —empecé—, la señora Copeland estaba enferma y pasó por alto varias cosas con la idea de ponerse manos a la obra en cuanto se encontrara mejor. Por desgracia, no tuvo la oportunidad de hacerlo.

El camarero vino a tomar nota de la bebida. Mi padre ni siquiera dejó al pobre hombre acabar de preguntar qué queríamos y lo interrumpió para pedir «un *whisky* escocés de malta con hielo Glenlivet XXV».

Por supuesto, solo consideraba que una bebida alcohólica era digna de ser consumida si la botella costaba un mínimo de quinientos dólares.

El títere de mi hermano levantó la mano.

—Que sean dos.

Sin un «por favor».

O un «gracias».

Y quedaba claro que ninguno había escuchado nunca eso de «las damas primero».

Traté de compensar su mala educación cuando llegó mi turno.

—¿Me puede poner una copa de merlot, por favor? Me vale cualquiera que tenga abierto. —Y sonreí—. Muchas gracias.

Si mi padre se percató del exceso de simpatía, no pareció darle importancia.

—Spencer puede encargarse del sindicato —dijo—. Ya tiene experiencia lidiando con el del Local 6.

«Eh, ni de broma».

—Lo agradezco, pero puedo ocuparme yo sola.

—No es una sugerencia, Sophia —respondió mi padre con dureza.

A lo largo de los años había dejado que mi padre se saliera con la suya muchas veces, pero esta no iba a ser una de ellas. Mi abuelo me había encargado la gestión del hotel, y quería que se enorgulleciera de mí por méritos propios.

—Con el debido respeto, papá, no necesito la ayuda de Spencer. Ya la pediré si me hace falta.

Las orejas de mi padre enrojecieron.

—Es demasiado para ti.

—El abuelo confía en mí. Tal vez podrías seguir su ejemplo.

Spencer intervino:

—Los tipos que llevan el sindicato están acostumbrados a tratar con hombres. Las cosas podrían ponerse intensas.

¿Ese capullo acababa de insinuar que la razón por la que necesitaría ayuda era ser mujer? Ahora fueron mis orejas las que enrojecieron.

Por suerte, el camarero llegó con nuestras bebidas y eso me dio varios segundos para tranquilizarme un poco. Por muchas ganas que tuviera de explotar, no pensaba rebajarme a gritar o a intimidar a nadie para demostrar que llevaba razón, cosa que mi padre sí acostumbraba a hacer. En cuanto el camarero terminó de dejar las bebidas en la mesa, le pedí que nos diese unos minutos, porque ninguno habíamos mirado la carta todavía.

Pegué un buen trago al vino y me volví para fijar la atención en Spencer.

—No tenía ni idea de que negociar con el sindicato dependiera de lo larga que fuera mi polla. Pero no te preocupes, Spence, de pequeños nos bañaban juntos. Te aseguro que yo la tengo más grande.

—¡Sophia! —intervino mi padre—. Compórtate como una señorita y ten cuidado con lo que dices.

Como si no tuviera suficiente con mi padre y mi hermano denigrándome continuamente, por el rabillo del ojo vi que Weston entraba en el restaurante. Nos miramos a los ojos y él echó un vistazo a mis acompañantes antes de dirigirse a nuestra mesa. Me terminé el vino como si fuese agua.

—Señor Sterling, me alegro de verlo. —Weston posó la mano en el respaldo de mi silla y esbozó para los comensales de la mesa su sonrisa más embaucadora y molesta.

Mi padre lo miró de arriba abajo y rugió:

—Joder, ¿es que a nadie le importa una mierda este hotel? Y yo preocupándome de que los Lockwood fueran a mandar a alguien que quedara por encima de mi hija. Al menos, contigo, puedo quedarme tranquilo.

A Weston le tembló el labio y desvió la vista hacia mí durante un momento.

—Sí, podrá dormir a pierna suelta por las noches sabiendo que no voy a quedar por encima de su hija.

Spencer se reclinó en la silla.

—Creía que estabas en Las Vegas.

—Volví a Nueva York hace nueve meses. Ya no estás al día de mis cosas, Spence.

Tuve que esconder la sonrisa burlona que se extendió por mi rostro. Mi hermanastro odiaba que lo llamasen Spence.

—Y mientras estás aquí, ¿quién da trabajo a las *strippers* y los casinos en la ciudad del pecado, Lockwood?

Weston le lanzó una sonrisa engreída.

—¿Strippers como Aurora Gables? Me ha dicho un pajarito que alguien la tiene bien ocupada.

La sonrisa de Spencer se esfumó. Qué interesante. Parecía que Weston había hecho los deberes y tenía información jugosa sobre mi hermanastro, información de la que tenía que apoderarme.

Este mantuvo la mandíbula apretada y contestó:

—¿Qué vas a hacer con respecto a lo del sindicato?

Weston me lanzó una mirada culpable.

—Hoy me he reunido con ellos. Estamos cerca de llegar a un acuerdo.

Abrí los ojos como platos. Menudo cabrón. Ya sabía lo del sindicato y me había dejado escuchando a los trabajadores mientras él se hacía cargo del asunto. Lo había subestimado al suponer que estaría tirándose a alguien. Y mientras tanto, él me había sacado ventaja solucionando asuntos que deberíamos haber gestionado juntos. Spencer y mi padre me habían cabreado, pero esto pasaba de castaño oscuro.

—¿Has permitido que un Lockwood se encargue de este asunto solo? —estalló mi padre—. ¿Qué demonios te pasa? ¿Tan incompetente eres?

Weston alzó la mano.

—Oye, relájate, viejo. No hay por qué alzar la voz. No le hables así a Sophia.

—¡No me digas cómo tengo que hablarle a mi hija!

Weston se enderezó.

—No pienso quedarme de brazos cruzados viendo cómo le gritas así a una mujer. Me importa una mierda que sea tu hija o no. Muestra un poco de respeto.

Mi padre se levantó y arrojó la servilleta sobre la mesa.

—No te metas donde no te llaman.

La situación se estaba descontrolando y no me gustaban los derroteros por los que estaba yendo, así que yo también me puse en pie.

—Basta ya, ambos. —Señalé a mi padre—. No pienso permitir que sigas levantándome la voz ni insultándome. —Me volví hacia Weston y le hundí el dedo en el pecho—. Y tú… No necesito que me protejas. Yo sola me basto y me sobro.

Weston sacudió la cabeza.

—Olvidaba lo mucho que me divierto con vosotros. Siempre he sabido que el viejo era un sádico, pero no que tú fueras masoquista, Fifi. Que os aproveche.

Se dio la vuelta para marcharse. Mi padre y yo seguíamos en pie y, sin saber por qué, no quería ser la primera en tomar asiento.

—Llevo aquí treinta y seis horas —dije—. Dame un respiro. Si necesito ayuda, la pediré. Estamos en el mismo bando y creo que un buen líder pide ayuda cuando la necesita, y no lo ve como una debilidad. Y ahora, si quieres hablar de esos asuntos y ofrecerme algún consejo según tu experiencia, estaré encantada de escucharte. Si no, pediré la cena al servicio de habitaciones.

Mi padre gruñó algo en voz baja que no entendí bien, pero volvió a coger la servilleta y se sentó.

—Gracias —murmuré.

Las cosas se sucedieron con más calma durante el resto de la cena, aunque, cuanto más le contaba a mi padre sobre los problemas del hotel, más le costaba reprimirse para no obligarme a dejar que Spencer se hiciera cargo de la gestión. Mi hermanastro hizo lo de siempre, asentir y repetir las palabras de mi padre, pero no añadió nada importante.

Rechacé tomar postre y café para no prolongar la situación más de lo necesario y, por suerte, ellos hicieron lo mismo. Nos despedimos en el vestíbulo y, de camino al ascensor, me entraron ganas de hacer una parada en el bar y tomarme un par de chupitos. Sin embargo, necesitaba tener la cabeza despejada para mi siguiente reunión: una con Weston sobre la que nadie le había informado.

—Sabía que no serías capaz de resistirte a una segunda ronda.

Weston abrió la puerta de su *suite* y se aferró al marco.

Pasé por su lado y entré directa a la habitación. Me volví y me percaté de que solo llevaba una camisa desabotonada y un par de calzoncillos negros. Señalé su ropa.

—¿Qué haces?

Él se miró.

—Pues… desvestirme.

Giré la cabeza.

—Bueno, ¡pues ponte algo!

Me sorprendió que me hiciera caso. Fue hacia la silla donde había dejado los pantalones extendidos y se los volvió a poner. Se subió la cremallera, pero no se abrochó el botón y también dejó el cinturón abierto.

Me volví hacia él en cuanto estuvo presentable y mis ojos se posaron en la fina línea de vello que le nacía en el ombligo. Traté de evitar que me distrajera, pero menudo caminito creaba hacia abajo… joder, era muy *sexy*, y eso me cabreó aún más.

Parpadeé varias veces y me obligué a mirarlo a los ojos mientras colocaba los brazos en jarras.

—¿Y a ti qué te pasa? ¿Sabías lo del sindicato y has ido a verlos hoy? ¿Qué coño pretendes?

Weston se encogió de hombros.

—Tú tampoco me has llamado cuando te has enterado.

Puse una mueca.

—¡Me he enterado hoy mismo, mientras tú te reunías con ellos!

Se acercó a mí.

—Tu padre es un cabrón de campeonato.

Menuda novedad. Era de dominio público y lo sabía de primera mano. Pero solo yo podía despotricar de él todo lo que me diera la gana, nadie más, y mucho menos un Lockwood.

—No te metas con mi padre.

Weston abrió mucho los ojos y echó la cabeza hacia atrás.

—¿Estás de coña? ¿Vas a defenderlo después de cómo te ha hablado?

—No es asunto tuyo cómo me hable o deje de hacerlo.

Él se limitó a sonreír.

—¿Por qué narices sonríes? —inquirí con un gruñido.

Weston se dio un toquecito en los dientes.

—Se te ha quedado algo entre los dientes. Espinacas o perejil, no sé. ¿Has pedido las ostras Rockefeller? Están deliciosas, ¿verdad?

—¿Qué dices? ¡No he pedido las ostras! —Me llevé la mano a la boca y me froté el diente.

—Me recuerda a cuando eras pequeña. ¿Te acuerdas del hueco que tenías entre las paletas? Antes, tendrías que haber comido algo grande para que se te quedara algo entre los dientes. ¿Cuándo te lo arreglaste? Me gustaba.

De pequeña tenía una dentadura horrible. Me pasé horas y horas en el dentista durante los cinco años que tuve aparato. Me sorprendió que se acordase.

Weston me pilló con la guardia baja cuando se inclinó hacia delante y rascó para limpiar lo que se me había quedado entre los dientes.

—Ya lo tengo —dijo, y me mostró el dedo.

No sé por qué, pero aquel gesto simple se me antojó tan íntimo que me invadió la calidez. Así que lo contrarresté con toda la frialdad que pude.

Le aparté la mano y rezongué:

—Mantén las manos quietas.

Weston dio un paso hacia delante.

—¿Seguro? —Estiró la mano y la posó en mi cadera—. Me parece que te vendría bien liberar cierto estrés.

Odiaba que mi cuerpo reaccionase a su contacto. Me cabreaba más que sus sucias jugarretas o que hubiera interferido entre mi padre y yo.

—Que te jodan.

Se acercó todavía más y me clavó los dedos en la cadera.

—Por fin estamos de acuerdo.

—¿Por qué no me has contado lo del sindicato?

Se inclinó hacia mí e inspiró hondo.

—¿Qué perfume llevas?

—Contesta, capullo. ¿Por qué no me has dicho lo de la huelga?

—Te lo diré, pero no te va a gustar.

—Normalmente no me gusta nada de lo que dices, pero eso no te impide seguir hablando.

—Al presidente del sindicato no le gusta tratar con mujeres. Si te hubiese comentado que había problemas, habrías insistido en acompañarme, y ese tipo es un verdadero gilipollas. No te habría oído y, en cuanto te hubieses alejado un poco, me habría hablado de tus tetas, lo cual me habría cabreado hasta el punto de pegarle una buena hostia. Lo mejor era evitar la situación y acabar con todo ese lío.

—La mejor forma de lidiar con un cerdo machista no es ceder. Es enfrentarse a él con profesionalidad.

Pareció darle vueltas a lo que acababa de decir y asintió.

—Vale. Mi instinto me dijo que debía protegerte de ese imbécil para que no tuvieras que aguantar sus gilipolleces. Pero lo entiendo.

Suavicé la expresión.

—Más vale que no vuelva a pasar.

Se le crispó la comisura de la boca.

—Sí, señora.

Dejé caer la vista hasta su mano, que aún seguía apoyada en mi cadera, e imité el gesto. Lentamente, empezó a deslizar la mano hacia arriba.

Mierda. Sentí cómo me invadían los nervios. Debería haber apartado su mano para marcharme. En lugar de eso, me quedé quieta, observándolo acariciarme la cadera, deslizar los dedos por la curvatura de mi cintura y cubrirme las costillas. En cuanto rozó el lateral de una teta, clavó los ojos en mí.

Me dio la sensación de que me estaba dando tiempo para echarme atrás. Quería hacerlo, lo quería de veras. O, por lo menos, mi cabeza quería. Mi cuerpo… no tanto. Apenas habían pasado veinticuatro horas desde la última vez que me había tocado y, sin embargo, me sentía desesperada, necesitada. Mi pecho empezó a hundirse e hincharse con más rapidez mientras lo veía levantar la mano del costado, rozar la blusa de seda y agarrarme el pecho antes de apretarlo.

—Joder, cuánto te odio —susurré mientras cerraba los ojos.

—Los pezones que se te marcan en la blusa también parecen odiarme, mira tú por donde.

Weston metió la mano por el escote. Bajó el encaje del sujetador y tiró del pezón. Me odié por dejar escapar un gemido.

—Te gusta que te den caña, ¿eh?

Mantuve los ojos cerrados.

—No arruines el momento con tu charla.

La mano que tenía metida bajo la blusa se desplazó hacia el otro pecho mientras que la otra me apresaba las muñecas con fuerza. Se inclinó para susurrarme al oído:

—Tal vez deberíamos tener una palabra de seguridad.

«Ay, madre. ¿Qué narices me pasa? ¿Por qué me pone tanto necesitar una palabra de seguridad?».

Al ver que no respondía, Weston me mordisqueó la oreja.

—Elige una, preciosa.

Abrí los ojos.

—Capullo.

Su risita vibró contra mi piel.

—Creo que es mejor una que no uses como apelativo cariñoso conmigo, una que no repitas por lo menos diez veces al día.

—No me hace falta. No me van esas cosas pervertidas.

Weston echó la cabeza hacia atrás.

—Me odias y estoy a punto de atarte las manos a la espalda para que te desfogues por el día que llevas echando un polvo. Digas lo que digas, sí necesitas una, cariño.

Sacó la mano de la blusa y se la llevó al cinturón. De un tirón, sacó el complemento de cuero. Su chasquido me pareció una de las cosas más eróticas que había escuchado en la vida.

Me soltó las muñecas y levantó el cinturón para que lo viera.

—Date la vuelta. Entrelaza las manos a la espalda.

Dios, su voz sonaba increíblemente ronca y grave. Si el sexo tuviera voz, sonaría así. Sin embargo, vacilé. Era el momento de la verdad. ¿En serio iba a dejar que un tío al que había odiado toda mi vida me atase las manos e hiciese conmigo lo que quisiera? Al reparar en la indecisión en mis ojos, Weston me acunó la mejilla.

—No voy a hacer nada que tú no quieras.

—¿Y si no quiero que me ates?

—Entonces no lo haré. —Se quedó mirándome—. Pero quieres que lo haga, ¿verdad? Deja de pensar en lo que te parece bien o mal y haz lo que te apetezca, Soph.

Me percaté de que por fin había utilizado mi nombre de pila. Inspiré hondo y decidí lanzarme a la piscina. Levanté un dedo en señal de aviso.

—No me dejes marcas.

Weston esbozó una sonrisa pícara. Sin mediar palabra, hizo que me diese la vuelta. Me puso las manos a la espalda y las ciñó.

—Tira un poco —pidió.

Intenté liberarme, pero no hubo manera.

Weston me condujo hasta el escritorio que había delante de la ventana. Supuse que haríamos lo mismo que la otra vez: yo me inclinaría hacia delante y él me follaría por detrás. Pero me había vuelto a equivocar. Me giró y, aferrándome por la cintura, me subió al escritorio.

—Abre las piernas.

—Hay reglas —gemí—. Solo por detrás.

Weston me agarró de las rodillas esta vez.

—Eso es cuando te follo, pero aún no estoy listo para eso.

Tragué saliva.

Me separó las piernas. Ni siquiera intenté resistirme.

—Te doy una última oportunidad. ¿Cuál es tu palabra de seguridad, Sophia?

—Countess —susurré.

—Buena elección.

Retrocedió un paso. Me sentía muy vulnerable con las piernas abiertas y las manos atadas a la espalda. Para intentar recuperar algo de control, resoplé:

—Muévete ya y acabemos con esto.

Weston se mordió el labio inferior, y juro que me mojé entera. Me miraba de una manera tan *sexy*...

—Me vas a mirar a los ojos mientras te masturbo.

Me quedé boquiabierta. Menudo caradura.

Divertido, volvió a acortar la distancia entre nosotros. Metió una mano entre mis piernas y apartó las braguitas a un lado. Me acarició el clítoris con dos dedos y después introdujo uno, igual que la noche anterior. Sin embargo, esta vez no me lo esperaba.

Gemí.

—Qué mojada estás ya.

Me masturbó varias veces con el dedo y yo no pude evitar cerrar los ojos.

—Vaya, vaya. ¿Ya se te ha olvidado lo que te he dicho? Abre los ojos, Fifí.

Iba a decirle que dejase de llamarme así, pero volvió a introducir el dedo varias veces y el hilo de mis pensamientos se desvaneció más deprisa que mis inhibiciones.

—Abre más las piernas para que pueda penetrarte más. Me encanta cómo te me ciñes.

Mi cabeza quería cerrarlas, pero mi cuerpo anhelaba ese «más». Las abrí sin vergüenza alguna.

Weston sonrió. Mantuvimos contacto visual mientras sacaba el dedo de mi interior e introducía dos esta vez. Permanecí tensa durante un minuto y, después, me fui relajando según me penetraba con precisión metódica.

—Uno más…

Estaba tan absorta en lo que sucedía que no capté lo que me había dicho hasta que sentí que me metía un tercer dedo. Gemí y volví a cerrar los ojos.

Weston esperó durante varios segundos y me susurró al oído:

—Estás preciosa cuando te excitas. Qué pena que solo quieras que te folle por detrás. Apuesto a que, si te corrieras en mi polla en vez de en los dedos, sería espectacular.

Empecé a jadear. Sentir su aliento en mi oreja y sus embistes continuos en mi interior ya me tenía al borde del orgasmo. Weston curvó los dedos y cambió el ángulo, y supe que no tardaría mucho en correrme.

Movió la otra mano y hundió los dedos en mi pelo. Tiró de mi cabeza hacia atrás y me chupó el cuello.

—Joder… Dios.

Intensificó el agarre hasta que me dolió, pero no lo suficiente como para hacer que parase, y empezó a frotarme el clítoris con el pulgar de la otra mano.

—Mantén los ojos abiertos cuando te corras —gruñó al tiempo que se apartaba para contemplarme. Sin embargo, yo estaba tan ensimismada que ni lo escuché. Volvió a repetirlo con tono mas severo—. Los ojos bien abiertos, Sophia.

Los abrí bien. Por instinto, hice amago de aferrarlo, olvidando que tenía las manos atadas a la espalda. El cuero que lo impedía era recio y, cuanto más tiraba, más se me clavaba en la piel. Me sorprendió que no me diera miedo estar atada, sino que me excitara. Forcejeé varias veces en vano, intentando liberarme, hasta que sentí que mi cuerpo empezaba a reaccionar al clímax. Dios. Emití un ruido a medio camino entre un gemido y un grito cuando alcancé el orgasmo. Nos miramos a los ojos y el calor que vi en los de Weston mientras me observaba correrme me mantuvo presa. Cuando dejé de temblar, me incliné hacia delante y apoyé la cabeza en su hombro, cerrando los ojos por fin.

No tardé en volver a sentirme vulnerable, así que los mantuve cerrados.

—Suéltame —susurré.

—¿Estás segura?

Asentí.

Weston desabrochó el cinturón y me liberó.

Me froté una de las muñecas.

Desvió la mirada hacia abajo. Aunque no me dolían las manos, sí que estaban enrojecidas debido a la fricción.

—¿Quieres que vaya a por hielo?

Negué con la cabeza.

—Estoy bien.

—¿Y crema o algo?

Que usara un tono tan suave conmigo me aturdía tanto como lo que acababa de pasar. Posé una mano en su pecho y lo empujé para que retrocediese.

Me recoloqué la falda y contesté:

—No vayas de majo ahora.

Weston arqueó las cejas.

—¿Quieres que me porte como un capullo? —Señaló hacia atrás con el pulgar—. Seguro que por ahí hay sal para echarte en las muñecas y que te escuezan. ¿Quieres eso?

Entrecerré los ojos y bajé del escritorio de un salto.

—¿Sabes lo que quiero? Que no te reúnas con los del sindicato sin mí. A ambos nos pertenece el mismo porcentaje del hotel y, además, necesitas mi aprobación para cualquier acuerdo que vayas a firmar con ellos.

—¿En serio me vienes con eso ahora? No hace ni dos minutos estabas gimiendo y ahora sales con lo del sindicato. Vamos a olvidarnos del tema por ahora.

Me alisé las arrugas de la falda. No tenía previsto irme pitando. Al igual que no había previsto lo que acababa de pasar. Pero me percaté de que ahora la que jugaba con ventaja era yo;

tenía lo necesario para que Weston se sintiera igual de mal que yo antes. Despacio, una sonrisa malévola se extendió por mi rostro y enarqué una ceja.

—¿Por ahora?

Él dirigió su mirada al bulto que asomaba bajo sus pantalones y después la posó de nuevo en mí.

—Todavía no hemos acabado.

—¿No me digas? —Me encaminé hacia la puerta. La abrí y lo miré por encima del hombro—. Espero que disfrutes tanto como yo hoy. Que tengas dulces sueños, Weston.

# Capítulo 5

## *Weston*

—¿Cómo te va? Me alegro de que no hayas cancelado la sesión esta semana. —La doctora Halpern cruzó las piernas y dejó la libreta en la mesa de al lado.

Quizás fuera la primera vez que no tuve que ocultar el repaso que le había dado a sus torneadas pantorrillas. Y no porque hubiese decidido ponerse pantalones, para variar. Sus piernas eran tan estilizadas como de costumbre.

Me tumbé en el típico diván, como siempre hacía, aunque me había dicho que no era necesario y que la mayoría de los pacientes preferían estar incorporados. Al parecer, la imagen del loquero que escucha cómo el zumbado le cuenta todas sus penas tumbado era cosa de las películas y no de la vida real. Aunque, ya que me obligaban a ir, al menos pretendía llevarme algo a cambio.

—¿Le he contado alguna vez que tuve anginas? —le pregunté—. Creo que yo tenía cuatro años y Caroline, seis o así.

—No, no recuerdo que lo hayas mencionado.

—Mi madre me había dado todo el helado que quedaba y a mi hermana no le hizo mucha gracia. Habían puesto un vaporizador en mi habitación. Así que, mientras disfrutaba de mi helado, Caroline se meó en el vaporizador. Cuando mi madre fue a acostarme, mi habitación estaba llena de vapor de orina.

Por el rabillo del ojo, vi a la doctora Halpern tomar la libreta y garabatear algo.

—¿Va a tomar notas? ¿Es porque está pensando en mandarme al manicomio o porque acaba de encontrar la raíz de todos mis problemas?

La doctora Halpern volvió a soltar la libreta y el boli.

—He anotado que has hablado voluntariamente de tu hermana. ¿Hay alguna razón por la que hoy estuvieras pensando en Caroline?

Normalmente no echaba mucha cuenta de nada que me preguntara la buena doctora, pero hoy sí, por alguna extraña razón.

—No que yo sepa.

—Háblame de las últimas cuarenta y ocho horas. Hasta las partes del día que hayan sido banales; quiero oírlas.

Negué con la cabeza.

—¿Está segura?

La doctora Halpern colocó las manos sobre el regazo.

—Sí.

—Vale… Bueno…

Durante los siguientes veinte minutos, le relaté los acontecimientos de los últimos dos días, aunque me salté los encuentros a solas con Sophia; supuse que esos detalles no eran relevantes para nada que necesitara analizar. Aun así, ella pareció centrarse únicamente en esa parte de la historia.

—Entonces Sophia y tú tenéis una especie de pasado común.

—Nuestras familias.

—¿Cuándo fue la última vez que viste a Sophia antes de reencontrarte con ella?

Sonreí.

—En la fiesta de graduación.

—¿Era tu pareja?

Sacudí la cabeza.

—No.

—¿Pero la viste en el baile?

Retrocedí doce años. Todavía era capaz de ver a Sophia enfundada en aquel vestido. Era rojo y se adhería a todas sus curvas. Aunque las otras chicas tampoco iban mal, sus atuendos eran los típicos de un baile de graduación. Pero el de Soph no. Ella iba elegante y sobresalía tanto que fui incapaz de quitarle el ojo de encima en toda la noche, ni siquiera cuando mi pareja me susurró todas las guarradas que se moría por hacerme una vez terminara el baile.

—Sí. Ella no se lo pasó tan bien.

—¿Por qué no?

—Su novio se acostaba con su prima. Se enteró cuando los oyó en plena faena en el baño de mujeres.

—Dios santo. Eso debió de fastidiarle la noche.

—Sí, sobre todo cuando le partí la nariz al cabronazo. —Recordé la cara que ponía la doctora Halpern cuando decía tacos y añadí—: Al chaval.

La doctora Halpern sonrió.

—Gracias. Entonces, ¿Sophia y tú erais buenos amigos antes?

Sonreí.

—No, no nos podíamos ni ver.

—Pero defendiste su honor.

Me encogí de hombros.

—En realidad, lo que pasaba era que no soportaba a su novio.

—¿Por qué?

Hice amago de responder, pero luego me detuve. ¿Por qué cojones estábamos hablando de cosas que pasaron hacía doce años y de si el tipo ese me caía bien o no? Me giré hacia la doctora Halpern y dije:

—Nos hemos desviado del tema.

—¿Y cuál es? ¿Te apetece hablar de algo en especial?

Me pasé una mano por el pelo.

—No se ofenda, pero, si por mí fuera, ni siquiera estaría aquí. Así que, no… No me apetece hablar de nada en especial.

Se quedó callada durante un buen rato.

—Prosigamos. ¿Caroline y Sophia eran amigas?

—Caroline no tenía muchas amigas. Faltaba mucho al colegio y no podía hacer lo mismo que la mayoría de los niños.

—Vale. Entonces, volvamos un momento a Sophia y al baile de graduación. Por la razón que fuera, sentiste la necesidad de intervenir en su relación y te metiste en un altercado con su novio. ¿Sophia se enfadó por eso?

Me encogí de hombros.

—Según tengo entendido, ella ni siquiera se enteró. Se fue corriendo después de pillarlos tonteando en el cuarto de baño.

—¿Y esa fue la última vez que la viste?

Sonreí.

—No. Estaba de un humor de perros. Todos mis amigos se estaban emborrachando y comportándose como unos auténticos idiotas, y yo no podía beber, así que me marché pronto del baile. Me topé con Sophia en el aparcamiento.

—¿Por qué no podías beber?

—Tenía una intervención médica a la mañana siguiente. Caroline estaba enferma otra vez.

La doctora Halpern frunció el ceño.

—Entiendo. Entonces, te encontraste con Sophia en el *parking*. ¿Y qué tal fue?

Sonreí.

—Discutimos. Como siempre. Pensaba que estaba allí para regodearme de lo capullo que era su novio, que ni siquiera fue tras ella. A ambos nos habían llevado al baile en limusina, así que llamé a mi chófer para que nos recogiera.

—Vale…

No iba a revelarle que, mientras Sophia me gritaba y me ponía de vuelta y media, yo pegué mis labios a los suyos y ambos desfogamos la frustración de un modo mucho más productivo esa noche.

—Los dos… pasamos un buen rato juntos. Yo me quedé dormido en su casa más o menos al amanecer y me desperté media hora después de cuando se suponía que tenía que estar en el hospital. Llamé a un taxi y me presenté allí con el esmoquin arrugado de la noche anterior. —Sacudí la cabeza—. Mi madre mandó que me hicieran una prueba de alcoholemia porque se pensaba que divertirme me importaba más que Caroline. No me creyó cuando le dije que no había probado una gota de alcohol.

La doctora Halpern recogió la libreta y esa vez escribió durante todo un minuto.

—Tal vez ver a Sophia te recordó ese momento de tu vida, un momento en el que estabas ayudando a tu hermana.

Supongo que tenía sentido. Aunque mi hermana había sido lo último en lo que había pensado la noche anterior, eso seguro. Me encogí de hombros.

—Puede.

Dejamos a un lado el pasado. Cuando la doctora Halpern me preguntó cómo iban las cosas en el The Countess, casi le conté lo muchísimo que la había cagado acostándome con el enemigo. Pero entonces pensé que, si lo hacía, a lo mejor intentaba retenerme aquí toda la tarde para sonsacarme la verdad de por qué había cometido semejante error.

Porque ningún loquero acepta que a veces uno no puede aguantarse lo loco que lo vuelven unos botones color pastel en una blusa de seda azul Klein. O que el color de esos botones combine exactamente con la piel de un cuello que no puede morder como desearía y tiene que conformarse con el sonido de esas perlitas de color pastel saltando y tintineando contra el suelo.

Sí, estaba claro que la doctora Halpern no lo entendería. Seamos honestos, si lo hiciera, se quedaría sin trabajo. Porque, para poder mantener este sitio tan lujoso en mitad de la ciudad, necesitaba psicoanalizar todas las mierdas que hacíamos.

Pero lo cierto era que a veces solo actuábamos por instinto, como los animales. Y la maldita Sophia Sterling tenía la asombrosa habilidad de sacar mi lado más salvaje.

# Capítulo 6

## *Sophia*

—Si quieres, te puedo dar seis habitaciones. ¿Reservo a tu nombre? ¿Viene contigo o se aloja por cuenta propia?

Scarlett me había mandado un correo pidiéndome que le reservara una segunda habitación para cuando viniese, así que la llamé para responderle porque, de todas maneras, ya estaba despierta.

—Todavía no lo sé. Pero me harías un favor si la reservases a nombre de Thomason.

—Claro.

—¿No es de madrugada allí? Aquí son las siete de la mañana, así que en Nueva York son las… ¿dos?

Lancé un suspiro.

—Sí. No puedo dormir, así que he decidido ponerme al día con los correos.

—¿Tienes *jet lag?*

—No mucho.

—No me digas que te cuesta conciliar el sueño por culpa de ese capullo de Liam.

—No es por eso.

—Entonces, ¿por qué no descansas bien?

No había llamado a mi amiga para contarle mis problemas. A ver, no era del todo cierto; inconscientemente, había querido hablar con ella. Habían pasado cuatro horas desde que me había marchado de la habitación de Weston, pero todavía seguía dándole vueltas.

—Tengo un problemilla.

—Aunque no esté allí para prohibírtelo, me niego a que te pongas pantalones negros con botas marrones.

Solté una carcajada.

—Ojalá fuese algo tan sencillo.

—Espera un momento.

Scarlett cubrió el altavoz, pero escuché la conversación de todas formas.

—¿Qué es esto? —preguntó con brusquedad.

—Eh… Su café. De Cinnabon, el sitio que me dijo —respondió una voz masculina y nerviosa.

—¿Qué hay dentro? Pesa un quintal.

—Dentro lleva el rollito de canela.

—¿*Qué*?

—Ha pedido un café con un rollito de canela dentro, ¿no?

—He pedido un café con canela espolvoreada. ¿Quién narices pide un rollo de canela metido en el café?

—Ah… Lo siento. Volveré a por su café.

—Mejor.

Scarlett volvió a ponerse al aparato.

—¿Habías dicho algo de un problemilla? ¿Tú? Sea lo que sea, no creo que sea peor que el secretario temporal que me ha mandado la agencia.

—Ya lo he oído. Creo que a veces eres demasiado dura con la gente. Eso sí, te prometo que hoy no es el caso.

Ella suspiró.

—Cuéntame, ¿en qué lío te has metido, cariño?

—¿Te acuerdas de la familia de la que te hablé? ¿La de la cadena hotelera rival y con la que mi familia comparte el The Countess?

—Sí. Los Lock no sé qué.

—Sí, los Lockwood. Bueno, creo que no te dije que me acosté por error con uno de ellos, Weston. Tenemos la misma edad.

—¿Cómo que por error? ¿Te lo tiraste en vez de a otro tío o qué?
Me reí.

—No, supongo que me he explicado mal. Más bien me he acostado con él por culpa de un caso de locura transitoria. En fin, eso fue hace mucho tiempo. La noche del baile del instituto, en concreto. Fui con otro tío y volví a casa con Weston.

—Qué pillina. No pensaba que fueras capaz de algo así.
Sonreí.

—Es una larga historia. Fue un acto de rebeldía. Mi madre había fallecido a principios de año. En pleno baile descubrí que mi novio se estaba tirando a otra, que irónicamente resultó ser una de mis primas. Parece que es algo recurrente. Mi padre no vino a hacerse las fotos previas al baile conmigo porque también era el de mi hermanastro Spencer y el suyo, de tercer curso, era más importante que el mío, de último. A lo que iba, acabé fugándome del baile con Weston. Él dejó plantada a su cita, pero no fue más que un rollo de una noche. Nos odiábamos, pero ese polvo…, digamos que, aunque solo teníamos dieciocho años, fue espectacular.

—Ah, el polvo con alguien a quien no soportas. Es uno de mis favoritos.

—Ya, bueno, el problemilla es ese. Que también es uno de los míos.

—No lo pillo.

—Weston, el tipo del baile, está en el hotel. Lo envía su familia, igual que la mía me ha enviado a mí. Ambos hemos venido a gestionarlo y a tasarlo para comprar el porcentaje de un accionista minoritario y así hacernos con él.

—Y a ti te atrae, pero seguís sin llevaros bien, ¿no?

—Sí. —Me puse de costado y volví a suspirar—. He vuelto a acostarme con él por error.

Scarlett chilló tan fuerte que tuve que separarme el auricular de la oreja.

—¡Eso es genial!

—No lo es en absoluto.

73

—¿Por qué no?

—Hay demasiadas razones. La primera, que no me cae bien. Es arrogante, orgulloso y me pone de los nervios cuando me llama con el mote que me puso de pequeña. Y la segunda es que es el enemigo. Nuestras familias se odian y ambas intentan pujar más alto para lograr hacerse con el control del hotel.

—¿Y has vuelto a acostarte con él por error?

Sonreí.

—Sí.

—Suena a aventura prohibida. Puede que esto sea lo que te venga bien después de quedarte estancada con Liam Albertson durante año y medio.

—Lo que me vendría bien es mantenerme lejos de Weston. No sé qué me pasa, pero, cada vez que nos peleamos, acabamos quitándonos la ropa.

—Eso suena maravilloso.

Mentiría si dijese que no. En caliente sí que era maravilloso. Pero ese éxtasis momentáneo no duraba. Después me sentía peor que nunca. Y, además, había venido a trabajar, no a confraternizar con el enemigo.

—¿Sabes si todavía se venden cinturones de castidad? Tal vez necesite uno.

—Creo que lo que necesitas es lo que estás haciendo: acostarte con alguien más interesante que Liam.

—¿Alguna vez te has sentido atraída por alguien que no te conviene?

—¿No recuerdas que te conté que me tiré a mi profesor de psicología de cuarenta tacos en primero de carrera? Ya llevaba tres divorcios y su última mujer también había sido su alumna. Fue la estupidez más grande que he cometido nunca. Pero, joder, también el mejor polvo que he echado en mi vida. Ese tío era como un afrodisíaco. Cada vez que iba a su clase juraba que no lo volvería a hacer. Pero entonces él pronunciaba «Señorita Everson, ¿puede quedarse después de clase?», en un tono que parecía indicar que me había pillado copiando y me iba a echar la bronca. Y caía. Volvía a casa con marcas negras del borrador porque le gustaba empotrarme contra la pizarra blanca.

—¿Cómo terminasteis?

—Cuando el semestre llegó a su fin, no me apunté al segundo curso de psicología. Todo iría bien siempre y cuando no lo volviese a ver.

Suspiré.

—En mi caso, eso no funcionaría. Vamos a estar aquí mínimo un mes más.

—A ver, lo que te pone es discutir con él, ¿no?

Me sentía decepcionada conmigo misma, pero sí.

—Sí, es como si me quisiese desquitar físicamente.

—Vale, pues entonces deja de pelearte con él.

Al principio pensé que no funcionaría, pero… oye. Era muy simple. ¿Sería así de fácil también en la práctica?

—No sé si vamos a poder llevarnos bien. No hacemos otra cosa que discutir.

—Vaya. Suena a que o lográis entenderos o volveréis a cometer otro error.

Suponía que no pasaba nada por intentarlo.

—Puede que lo haga.

—Bien, pues asunto arreglado. Ahora duérmete, que voy a hacer llorar al nuevo antes de que acabe el día.

Solté una carcajada.

—Suena bien.

—A dormir. Llámame cuando la líes y vuelvas a tirarte al tal Weston.

—Con suerte no volverá a pasar. Te veo a finales de la semana que viene.

—¡Adiós, cariño!

Apagué el móvil, lo puse a cargar en la mesilla y me tapé con las sábanas.

Scarlett tenía razón. Era bastante simple. Solo tenía que ser simpática con Weston. Seguro que no me costaba tanto.

¿O sí?

# Capítulo 7

## *Sophia*

—Buenos días, Weston. —Le ofrecí mi sonrisa más deslumbrante.

Al parecer, Weston no estaba acostumbrado a recibir ese tipo de atenciones por mi parte. Frunció el ceño y me escrutó con desconfianza.

—¿Buenos días?

Estaba sentado tras el escritorio del que había sido el despacho de la señora Copeland. Estaba segura de que se esperaba una pelea por ver quién se quedaba con el espacioso despacho esquinado con vistas a Central Park. Pero, en cambio, fui derechita a la mesa de juntas circular sin dejar de sonreír.

—Me gustaría ponerte al día del resto de problemas que me comentó ayer el gerente del hotel. Tal vez podamos dividir la lista que he redactado y ocuparnos cada uno de distintas cosas.

—Eh… sí, tiene sentido.

Weston seguía aguardando a que me diera un arrebato de un momento a otro. Pero no le di esa satisfacción. Había reflexionado mucho sobre la conversación que Scarlett y yo habíamos mantenido antes por la mañana y había llegado a la conclusión de que quizás no iba tan desencaminada. Hasta hacía unos días, me había considerado bastante tranquila y calmada, pero, al parecer, a una parte más profunda y oscura de mí le encantaba discutir con este hombre. Si Weston y yo nos llevábamos bien, a lo mejor podía evitar acabar con las bragas por el suelo.

Weston se levantó y se aproximó a donde yo había tomado asiento. Esa mañana, había pasado a ordenador una larga lista con los problemas que Louis y yo habíamos tratado el día anterior. Deslicé tres páginas grapadas hacia el otro lado de la mesa y alcé la vista hacia Weston.

—Esto es una lista de lo que deberíamos hablar. Lo he ordenado por prioridad, pero habría que revisarla entera. Voy a bajar un momento a por más café. Si acaso, ve leyendo lo que he escrito y lo comentamos cuando vuelva. —Me puse en pie.

La expresión en la cara de Weston era, cuanto menos, cómica. Él seguía esperando que me hiciera la difícil. «De eso nada, monada». Me dirigí a la puerta, pero me detuve y me di la vuelta.

—¿Quieres que te traiga un café a ti también? ¿Y algo de fruta o un *muffin*?

—Eh… pues sí. Un café solo doble y un *muffin* de arándanos.

—Marchando. —Esta vez hasta me las apañé para enseñar los dientes cuando sonreí de oreja a oreja. Mostrarme dulce con Weston estaba demostrando ser casi una nueva forma de tortura para él. «Quién lo diría». Al final puede que no fuera tan mala idea.

Cuando hice amago de girarme para salir, me detuvo.

—Espera. No irás a envenenarme el café ni nada, ¿verdad? Me reí.

—Ahora vuelvo.

Mi falsa actitud alegre parecía haber funcionado. De camino a la cafetería, hasta empecé a silbar. No solo disfrutaba descolocando a Weston, sino que mi cuello también agradecía la falta de tensión. Llevaba con un enorme nudo en esa zona desde que me había subido al avión hacía unos días.

Cuando regresé al despacho, Weston seguía sentado a la mesa circular. Había garabateado algunas notas en la lista que le había dado y ahora tenía un bloc de notas amarillo con todavía más cosas apuntadas y estaba leyendo algo en su móvil. Le entregué el café y la bolsa con el *muffin* de arándanos con otra sonrisa alegre.

—Les he pedido que te calentaran el *muffin*. Espero que no te importe. También hay mantequilla en la bolsa, por si quieres.

Arrugó la frente, patidifuso.

—Ah, genial. Gracias.

Me senté frente a él y le quité la tapa de plástico a mi café antes de coger el bolígrafo.

—¿Por qué no empezamos con la lista? Y, cuando acabemos, me puedes contar cómo fueron las cosas ayer con el sindicato y qué puedo hacer para ayudar.

—Está bien…

Durante una hora, puse a Weston al corriente de los problemas que había hablado con Louis. Cuando acabé, se despatarró hacia atrás en la silla.

—Tenemos mucho trabajo por delante.

—Sí, pero creo que haremos un buen equipo y que podremos poner a punto este sitio enseguida.

—Ah, ¿sí?

—Pues claro. Si alguien sabe de hoteles, esos somos nosotros. Antes de empezar a trabajar para nuestras familias, los dos nos criamos y pasamos muchos años en hoteles. Lo llevamos en la sangre. He contactado con dos contratistas con los que hemos trabajado en las propiedades Sterling y he concertado una reunión con uno de ellos hoy a las dos de la tarde para hablar de la obra que hay que acabar en el salón de eventos.

—¿Y por qué tus contratistas? El mes pasado estuve en uno de vuestros hoteles para una reunión y tampoco es que fuera gran cosa.

Mi reacción instintiva fue ponerme a la defensiva, pero me controlé y conseguí hacer caso omiso de su insulto, centrándome en que debíamos trabajar juntos.

—Mira, hagamos una cosa. Es evidente que necesitaremos varios presupuestos, así que ¿por qué no llamas a uno o dos de los tuyos? Así podemos ver qué opina cada uno y cuándo creen que podrían tenerlo listo.

De nuevo, Weston titubeó.

—Sí, vale.

Tratamos otros temas prioritarios, incluyendo cómo lidiar con un empleado que Louis pensaba que estaba metiendo mano en la caja y cómo ocupar cinco puestos de trabajo clave, dos de los cuales eran para asistente de gerente. También llamé a un equipo de contabilidad y a un bufete de abogados para que vinieran por la tarde para empezar con la diligencia debida en el The Countess, de manera que mi familia pudiera presentar ya una oferta de compra de las acciones minoritarias.

Sin demasiadas disputas, Weston y yo incluso decidimos qué salas de juntas queríamos cada uno para nuestro personal. Luego barajamos algunas posibles contraofertas para el sindicato. En resumen, fue una mañana de lo más productiva.

—Bueno... —Ordené los papeles que había esparcido frente a mí en una única pila—. Ha sido una muy buena reunión. Voy a hablar con Louis para que me busque otro despacho. Supongo que te veré arriba cuando llegue el primer contratista.

—¿No quieres este? —inquirió.

Me puse en pie.

—Parece que tú ya te has instalado. Ya me buscaré otro. No te preocupes.

Estábamos a dos minutos de que Weston viniera a tocarme la frente para comprobar si tenía fiebre. Sospechaba que ya lo había torturado bastante por una mañana; mi trabajo aquí había terminado.

—¿Te veo a las dos?

—Sí. Puede que llegue un poquitín tarde. Pero allí nos vemos.

Ahora me tocaba a mí desconfiar de él.

—¿Tienes planificada alguna otra cosa?

Weston se puso de pie y regresó al escritorio evitando establecer contacto visual conmigo.

—Tengo una reunión, pero volveré después.

—¿Una reunión? ¿Qué clase de reunión?

—De las que no te incumben. Volveré en cuanto pueda.

Incapaz de ocultar lo mucho que me molestaba su respuesta, salí del despacho. Acababa de poner todas mis cartas sobre la mesa y el muy capullo seguro que se guardaba un as bajo la manga para jugarlo a mis espaldas.

Esto de ser amable con él no iba a ser tan fácil, al final.

Sam Bolton se encargaba de las obras para mi familia en Nueva York desde que yo era pequeña, aunque no sabía que Construcciones Bolton ahora fuera Bolton e Hijos. Travis, su hijo, se presentó y me estrechó la mano. Era atractivo. Daba más el perfil de jefe refinado y pulcro que el de contratista dispuesto a ensuciarse las manos, pero definitivamente no hacía daño a la vista.

—Encantado —dijo—. No sabía que William tuviera una hija.

El comentario de Travis no iba con malicia, pero había dado justo donde dolía.

—Eso es porque todavía alberga la esperanza de que entre en razón, me ponga un delantal y me quede en casa, como deberíamos hacer las mujeres.

Travis sonrió.

—Espero que no le moleste que se lo diga, pero he trabajado con Spencer, su hermano, y creo que también hacen delantales de su talla.

Travis me empezaba a caer bien.

—Es mi hermanastro, y estoy segura de que quemaría cualquier cosa que intentara preparar en la cocina.

Si no me equivocaba, creí haber detectado esa mirada en los ojos de Travis. Ya sabéis cuál, cuando a alguien le brillan los ojos porque le interesa algo más que hacer negocios contigo, aunque se portó como un auténtico caballero y no hizo nada inapropiado mientras le enseñaba la zona que había que renovar. Travis había llegado temprano, así que, unos cuantos minutos después, su padre vino con nosotros. También invité a Len, el jefe de mantenimiento del hotel, quien dirigió la visita enseñando lo que ya se había hecho y lo que todavía quedaba por terminar.

—¿Y qué pasó con el anterior contratista? —preguntó Travis.

—Por lo visto, surgieron múltiples problemas de inspección —explicó Len—. La señora Copeland no estaba muy contenta con los continuos retrasos, así que despidió al contratista con la intención de buscar a uno nuevo. En un momento dado, me contó que le había hecho un abono en cuenta al nuevo contratista, pero nunca llegaron a empezar nada.

«Genial. Nota metal: añadir "averiguar si al contratista se le pagó para empezar el trabajo y luego se quitó de en medio" a mi lista de cosas por hacer».

—Básicamente, todo se paralizó hace catorce meses, cuando la salud de la señora Copeland empeoró.

—¿Y para cuándo decís que necesitáis que esté terminado? —preguntó Sam Bolton.

—Para dentro de tres meses —respondí.

Travis elevó las cejas mientras su padre exhalaba un gran suspiro y negaba con la cabeza.

—Tendríamos que trabajar las veinticuatro horas del día. Eso implicaría pagar extras por nocturnidad, además de contratar a dos capataces que trabajen horas extra y echen turnos de doce horas, y todos los demás rendimientos que el sindicato nos exija.

—¿Pero sería posible? —pregunté—. Tenemos eventos reservados para dentro de tres meses y no me gustaría tener que cancelarlos.

Sam miró en derredor rascándose la barbilla.

—Sí. Aunque no te voy a mentir, no me gusta trabajar así. No voy a abaratar costes para poder terminar a tiempo. Muchas veces yo mismo dependo de otros subcontratistas, así que siempre existe la posibilidad de que algo se tuerza. —Asintió—. Pero sí, con todos esos extras, creo que podríamos tenerlo listo en tres meses. Tendríamos que ir a Urbanismo para ver qué problemas hubo en las últimas inspecciones y llevarnos hoy mismo los planos, pero se puede intentar.

—¿Para cuándo podrías tener el presupuesto?

—En un par de días.

Suspiré.

—Vale. Pues quedamos en eso.

Weston apareció justo cuando ya estábamos acabando; más que un poquitín tarde. Aun así, mantuve el tipo y hasta conseguí sonreír mientras hacía las presentaciones. Sam y él empezaron a hablar de gente y trabajos que ambos conocían. Le dije a Len, el de mantenimiento, que podía marcharse, y entonces Travis y yo nos quedamos charlando.

—¿Eso que oigo es acento británico? —me preguntó.

No pensaba que tuviera acento, pero no era la primera persona que me lo preguntaba. Solo había vivido seis años en Londres.

—Eres muy perspicaz. —Sonreí—. Nací y crecí en Nueva York, pero estos últimos años he vivido en Londres. Al parecer, se me ha pegado sin querer.

—¿Por qué te fuiste a Londres?

—Por trabajo. Tenemos hoteles allí y mi padre y yo nos llevamos mejor cuando estamos en continentes distintos.

Sonrió.

—¿Y por qué has vuelto ahora?

—Por este hotel. Además, ya tocaba. Necesitaba un cambio de aires.

Travis asintió.

—Pero no para ponerte un delantal en la cintura, ¿no?

Me reí.

—Obviamente no.

Por el rabillo del ojo, pillé a Weston mirándonos. Era la segunda o tercera vez en tan solo cinco minutos. Era evidente que estaba pendiente de nuestra conversación.

En cuanto los Bolton se marcharon, Weston sacudió la cabeza.

—Esos dos no son aptos para el trabajo.

—¿Qué? ¿A qué viene eso? Me han dicho que podrían mandarme el presupuesto en un par de días y que podrían cumplir con el cortísimo plazo que tenemos. Mi familia lleva años colaborando con ellos. Son de plena confianza. ¿Qué más podemos pedir a estas alturas?

—Es solo que no me terminan de encajar.

—¿Encajar? ¿A qué te refieres?

—No sé. Supongo que no me fío de ellos.

—¡Eso es absurdo!

—Pueden mandarnos su presupuesto, si quieren. Pero, si es con ellos, yo no contaría con mi voto para encargarles el trabajo.

Puse los brazos en jarras.

—¿Y, según tú, quién es apto para este trabajo? No, espera a que lo adivine, alguien de los tuyos, ¿verdad?

Weston se encogió de hombros.

—No es culpa mía que nosotros tengamos mejores contratistas.

—¿Mejores? ¿Cómo puedes saber si alguien es mejor que otro sin más información?

—Tal vez, si prestaras más atención a lo que te rodea en vez de comerte con los ojos al hijo del contratista, pensarías igual que yo.

Abrí los ojos como platos.

—Estarás de broma, ¿no?

Se encogió de hombros.

—El deseo es ciego.

—¡Está claro! ¿Por qué si no me habría acostado contigo?

La mirada de Weston se oscureció; sus pupilas absorbieron casi todo el azul de sus iris. Sentí que me ardían las mejillas de rabia, y... joder, también unas malditas mariposas en el estómago.

«¿Mi cuerpo se ha vuelto loco o qué?».

No había más explicación. Una capa de sudor frío me cubrió la frente y mi cuerpo empezó a encenderse como un maldito árbol de navidad.

«¿Qué narices?».

¿En serio?

«No. Me niego».

Mientras mi cerebro trataba de desligarse de la estúpida reacción de mi cuerpo, los ojos de Weston descendieron hasta mi escote. Me morí de la vergüenza al descubrir que tenía los pezones tiesos. Ahí estaban los traidores, enhiestos, marcándose a través de la blusa, como si saludaran al muy capullo. Crucé los brazos sobre el pecho, pero ya era demasiado tarde. Alcé la mirada y vi que Weston sonreía de forma pícara y descarada.

Respiré hondo antes de cerrar los ojos y contar hasta diez. Cuando los volví a abrir, Weston seguía sonriendo con suficiencia, pero también había arrugado el ceño.

—Si esperabas que fuera a desaparecer por arte de magia, siento decepcionarte —dijo.

A punto estuve de responder: «Eso habría sido tener mucha suerte», pero, en cambio, logré esbozar una sonrisa deslumbrante.

Bueno, o eso había pretendido, pero por la cara que puso Weston, creo que se pareció más a la mueca maníaca del Joker. Aun así, no me achanté.

Hablé entre dientes.

—¿Por qué dices eso? Si eres de muchísima ayuda. A ver cuándo nos reunimos con tu contratista. Tengo ganas de conocerlo.

Como no sabía cuánto tiempo más podría aguantar sin perder los papeles, le di la espalda y emprendí el camino hacia la puerta. Sin echar la vista atrás, dije:

—Que tengas una buena tarde, Weston.

—Seguro que sí —exclamó—. Y no te olvides de la cena de esta noche, Fifi.

# Capítulo 8

## *Sophia*

Llegué a Le Maison un cuarto de hora tarde a propósito.

Weston se levantó cuando me acerqué a la mesa.

—Empezaba a pensar que me ibas a dejar plantado.

Tomé asiento y me puse la servilleta en el regazo.

—Dije que vendría y aquí estoy. Pero dime una cosa, ¿por qué no hemos cenado en uno de los restaurantes del The Countess?

—Este tiene pista de baile. He pensado que tal vez te gustaría sentir mi cuerpo contra el tuyo en público. Ambos sabemos lo mucho que lo disfrutas en privado.

—No pienso bailar contigo.

Mi rechazo no pareció molestarlo, sino que sacó a relucir esa sonrisa perfecta suya. Era tan perfecta que me irritó sobremanera. Sin embargo, estaba empeñada en mantener la compostura esa noche.

Un camarero se acercó y nos preguntó si queríamos ver la carta de vinos. Le eché un vistazo rápido, pero me decanté por algo ligerito en lugar de ingerir cientos de calorías a base de vino para relajarme. Le devolví la carta al camarero y pedí:

—Un vodka con zumo de arándanos y lima, por favor. Preferiría que el zumo fuera *light*.

—Lo lamento, pero no lo tenemos *light*. ¿Lo querrá normal, entonces?

—Claro, gracias.

El camarero esperó y se volvió hacia Weston.

—¿Y usted, señor?

—Una Coca-Cola *light*, por favor.

Era la tercera vez que yo pedía una bebida alcohólica y Weston no en uno de nuestros encuentros. Me debatí si preguntarle sobre el tema o no, pero con eso resaltaría que estaba bebiendo en un día de diario, así que preferí quedarme callada.

En cuanto el camarero se marchó, Weston se me quedó mirando.

—No te olvides de la segunda condición.

Tardé varios segundos en recordar las condiciones del estúpido acuerdo al que habíamos llegado: que tendría que llamarlo Weston, que cenaríamos juntos una vez a la semana y que yo... llevaría el pelo recogido dos veces por semana.

—¿Qué más te da cómo lleve el pelo?

—Porque me gusta ver la piel de tu cuello. Es cremosa.

Abrí la boca para responderle, pero la volví a cerrar. Sabía cómo pelearme con él, incluso cómo hablar de negocios de forma civilizada; sin embargo, no tenía ni idea de cómo recibir cumplidos cuando se mostraba tan agradable.

—No digas esas cosas —gruñí al final.

—¿Por qué no?

—No lo hagas y punto.

Dado que el trabajo era un tema de conversación seguro, entrelacé las manos sobre la mesa.

—He concertado una reunión con otro contratista mañana a las nueve.

—Construcciones Brighton vendrá mañana a las ocho. Seguro que podemos cancelarla una vez nos hayamos reunido con Jim Brighton.

—No pienso tomar una decisión hasta que hayamos hablado con los dos. Al contrario que tú, yo soy de criterio amplio y no me opongo a valorar a todos los contratistas competentes independientemente de quién los sugiera.

Weston dejó su servilleta en la mesa y se levantó. Me ofreció una mano.

—Vamos a bailar.

—Ya te he dicho que yo no bailo.

—Solo uno.

—No.

—Dame una razón de peso y me volveré a sentar.

—Porque no es profesional. Es una cena de trabajo, no una cita.

—Tampoco lo era que te masturbara mientras te tenía atada con el cinturón. Y a eso no pareciste poner objeción alguna. Aunque, si te interesa mi opinión, dejarme como me dejaste la otra noche no fue muy profesional, que digamos.

El camarero nos trajo las bebidas. Weston siguió de pie, esperando a que le diese la razón.

En cuanto nos volvimos a quedar a solas, respondí:

—Es evidente que ha habido momentos en los que no he actuado con cordura. Pero eso ha quedado atrás y pretendo que las cosas entre nosotros sean, a partir de ahora, estrictamente profesionales.

Weston se me quedó mirando durante un momento. Me sorprendió que volviera a sentarse sin rebatirlo. Se pasó el pulgar por el labio inferior varias veces, como si meditara mis palabras. Al cabo de un minuto, su expresión se animó. Lo único que le faltaba era la bombillita encima de la cabeza.

Sonrió.

—Crees que si nos llevamos bien no te acabaré metiendo la polla.

Me revolví en el asiento.

—¿Por qué eres tan vulgar?

—¿Qué he dicho? —preguntó, confuso.

Me incliné hacia delante y contesté en voz baja.

—Polla. ¿Por qué lo dices de esa manera?

Weston volvió a esbozar una sonrisa.

—Perdona, ¿puedes repetirlo? No te he oído bien.

Entrecerré los ojos.

—Sí que lo has oído. Estoy segura, vaya.

Él también se inclinó hacia delante y bajó la voz.

—Puede, pero es que me ha gustado mucho que hayas dicho «polla».

Un ayudante de camarero pasaba por allí justo cuando Weston contestó. Nos miró y nos lanzó una sonrisita, pero siguió caminando.

—Baja la voz.

Huelga decir que no me hizo caso.

—¿No te gusta hablar de mi polla en concreto o de todas las pollas en general?

Puse los ojos en blanco.

—Eres tan infantil…

Se encogió de hombros.

—Puede, pero ya sé qué es lo que pretendes. Crees que, si no nos peleamos, no acabaremos follando.

—Pues no —mentí—. Simplemente intento mantener una relación cordial después de haber empezado con mal pie.

Weston cogió un colín del centro de la mesa.

—Pues a mí me gusta el pie con el que hemos empezado.

—Mala suerte, vamos a hacer las cosas a mi manera.

Se comió un trozo de colín y me señaló con el resto.

—Ya veremos.

Logré desviar el tema de conversación al trabajo durante la cena. Mientras esperábamos a que nos trajeran la cuenta, dije:

—Len, el encargado de mantenimiento, le ha enseñado el sitio al contratista esta tarde. Se ha marchado antes de que vinieras, pero me alegro de haberlo llamado. Le ha explicado a Sam y a Travis cosas de la electricidad y del sistema de riego que yo no sabía. Le he pedido que venga mañana para que hable también con el otro contratista que va a venir. Tal vez deberías pedirle que os acompañe a tu contratista y a ti en la reunión de las ocho.

—Vale, lo haré.

88

Al mencionar lo de antes me acordé de lo tarde que había llegado Weston a la reunión. Dado que por ahora nos estábamos llevando bien, supuse que no pasaría nada por preguntar.

—Por cierto, ¿por qué has llegado tan tarde hoy? No me has dicho de qué iba la reunión.

Weston me miró antes de desviar los ojos.

—Es cierto, no te lo he dicho.

Suspiré.

—Da igual. Espero que no me estés ocultando nada, como cuando te reuniste con el sindicato sin decírmelo.

—No interferirá en nada.

El The Countess estaba a cinco calles del restaurante, así que regresamos juntos. De camino, pasamos por un bar llamado Caroline's. Al percatarme, eché una miradita a Weston para ver si él también se había dado cuenta. Lo vi escudriñar el nombre del bar. En cuanto bajó la mirada, la desvió hacia mí. Habría sido raro no decir nada.

—Siento mucho lo de tu hermana —murmuré en voz baja.

Él asintió.

—Gracias.

Caroline Lockwood era dos años mayor que Weston, pero debido a lo mucho que faltaba al colegio, solo iba un curso por encima de nosotros. Padecía leucemia desde pequeña. Sabía que existían muchas subcategorías distintas, y no estaba segura de cuál era exactamente la suya, pero en el colegio siempre parecía cansada y demasiado delgada. A los dieciocho, justo después de graduarnos, recuerdo haber oído que recibió un trasplante de riñón. Tanto su familia como sus amigos se mostraron muy optimistas y pensaron que la situación mejoraría. Pero hace unos cinco años, mientras estaba en Londres, me enteré de que había fallecido.

Weston se detuvo al llegar a la entrada del The Countess. Contempló la preciosa fachada y sonrió.

—A Caroline le habría encantado este hotel. Estudió arquitectura en la Universidad de Nueva York y trabajaba en La

Comisión para la Conservación de Monumentos Históricos de Nueva York. Pensaba que su deber era preservar los edificios más antiguos de la ciudad.

—No lo sabía.

Él asintió con la mirada aún fija en la fachada.

—También le obsesionaba la Navidad; creía que era su deber tenerla presente durante dos meses enteros. De seguir aquí, ya nos habría reunido a ambos para planear la decoración del The Countess para esas fechas.

—Sé una curiosidad sobre el The Countess relacionada con la Navidad y que involucra a nuestras familias. Mientras buscaba información sobre el hotel, vi algunas fotografías antiguas del vestíbulo con un gran árbol de Navidad. También he leído cientos de reseñas en Tripadvisor para ver qué decía la gente del hotel actualmente, y las de diciembre resaltan a menudo la ausencia de árbol y que apenas se veían decoraciones festivas. Le he preguntado a Louis y me ha dicho que durante los primeros años del hotel, nuestros abuelos iban en busca del árbol más grande que pudieran encontrar y los tres lo decoraban de arriba abajo. Era una de las cosas que más le gustaban a la señora Copeland. Después de lo que sucedió entre ellos en 1962, cuando tomaron caminos distintos, no se volvió a encender un árbol en el vestíbulo. A Grace le encantaba que hubiera un árbol grande, pero no pudo volver a ponerlo por los recuerdos que le traía. Se sentía fatal por haber roto la amistad de nuestros abuelos y esperaba que un día enterrasen el hacha de guerra y pudiesen volver a poner un árbol en el hotel.

—¿En serio?

Asentí.

—Pues sí. Así que no han colocado ni el árbol ni nada demasiado navideño desde antes de que naciéramos.

Weston se quedó callado durante un momento sin apartar la mirada del hotel.

—Supongo que Grace y yo tenemos algo en común.

—¿A qué te refieres?

—Yo tampoco he vuelto a poner el árbol ni a decorar mi casa desde que Caroline murió. De pequeños, me obligaba a pasar horas y horas decorando la casa con ella. Cuando se fue haciendo mayor, me hacía ir a casa en su cumpleaños, el 2 de noviembre, y pasar el día entero ayudándola a decorar. Lo hacía en su cumpleaños porque sabía que me costaría mucho más decirle que no.

Sonreí.

—Me encanta la relación que teníais. Recuerdo que, en el instituto, cuando os veía volver juntos a casa o reíros por los pasillos, deseaba haber tenido hermanos.

Weston me miró y sonrió con calidez.

—Spencer no cuenta, ¿o qué?

Solté una carcajada.

—Ni de coña. Además, aunque nos hubiéramos llevado mejor, él se crio en Florida, donde mi padre tenía a su segunda familia, así que no llegué a conocerlo bien. Y, quizás, nunca le di una oportunidad por la manera en la que entró en mi vida.

Weston pareció darle vueltas a algo.

—¿Te vendría bien saber sus trapos sucios?

—¿Que si me vendría bien? No lo sé. ¿Me gustaría? Por supuesto.

Él sonrió y se inclinó un poquito, aunque estábamos solos en esa zona de la acera.

—Ese hermanastro tuyo tiene una prometida sureña y su padre, que es pastor, anunció el compromiso en *The New York Times*... Pues bueno, el chico se está tirando a una *stripper* de Las Vegas famosa por ser *dominatrix*.

Abrí los ojos como platos.

—Supe que tenías trapos sucios sobre él el otro día, durante la comida.

—Se hospedan en un pequeño hotel-casino a las afueras de la ciudad. Supongo que no quieren que los reconozcan. Creo que Spence no sabe que soy socio del The Ace. Los he visto con mis propios ojos y también he hecho algunas preguntas por ahí. Llevan juntos un tiempo.

Sacudí la cabeza.

—De tal palo, tal astilla, supongo.

Como Weston me había contado eso, decidí revelarle uno de mis secretos.

—¿Quieres que te diga algo que casi nadie sabe?

Él sonrió.

—Claro.

—Spencer y yo solo nos llevamos seis meses. Lo matricularon en un curso menos en el colegio para que la gente no se enterara. El impresentable de mi padre dejó preñada a su mujer y a su amante casi a la vez.

Weston negó con la cabeza.

—Tu padre nunca me ha caído bien. Incluso de pequeños ya me daba mala espina. Sin embargo, tu abuelo siempre me ha parecido un señor decente.

Suspiré.

—Ya. El abuelo Sterling es muy especial para mí. Ya no lo veo tan a menudo porque se ha mudado a Florida. Después de que mis padres se divorciaran, fue él quien se ocupó de mi madre y de mí. No se perdía un recital o un partido de tenis. Varias tardes a la semana, lo acompañaba a uno de sus hoteles después del colegio. Incluso por aquel entonces ya notaba la diferencia en el trato hacia el personal por parte de mi padre y de mi abuelo. Los empleados adoraban al abuelo Sterling, igual que aquí adoraban a Grace Copeland. Sin embargo, temían a mi padre en lugar de respetarlo.

—Supongo que en todas las familias hay una oveja negra.

Asentí.

—Muy cierto. —Vi que le había confesado más del caos de mi familia que él de la suya, así que pregunté—: ¿Quién es la oveja negra en la tuya?

Weston metió las manos en los bolsillos y agachó la mirada.

—Yo.

Estuve a punto de echarme a reír.

—¿Tú? Pero si eres el principito de la familia Lockwood.

Weston se frotó la barba de la mejilla.

—¿Quieres saber un secreto de los Lockwood?

—Claro.

—Jamás he sido el «principito» de la familia Lockwood. Solo me daban las sobras.

Mi sonrisa se evaporó.

—¿A qué te refieres?

Weston sacudió la cabeza.

—A nada. Olvídalo. —Hizo una pausa y ladeó la cabeza hacia la puerta—. Voy a revisar algo en el despacho antes de irme a dormir. Nos vemos mañana por la mañana, ¿no?

—Eh… Sí, claro. Buenas noches.

# Capítulo 9

## *Sophia*

La mañana siguiente fue movidita. Weston y yo enseñamos las instalaciones a los dos contratistas, y después me dirigí sola a la sala de juntas donde se habían instalado nuestro equipo legal y el de contabilidad. La sonrisa en mi cara mientras abría la puerta desapareció casi al instante, en cuanto entré. Mi padre presidía la mesa. Ni siquiera sabía que hubiera vuelto a la ciudad... O tal vez nunca se había marchado.

—Pensaba que habías vuelto a Florida...

Mi padre me dedicó una mirada seria.

—Es evidente que hago falta aquí.

—¿Eh? —Me crucé de brazos—. ¿Quién te lo ha dicho?

Reparé en que la sala estaba llena de hombres moviendo la cabeza de un lado a otro, observando el intercambio de palabras entre mi padre y yo. Ladeé la cabeza hacia la puerta.

—¿Podemos... hablar fuera un momento?

Mi queridísimo padre parecía tener ganas de decir que no, pero soltó un suspiro cargado de exasperación y se encaminó hacia la puerta.

Una vez fuera, él habló antes de que yo tuviera la oportunidad de hacerlo.

—Sophia, esto es demasiado para ti. No puedes dirigir un hotel y también al equipo para que actúen con diligencia y podamos presentar la puja ganadora al accionista minoritario.

Negué con la cabeza.

—Creía que ya lo habíamos hablado en la cena. Si necesito ayuda, ya te llamaré.

Como siempre, mi padre me ignoró.

—Deberías centrarte en sonsacar información a los Lockwood.

—¿Qué información?

Suspiró como si le pareciera increíble tener que explicármelo todo.

—Ambos accedimos a presentar nuestra oferta en sobre cerrado. Pero nos vendría de lujo saber cuánto van a pujar los Lockwood para poder superar su oferta sin pillarnos los dedos.

—¿Y cómo quieres que haga eso?

—Ese muchacho que salió en tu defensa el otro día piensa que eres una damisela en apuros. Usa eso contra él.

—¿A qué te refieres?

Quería pensar que lo había entendido mal, porque me resultaba increíble que un padre pudiera sugerirle tal cosa a su hija. O quizá no quería creer que al mío le preocupara más el dinero que su única hija abriéndose de piernas por el bien de la empresa.

—Usa tus armas de mujer, Sophia. Dios sabe que las heredaste de tu madre.

Sentí el rostro arder.

—¿Lo dices en serio?

—A veces todos tenemos que hacer cosas por el bien de esta familia.

Rechiné los dientes y respiré hondo antes de responder.

—¿Por qué familia estás haciendo cosas hoy exactamente, padre? ¿Por la que dejaste abandonada cuando yo tenía solo tres semanas de vida o por la de tu amante, que tenía diecinueve años cuando la dejaste preñada?

—No seas impertinente, Sophia. Es muy impropio de ti.

Como siempre, tratar de mantener una conversación profesional con mi padre resultó imposible. Tenía mejores cosas que hacer que quedarme discutiendo con él, así que cedí…

por el momento. Podría vencer esa batalla, pero yo sabía exactamente qué hacer para ganar la guerra. Además, la tasación del hotel iba a llevar semanas, y la esposa de mi padre jamás toleraría que se quedara tan lejos tanto tiempo. Al final, yo sería la que quedara en pie.

—¿Sabes qué? ¿Por qué no te encargas tú del equipo de tasación? Yo tengo muchas cosas que hacer.

Él asintió con brusquedad.

—Bien. Me alegro de que nos entendamos.

Esbocé una sonrisa falsa, aunque mi padre nunca había pasado tanto tiempo conmigo como para pillar mi sarcasmo.

—Sí, te entiendo perfectamente, papá. Nos vemos luego.

—Veo que tu papi ha vuelto.

Estaba trabajando tras el mostrador de recepción cuando Weston se me acercó por detrás. Se paró demasiado cerca, así que me trasladé a un ordenador tres puestos más lejos y pulsé la tecla de espacio para reactivar el sistema operativo.

—Parece que tienes mucho tiempo libre para darte paseítos por el hotel y ver lo que hacemos mi familia y yo —dije—. Qué pena que no uses ese tiempo para hacer algo útil. Encárgate de que Louis consiga cubrir los puestos libres, tenemos escasez de personal. Seguro que les vendría bien que te pusieras a limpiar unos cuantos retretes, si no tienes nada que hacer.

Weston me siguió hasta donde me había trasladado y, apoyando un codo sobre el mostrador, me contempló mientras escribía en el teclado.

—Tú tampoco pareces estar muy liada, ya que no paras de moverte de un ordenador a otro.

Suspiré e hice un gesto con la mano.

—¿Ves a alguien más aquí? Estoy echando una mano para que Louis pueda hacer las entrevistas para los puestos de asistente de gerente arriba. Una de las dos recepcionistas está detrás trabajando en la asignación de habitaciones para los nuevos huéspedes y la otra está en el descanso para comer.

—¿Ya estás intentando ganarte el título de empleada del mes? —me reprendió—. Qué pelota eres.

Renée, la mujer que trabajaba en recepción, salió de detrás. Nos miró y dijo:

—Lo siento. Puedo volver luego.

—No, no. Tranquila —le aseguré—. No estás interrumpiendo nada. ¿Qué puedo hacer por ti?

Me tendió uno de los cartoncitos donde se guardaban las tarjetas del hotel con una de ellas dentro.

—La he cambiado de habitación. ¿Quiere que llame a los de limpieza para que muevan todas sus cosas?

Negué con la cabeza y acepté la llave antes de guardármela en el bolsillo.

—No, no pasa nada. Yo misma las recogeré y las moveré luego. Gracias, Renée.

Una vez que la empleada se alejó, Weston me miró con los ojos entrecerrados.

—¿Por qué has cambiado de habitación?

—Quería una más grande. Cuando llegué no había ninguna *suite* disponible.

—Para mí tampoco había. ¿A dónde te has cambiado?

Sabía que mi respuesta no le iba a sentar muy bien.

—A una de las *suites* presidenciales.

—Yo también pedí una cuando llegué. ¿Cuántas hay disponibles?

—Solo una.

—¿Y por qué la has cogido tú?

—Porque soy la empleada más diligente y he comprobado su disponibilidad a primera hora de la mañana. ¿Dónde estabas tú? Te he visto salir por la puerta tempranito esta mañana.

—Tenía una reunión.

Alcé una ceja.

—¿Otra? Déjame adivinar. Esta también es secreta, ¿verdad?

Weston apretó los labios dibujando una fina línea.

Le ofrecí una sonrisa arrogante antes de moverme hasta el otro extremo del mostrador.

—Ya me lo suponía.

Él volvió a seguirme.

—Si dos huéspedes piden una habitación mejor, ¿cómo decides a quién dársela?

—Pues al que la haya pedido primero.

—Así es. Y eso es lo que deberíamos hacer ahora.

Yo había tenido que esperar después del vuelo para recoger la maleta facturada, mientras veía a Weston salir pitando del aeropuerto JFK. No volví a verlo hasta la mañana siguiente. Técnicamente, tenía razón en lo que se debería hacer, pero a mí me había costado sangre, sudor y lágrimas dormir la semana pasada, y pensé que tener estancias separadas donde trabajar y dormir podría ayudarme a relajarme más. Cada vez que miraba a la creciente pila de trabajo o al portátil, recordaba diez cosas más por las que debería salir de la cama y escribir una lista de tareas por hacer. Suspiré.

—¿Podemos alternarla al menos? ¿Una semana cada uno, quizás?

—O… podríamos compartirla. Ambos sabemos lo mucho que disfrutas estando a solas conmigo en la cama.

Me mofé.

—Va a ser que no.

Él se encogió de hombros.

—Tú te lo pierdes.

Sacudí la cabeza.

—Seguro que luego me arrepiento de haber rechazado tal generosa oferta, sí.

Weston se paró justo detrás de mí mientras yo inclinaba la cabeza para escribir en el ordenador de la recepción.

—Estás preciosa con el pelo recogido, por cierto. Te lo agradezco.

Estaba tan cerca que sentía el calor de su cuerpo en mi espalda.

—No lo he hecho para que me des las gracias. Solo estoy cumpliendo mi parte del trato, por muy estúpido que me parezca.

Weston se acercó todavía más. Su aliento me hizo cosquillas en la nuca cuando volvió a hablar.

—¿Entonces no has pensado en mí ni un instante mientras te arreglabas frente al espejo esta mañana? Yo creo que sí.

Sí que había pensado en él mientras me recogía el pelo. Me había dicho que le gustaba mirarme el cuello y, solo de pensar que podría hacerlo hoy, me había hecho sentir unas ganas horribles de verlo durante toda la mañana. Pero nunca lo admitiría ante él.

—Al contrario de lo que puedas creer, el mundo no gira a tu alrededor. Y mucho menos el mío.

—¿Quieres saber por qué me gusta tanto tu cuello?

«Sí».

—La verdad es que me da igual.

—Me encanta tu piel. Cuando llevas el pelo recogido, puedo mirarte el cuello sin que te des cuenta de que lo hago. Como esta mañana, mientras pedías el café a las seis y veinte.

Tal vez debería haberme sentido un poco incómoda al oír que me había visto pedir el café esta mañana, pero por alguna razón, no fue así. Por raro que pareciese, me resultaba incluso erótico que me mirara a escondidas. Aunque apisoné ese sentimiento.

—Creo que necesitas buscarte un *hobby*, Weston.

—Pero si ya tengo uno con el que disfruto mucho. —Se inclinó hacia mí y bajó la voz—. Creo que la próxima vez voy a follarte frente al espejo que usas para recogerte el pelo. Así, siempre que mires tu reflejo, no serás capaz de ver otra cosa que a mí penetrándote en medio de tu orgasmo.

Estaba segura de que, si retrocedía unos cuantos centímetros, me toparía de golpe con su dura erección. Y aunque ahora llevaba el pelo recogido como parte del trato que habíamos acordado para mantener en secreto lo que había sucedido entre nosotros, me entraban unas ganas enormes de dar un paso atrás y averiguarlo de primera mano; daba igual que estuviéramos en público y que cualquiera nos pudiera ver. Por suerte, una pareja entró por la puerta giratoria y vino directa al mostrador de la recepción, lo cual me rescató de aquel momento de locura transitoria. Weston retrocedió unos cuantos pasos mientras la pareja se aproximaba y luego desapareció mientras yo los registraba. Respiré hondo e intenté centrarme, aunque el breve tutorial que me había dado Louis sobre el programa de registro de huéspedes parecía haberse perdido dentro de mi cerebro, y tuve que llamar a Renée para que me ayudara a terminar.

No mucho después de eso, volví a cogerle el tranquillo a todo. Me pasé unas cuantas horas más trabajando en la recepción y después fui a ver qué tal iba el equipo de mi familia con el tema de la tasación en la sala de juntas de arriba. Me senté junto a Charles, el director del equipo de inspección, que estaba a cargo del proyecto. Tres hombres y una mujer se encontraban sentados a la mesa con una pila de papeles mientras revisaban minuciosamente todos los activos del hotel. Charles me dijo que traerían a unos cuantos peritos de arte para que tasaran el valor de mercado de algunas pinturas repartidas por todo el edificio y a un experto en antigüedades. Aquella hora de conversación añadió unas doce cosas más a mi lista de tareas pendientes, y cuando miré la hora que era en el móvil, no me podía creer que fueran casi las seis de la tarde.

—¿Os ha dicho mi padre si vendría esta noche o mañana?

Charles sacudió la cabeza.

—No creo que tuviera pensado volver hoy. Pero sí que ha dicho que me vería mañana por la mañana.

Suspiré.

—Genial.

Charles sonrió con empatía.

—Si le sirve de algo, lo está haciendo muy bien sola. No nos ha hecho ninguna pregunta que usted no planteara ya ayer.

Eso me hizo sonreír un poquito a pesar del larguísimo día que estaba teniendo.

—Gracias, Charles.

Como se estaba haciendo tarde y sabía que el servicio de limpieza pronto estaría bajo mínimos, supuse que debería mudarme a mi nueva habitación para que pudieran limpiar la antigua y añadirla a la lista de habitaciones disponibles en caso de que alguien solicitara alojarse en el hotel esa noche. No estábamos al completo, pero tampoco nos quedaban muchas habitaciones libres.

En la octava planta, guardé la ropa, los productos de aseo y todo el trabajo que había esparcido por el escritorio. Saqué las prendas que había colgado en el armario y me las eché sobre el brazo. Ya volvería luego para reemplazar las perchas con otras que hubiera libres en mi nueva habitación, cuando la mudanza estuviera terminada.

Con el bolso, el portátil, una maleta grande y otra pequeña, papeles y una docena de perchas, probablemente debería haber dado dos viajes en vez de uno. Para acceder a las plantas superiores del hotel había que insertar una llave en el panel del ascensor, así que una vez dentro, traté de hacer malabares con todo mientras conseguía sacar la nueva tarjeta del bolsillo.

La trigésimo segunda planta del hotel era la última, y solo albergaba *suites*. Las dos más grandes, las presidenciales, se encontraban en las esquinas, en lados opuestos del edificio. Toda una ristra de *suites* de nivel diamante se extendía entre ellas. Encontré la habitación treinta y dos doce y, al tratar de escanear la tarjeta en el lector de la puerta, tiré una carpeta al suelo. Al agacharme para recogerla, se me desengancharon dos vestidos de las perchas. Apenas conseguí entrar mientras se me resbalaban más cosas de los brazos. Usando la cadera para mantener la puerta abierta, arrastré las dos maletas al interior de la habitación, y dejé en el suelo todo lo que se me había caído antes. Suspiré, dejé todo junto a la puerta de entrada y recorrí el pasillo que daba acceso a la *suite*.

«Guau». Todo el incordio de cambiar de habitación había merecido la pena.

A la derecha quedaba el salón, con chimenea y vistas panorámicas a Central Park, dos sofás y dos sillones, y un televisor de pantalla plana gigantesco. Un par de puertas cristaleras daban a un pequeño despacho y otra puerta, a la izquierda, al dormitorio. Entré allí primero y vi una cama de dos por dos con sábanas de lujo. A un lado había un canapé precioso, un sofá de dos plazas y otra chimenea. En el otro, las mismas vistas panorámicas que en el salón y... ¿qué era eso que había sobre una de las sillas?

Tenía toda la pinta de ser una maleta.

Me acerqué y abrí los ojos como platos tras confirmar que, efectivamente, se trataba de una maleta.

«Ay, madre».

¡Me habían asignado una *suite* que no estaba libre todavía!

No había reparado en ningún ruido desde que había entrado por la puerta, pero ahora, de repente, oía el grifo abierto de la ducha alto y claro.

«¡Ay, madre! ¡Estoy en la *suite* de otra persona!».

¡Y esa otra persona estaba ahora en la ducha!

Me quedé petrificada durante unos cuantos segundos y entonces salí disparada hacia la puerta. Muerta de miedo, agarré a tientas la mitad de mis pertenencias e intenté sacarlas a toda prisa al pasillo antes de que el huésped saliera de la ducha.

Pero, por desgracia, fui demasiado lenta.

Una voz profunda me detuvo en seco.

—¿Vas a alguna parte?

Pero no era una voz profunda cualquiera.

No. Ni de broma.

Solo un hombre tenía ese tono de voz grave, confiado y contundente que me sacaba de mis casillas y me hacía querer bajarme las bragas a la vez.

Ni siquiera tuve que girarme y verle la cara para confirmar quién era.

De hecho, probablemente tendría que haber terminado de sacar las cosas al pasillo y haber puesto pies en polvorosa.

Pero no lo hice.

En cambio, respiré hondo y me giré muy pero que muy despacio.

Y me encontré a Weston con solo una toalla alrededor de la cintura.

Aquella imagen me hizo puré el cerebro.

—Sabía que al final entrarías en razón. —Sonrió con suficiencia—. Tendrías que haberme acompañado en la ducha. Aunque también me encanta desvestirte.

Hasta ahora no había tenido la oportunidad de admirar a Weston completamente desnudo. La primera vez que estuvimos juntos, estuvo detrás de mí la mayor parte del tiempo. Y la segunda, solo tenía la camisa y los pantalones desabrochados. Obviamente había sentido su torso contra mi cuerpo, así que sabía que tenía el pecho tonificado, pero ver su cuerpo escultural tan de cerca era una experiencia completamente distinta. Le resbalaban gotas de agua por los esculpidos pectorales hasta la tableta de chocolate, y me entraron ganas de atraparlas con la lengua. Me resultó casi imposible apartar los ojos y privarlos de tal magnífica vista, pero me obligué a salir del trance.

—¿Qué narices haces tú en mi habitación? Pensé que Renée se había equivocado y me había asignado una *suite* que aún no se había quedado libre.

—¿Tu habitación? Habíamos quedado en alternarla cada semana.

—Sí, pero ¡la primera me tocaba a mí!

—¿Y eso quién lo ha dicho? Estabas de acuerdo en que el primer huésped que pidiera una habitación mejor es el que debería recibirla primero.

—Pero yo ya tenía la llave. ¡Lo sabías! Antes has visto que Renée me la daba.

En vez de responderme, los ojos de Weston bajaron hasta mis tetas. No tenía ni idea de cómo lo hacía, pero, de alguna manera, sentí como si sus dedos rozaran mi piel conforme su mirada me recorría todo el cuerpo.

«De repente me ha entrado un calor...».

El corazón me martilleaba en el pecho mientras las emociones corrían frenéticas por mi mente. El asco (un poquito hacia él y mucho más hacia mí), la ira, el conflicto, la confusión, y una alta dosis de «Dios santo, es lo más *sexy* que he visto nunca».

Weston dio varios pasos lentos hacia mí. Por pura supervivencia, levanté una mano para detenerlo.

—Para. No te acerques más.

Él se quedó quieto a medio paso y levantó la mirada hacia mis ojos. Sus preciosos iris azul oceánico transmutaron en otros más oscuros y turbulentos. Así nos quedamos un buen rato, mirándonos con intensidad. Weston parecía no saber qué hacer a continuación… hasta que reparó en algo a mi derecha. Dejó los ojos fijos allí durante unos cuantos segundos, y luego, cuando volvió a cruzarlos con los míos, el ambiente cambió. Apenas pudo contener la sonrisilla que pretendía ocultar, y sus ojos brillaron con renovada alegría. Me giré para ver qué había causado semejante cambio y me encontré admirando mi propio reflejo. Había un espejo gigante colgado en el pasillo, sobre una mesa con forma de medialuna.

«Mierda». Cerré los ojos.

El sonido de algo suave al caer al suelo hizo que se me cortara la respiración. No me hizo falta mirar para saber de qué se trataba. La toalla de Weston.

—Date la vuelta. Pon las manos sobre la mesa y saca el culo, preciosa.

No me inmuté. Una batalla campal se estaba librando dentro de mí. ¿Tan desesperada estaba como para que un cuerpo escultural me tuviera a merced de las órdenes que me ladraba alguien a quien no aguantaba? ¿Otra vez? ¿Qué narices hacía con mi vida? La puerta estaba a menos de un metro de distancia. Seguro que era capaz de mover un pie detrás de otro y dejar a este capullo con el ego herido y una erección de caballo de la que ocuparse solito. Y aun así… No podía negar que mi cuerpo lo deseaba. Mucho. Era como si tuviera la piel ardiendo, anhelante de sus caricias.

Se aproximó a mi espalda irradiando calor. Incapaz de tomar la decisión de huir, pero tampoco preparada para sucumbir, mantuve los ojos cerrados con fuerza.

Weston me agarró la cadera y hundió los dedos en mi piel.

—Vas a tener que darme algo. Un movimiento de cabeza, un sí, inclinarte y enseñarme lo que quieres, un gemido… incluso un par de parpadeos, si eso es lo único que puedes hacer. Hasta podemos fingir que no quieres que te toque, si es lo que te apetece. Pero necesito saber que me das permiso, Soph.

Weston llevó la otra mano hacia mi cuello. Deslizó un dedo por mi garganta y por la clavícula. Yo perdí la poca resolución a la que me estaba aferrando con uñas y dientes.

Abrí los ojos y miré a los suyos, tempestuosos.

—Vale. Pero después se acabó. En serio, Weston. Esto tiene que parar.

—Lo que tú digas.

—Lo digo en serio.

—Y yo también. Y ahora, date la vuelta. Agárrate a la mesa. Y ni se te ocurra apartar la mirada del espejo.

Me resultaba un pelín complicado fingir indignación cuando estaba a punto de poner el culo en pompa y dejar que este hombre hiciera lo que quisiera conmigo, así que no lo hice. Mantuve el rostro impasible.

—Eh, Soph.

Mis ojos se toparon con los de Weston en el espejo.

Él sonrió.

—«Correrse o no correrse, esa es la cuestión».

Traté con todas mis fuerzas de no corresponder a su sonrisa.

—Venga, acabemos ya con esto.

*Dos veces.*

Suspiré y me alisé el pelo. Para ser un hombre a quien le flipaba que llevara el pelo recogido, no vi que tuviera mucho problema en soltármelo con rabia. A Weston le encantaba tirarme de él. Y por mucha rabia que me diera, a mí me encantaban todos y cada uno de esos tirones. Aunque en realidad esa era la parte que más odiaba. Durante los dos minutos que había tardado en recolocarme la falda y desaparecer en el baño, el aire frío de la racionalidad reemplazó la calidez de lo absurdo. En el calor del momento nunca era suficiente. Era como si mis pulmones no pudieran recibir suficiente aire cuando Weston se acercaba a mí con los ojos oscurecidos por el deseo. Pero en cuanto se acababa, un torrente de oxígeno volvía a poner a mi cerebro en funcionamiento.

Me apresuré a recoger mis pertenencias antes de que él saliera del cuarto de baño, aunque, por poco, no lo conseguí. En el pasillo, cuando fui a agarrar las maletas, Weston cubrió mi mano en el asa con la suya.

—Dame dos minutos y me voy.

Me giré.

—¿Me vas a ceder la *suite*?

Asintió.

—Solo tengo que recoger mis cosas.

Escudriñé su rostro.

—¿Seguro?

Weston sonrió.

—Si lo prefieres, a mí no me importa compartir.

Puse los ojos en blanco. Este comportamiento se parecía más al de las versiones de Weston y Sophia con las que más cómoda me sentía.

—Recoge tus cosas.

Él sonrió y desapareció en el dormitorio, a la vez que yo regresaba al salón. Unos minutos después, salió con la maleta con cremalleras en una mano y la camisa de vestir en la otra. Dejó su equipaje en el suelo y levantó los brazos para ponerse la camisa. Fue entonces cuando reparé por primera vez en la enorme cicatriz que cubría uno de sus costados. Apenas se veía; la línea era de un tono más claro que su piel bronceada.

106

Antes, solo me había podido fijar en sus músculos perfectos, que supongo que disimulaban cualquier mínima imperfección que pudiera tener.

—¿Eso es de una operación o algo? —pregunté.

Weston frunció el ceño. Bajó la mirada y comenzó a abotonarse la camisa.

—Sí.

Era evidente que no le apetecía hablar del tema, pero sentía curiosidad.

—¿Qué clase de operación?

—De riñón. Hace mucho tiempo.

—Ah. —Asentí.

Él recogió la maleta sin molestarse en terminar de abotonarse la camisa o metérsela por dentro de los pantalones.

—Te he dejado algo en el dormitorio.

—¿El qué?

—Ya lo verás.

Weston parecía no saber cómo despedirse de mí. Al final, dijo:

—Sabes que me voy porque no soy tan bobo como para no pillar una indirecta, y sé que no quieres que me quede después de follar, ¿verdad?

—Te lo agradezco.

—Y ya que estamos, me encanta tu culo, pero en un futuro no me importaría mirarte a la cara mientras estoy dentro de ti. O hasta saborear esos labios que tanto adoran gritarme. —Me guiñó un ojo—. Y morderlos unas cuantas veces.

Suspiré y aparté la mirada.

—No puede haber una próxima vez, Weston. Tenemos que parar, de verdad.

No me hizo falta levantar la mirada para saber que estaba sonriendo. Su voz lo decía todo.

—Buenas noches, Fi.

# Capítulo 10

## *Weston*

—¿Qué tal estás, viejales?

—Me ha salido una hemorroide del tamaño de una pelota de golf en el culo, llevo sin tener relaciones desde la presidencia de Clinton y el único que me visita eres tú. ¿Cómo crees que estoy? —gruñó el señor Thorne.

Sonreí y acerqué una silla a su cama.

—No me hacía falta saber dos de esas tres cosas, pero la última... Eres un hombre con suerte.

Me hizo un gesto desdeñoso con la mano.

—¿Me las has traído?

Sacudí la cabeza, y entonces saqué diez tarjetas de lotería de rasca y gana del bolsillo interior de la chaqueta, y una moneda de 25 centavos del pantalón. Él cogió un libro de la mesilla de noche y lo dejó en su regazo para apoyar las tarjetitas.

El señor Thorne se dispuso a rascar el látex gris y señaló la mesilla sin levantar la cabeza.

—Anda, coge el billete de diez del dinero que hay ahí.

—Vale.

Desde que había regresado a Nueva York, manteníamos la misma conversación siempre que venía a verlo. No sabía si se daba cuenta de que jamás le había cogido un solo dólar. Los diez pavos eran lo mínimo que podía hacer por él; llevaba años escuchando mis miserias.

108

Mientras se peleaba con los boletos de la lotería, agarré el mando que tenía al lado de la cama y puse el canal de la CNN.

—Oye, que estaba viendo eso.

Alcé una ceja.

—Ah, ¿sí? Pues deja que te ahorre tiempo. No son hijos del tiarrón calvo ese, sino del flacucho con greñas y los dientes torcidos.

El señor Thorne se pasaba casi todo el día viendo el programa de Jerry Springer u otros parecidos. No tenía ni idea de si ese episodio en concreto iba sobre paternidades o no, pero siempre parecían acabar de la misma forma.

—Menudo sabelotodo —gruñó.

—¿Sabes lo que tendrían que hacer en esos programas? Establecer que los ingresos mínimos por invitado al mes fueran de un millón y cambiar el decorado. Tal vez así podría apuntar a varios miembros de mi familia. Airear los trapos sucios de los ricachones imbéciles es igual de entretenido que airear los de la gente que no tiene dónde caerse muerta.

El señor Thorne resopló.

—Como si cualquier persona pudiera verse reflejado en tus problemas: eres un niñato rico y consentido.

Si nos viese alguien desde fuera, bien podría pensar que tenía razones para sentirme insultado por el modo en que me hablaba. Pero así era él: me recordaba que mis problemas podrían ser muchísimo peores.

Terminó de rascar la lotería y me lanzó una de las tarjetitas.

—He ganado cinco pavos y solo me han costado diez. Devuélveme mis diez dólares y llévate esto y un billete de cinco. Canjéalo cuando vayas a comprarme más. Y, la próxima vez, tráeme una de esas de diez dólares en lugar de diez de un dólar.

Lo guardé en la chaqueta del traje. Durante el siguiente cuarto de hora permanecimos sentados y en silencio viendo un reportaje de la CNN sobre una investigación a una farmacéutica que vendía una Viagra falsa que presuntamente provocaba que la gente siguiera excitada durante cuatro días seguidos. No era para tanto; Sophia lo lograba solo con su actitud.

El señor Thorne apagó el televisor.

—Cuéntame, muchacho, ¿cómo lo llevas?

En un acto reflejo, estuve a punto de responder igual que si me lo hubieran preguntado mi padre o mi abuelo: mentir y fingir que todo iba genial. Hay un viejo dicho que reza que solo hay cuatro personas que siempre dicen la verdad: la mujer, el cura, el médico y el abogado.

Pero eso era para los sobrios. Los demás teníamos cinco: el padrino.

—He tenido momentos mejores y peores. El otro día le pagué cien pavos a la limpiadora del hotel en el que me hospedo para que se llevase todas las botellas de alcohol de mi habitación.

Él asintió.

—¿Vas a las reuniones?

Negué con la cabeza.

—Estas dos últimas semanas no, pero sí que he ido varias veces a la psicóloga que mi abuelo me está obligando a ver.

El señor Thorne hizo un gesto negativo con el dedo.

—Ve a una, ya sabes cómo va esto. No tienes por qué hablar, pero al menos debes escuchar. Recordar es la clave para recuperarse.

Intenté aligerar el ambiente.

—Ya te estoy escuchando a ti. ¿Por qué no cuenta esto como tortura diaria?

Pero el señor Thorne se tomaba su sobriedad muy en serio.

—Porque llevo sobrio catorce años y la única manera de beberme una copa es arrastrar este cuerpo viejo fuera de esta maldita cama e ir hasta la tienda. Ambos sabemos que ya no me quedan fuerzas para eso, pero tú sentirás tentaciones por todos lados. Están al alcance de la mano. Ni siquiera te hace falta levantarte para poder beber, con quedarte tumbadito en la cama de tu lujoso hotel y llamar por teléfono, el servicio de habitaciones te lo trae a la puerta.

Me pasé la mano por el pelo y asentí.

—Vale, de acuerdo. Buscaré una reunión.

Walter Thorne y yo nos conocíamos desde hacía siglos. Hacía nueve años, una noche que había ido a visitar a mi hermana, entré en su habitación de hospital borracho como una cuba. Tropecé y lo desperté al reírme como un loco desde el suelo, junto a su cama. Por lo visto, ni siquiera estaba en la planta correcta. Sin embargo, ese capullo malhumorado se sentó y me preguntó qué me pasaba.

Pasé las tres horas siguientes desahogándome con él sobre cosas que no le había contado a nadie más. Cuando acabé, ya volvía a estar casi sobrio, y el señor Thorne me dijo que estaba en el hospital debido a su sexta operación en tan solo cinco años; se había quedado parapléjico al chocar contra un árbol mientras conducía borracho.

Ese día no visité a mi hermana, pero regresé sobrio al día siguiente y me volví a sentar con el señor Thorne durante varias horas después de ver a Caroline. De hecho, lo seguí visitando diez días después de que le dieran el alta a mi hermana. Se pasaba la mitad del tiempo soltando chistes guarros y la otra mitad sermoneándome y diciéndome que debía seguir sobrio. La historia habría sido mejor si os dijese que aquel fue mi punto de inflexión, pero mentiría.

Unas semanas más tarde, volví a desinhibirme y dejé el número que el señor Thorne me había dado guardado en algún cajón. Hace cinco años, la noche en que Caroline murió, lo saqué y lo llamé. Empezamos a hablar y al final dejé que me ayudara a seguir sobrio.

—¿Qué tal van las cosas entre el idiota de tu abuelo y tú?

Me obligué a sonreír.

—Todo bien siempre y cuando reciba un informe impecable de la psicóloga y cumpla todo a lo que accedí con tal de recuperar el trabajo.

—Intenta cuidarte.

Era algo más complicado, como siempre pasaba con mi familia.

—¿Y qué tal con esa amiga tuya de la que me hablaste?

No sabía a quién se refería, pero tampoco me hacía falta para contestarle. Me encogí de hombros.

—Solo fue una cita, ya está.

—Chico, cuando yo tenía tu edad, ya estaba casado y con dos hijos.

—Y por eso te divorciaste antes de los treinta y cinco.

—Qué va. Mi Eliza se divorció de mí porque era un borracho incapaz de trabajar tres meses seguidos en un mismo sitio. No la culpo. Una buena mujer se merece a un buen hombre; al final la verdad siempre sale a la luz.

Su comentario me recordó a Sophia. Por mucho que no quisiera pensarlo para no complicarme la existencia, era una buena mujer. El señor Thorne era el único al que podía contárselo todo y no me juzgaría ni me miraría por encima del hombro. Tal vez porque él también había pasado por cosas horribles o porque estaba limitado a aquella cama y los únicos que lo visitábamos éramos la enfermera que se encargaba de cuidarlo y yo. Fuera cual fuera la razón, confiaba en él ciegamente. Había ocupado el lugar de Caroline en muchos aspectos, porque ella había sido la única con quien siempre me sentía yo mismo.

Suspiré profundamente y dije:

—He empezado a salir con una mujer nueva. Bueno, la conozco desde que éramos pequeños, así que no es nueva. Supongo que técnicamente no estamos saliendo, pero, en fin, que hay una mujer en mi vida.

El señor Thorne asintió.

—Continúa.

—No hay mucho más que contar. Se llama Sophia y básicamente somos enemigos.

—¿O sea que estás durmiendo con el enemigo, como la película?

Me reí.

—Es otro tipo de enemiga. Resumiendo, mi familia y la suya se odian.

—Pero vosotros os lleváis bien, ¿no?

Negué con la cabeza.

—No del todo. Casi siempre parece querer darme una patada en los huevos.

El señor Thorne frunció el ceño; tenía las cejas bien pobladas.

—Me confundes. Entonces, ¿no te acuestas con ella?

—Sí, sí que me acuesto con ella.

—¿Pero ella quiere darte una patada en las pelotas?

Sonreí.

—Sí.

—¿Y eso te hace sonreír? No entiendo a tu generación.

—No le caigo bien, pero a su cuerpo sí. Somos como un tornado y un volcán. Es difícil que se encuentren, pero cuando pasa, se forma una explosión.

—Una explosión, ¿no? Suena destructivo.

Razón no le faltaba, pero no importaba. Sophia no sufriría, porque ella era el tornado, y estos solían moverse con rapidez. En cambio, el volcán permanecía inactivo durante años.

—Ten cuidado. Es justo el tipo de situación que podría poner en peligro tu recuperación.

—No te preocupes por mí. Lo tengo todo bajo control.

Mantuvimos contacto visual durante un momento; ambos sabíamos que esa no era la primera vez que lo decía y me equivocaba. Sin embargo, agradecí que no me lo recordase.

Me levanté.

—¿Por qué no cogemos la silla de ruedas y vamos a dar un paseo fuera? Hace buen día.

El señor Thorne asintió y sonrió.

—Me parece bien.

Por la tarde, asistí a una reunión de Alcohólicos Anónimos de camino al The Countess. Después, permanecí en el despacho rumiando lo que me había dicho el señor Thorne. Le había asegurado que todo estaba bajo control y era cierto en lo que respectaba a mi sobriedad, pero la verdad era que Sophia Sterling me estaba volviendo loco. Si no la miraba de lejos, buscaba excusas para hablar con ella, lo cual siempre desembocaba en una discusión que me flipaba. Últimamente, mis días se reducían a admirarla o interactuar con ella, y nuestras noches juntos protagonizaban mis fantasías. Si no la picaba hasta el punto de sacarla de sus casillas, me quedaba solo en la habitación masturbándome con los recuerdos. Incluso llegué al punto de pedir que me trasladaran a la habitación que ella acababa de dejar libre, cuando me marché de la *suite* presidencial, y rechacé que el servicio de limpieza la adecentara. Así que ahora mis sábanas olían a ella y, cada vez que me metía en la ducha, la imaginaba en ese mismo espacio tocándose hasta llegar al orgasmo. Entre eso y lo mucho que me gustaba verla en la cola de la cafetería o trabajando al otro lado del mostrador de recepción, me estaba volviendo un rarito.

Así que, cuando Sophia llamó a la puerta abierta, me sentí como un niño al que habían pillado con la mano en el tarro de las galletas.

Carraspeé.

—¿Sí, Fifi?

Ella puso los ojos en blanco y entró.

—¿Por qué empezaste a llamarme así en el instituto?

Me recliné en la silla y dejé el bolígrafo sobre la mesa.

—No sé. Lo dije una vez y vi que te pusiste como loca, así que lo seguí usando.

Suspiró.

—Hay cosas que nunca cambian.

—Bueno, técnicamente sí. Últimamente eres tú la que me pone... cachondo, ¿no crees? —Y le guiñé el ojo.

Sophia esbozó una sonrisa de suficiencia, pero hizo caso omiso del comentario. Se sentó enfrente y cruzó las piernas.

¿Era yo o la falda se le había subido un poco más de la cuenta? Esta mañana, al verla de lejos en la cafetería, llevaba el pelo suelto, pero a un lado, así que dejaba a la vista la preciosa

114

piel de su cuello. Mientras esperaba en la cola, deslizaba sus uñas perfectas desde el nacimiento de su pelo hasta la blusa de seda. Supuse que era imaginación mía y que no estaba volviéndome loco a propósito, pero la falda de esta tarde sí que parecía más corta.

Habría jurado que cuando mis ojos se clavaron en los suyos atisbé un brillo especial en ellos, pero en cuanto abrió la boca, todo lo que dijo fue relacionado con el trabajo.

—Mis contratistas me han enviado dos presupuestos. Los precios no distan mucho entre sí, pero creo que solo uno de ellos puede terminar la obra en el plazo que necesitamos. ¿Ha llegado el tuyo ya?

—Pues sí. Solo he mirado el total, así que ¿por qué no comparamos los tres y decidimos?

Nos dirigimos a la mesa redonda de la sala de juntas y hablamos de las cantidades. Enseguida nos dimos cuenta de que sus presupuestos eran mucho más baratos que el mío. A pesar de que mi contratista prometía terminar sin problemas en el plazo de tres meses, había incluido una serie de cargos debido a la urgencia. Los únicos cargos adicionales de los contratistas de Sophia habían sido por las horas extra y el plus de nocturnidad de sus empleados.

Mientras revisábamos las cantidades, a Sophia le sonó el móvil. Mandó la llamada al buzón de voz, pero ambos vimos perfectamente quién era. Sentí una punzada de celos en el pecho.

—Creía que habías roto con ese inglés soso.

Ella suspiró.

—¿Podemos fingir que no has visto quién era?

Apreté la mandíbula.

—Como quieras.

Sophia asintió y volvió a comprobar las cantidades. Unos minutos después, dejó los papeles a un lado.

—Bueno, creo que es evidente con cuál nos vamos a quedar.

Quizás en teoría, pero no me olvidaba de cómo la había mirado Travis Bolton.

—El más barato no siempre es el mejor.

—Lo sé —respondió a la defensiva—, pero los Bolton nos ofrecen más seguridad a la hora de terminar a tiempo, gozan de buena reputación y jamás han dejado tirada a mi familia.

—Tengo que hacer unas llamadas para saber más de ellos.

Sophia frunció los labios.

—Haz lo que haga falta, pero huelga decir que cuanto antes nos decidamos, mejor.

Joder. Tenía tantas ganas de morderle esos labios apretados. Nos calentábamos cuando estábamos cabreados, pero en ese momento ni siquiera entendía por qué me enfadaba con ella. ¿Porque mi presupuesto era el peor? ¿O porque el capullo de su ex la había llamado? ¿O porque el hecho de que Travis Bolton pasara tiempo con ella durante la obra me volvía loco?

El móvil de Sophia volvió a interrumpir mis pensamientos. Ambos leímos el nombre de Liam a la vez, y yo extendí la mano con la palma hacia arriba.

—¿Y si respondo yo?

Sophia abrió mucho los ojos y se mordió el labio inferior.

—¿Qué le dirías?

—¿Has roto con él?

Asintió.

—Metería su cadáver en la tumba más profunda que encontrase.

Le lancé una sonrisa malévola. Podría haber cogido el teléfono de la mesa y dudaba que me hubiera detenido, pero quería que fuera ella misma la que me lo diese.

—Dame el móvil. —Seguía con la mano extendida, esperando.

Sentí una oleada de orgullo cuando lo dejó sobre mi palma. Volvió a sonar una tercera vez, así que deslicé el dedo por la pantalla y me lo llevé a la oreja.

—¿Diga?

—¿Quién eres?

—El tío que se está follando a tu ex. Nos pillas ocupados. ¿Qué quieres, Liam?

Parecía que a Sophia se le fueran a salir los ojos de las órbitas. Se tapó la boca con las manos.

El cabrón al otro lado de la línea tuvo los cojones de sonar enfadado.

—Dile a Sophia que se ponga.

Me recosté.

—Pues no. Ahora mismo hay algo que la tiene atada, no sé si me entiendes.

—¿Me estás vacilando o qué?

—¿Que si te vacilo? El que vacilas eres tú. Seguro que tú ni siquiera sabías que a nuestra chica le gusta que la aten. Qué pena. Tal vez, si te hubieras esforzado un poquito por averiguar lo que necesita esta preciosidad, ahora no gemiría mi nombre por las noches. Pero eso no te va, ¿eh? Tú solo te encargas de satisfacer tu propia libido. Ya sabes, con su prima.

Me quedé callado durante varios segundos y esperé a ver qué contestaba. Aunque parecía que lo había dejado mudo. Solo lo oía respirar, así que se me ocurrió terminar la conversación por todo lo alto.

—Vale, bueno, me alegro de haber charlado contigo. Ah, y borra el número de Sophia.

Pulsé la pantalla para colgar y le devolví el teléfono a Sophia, que seguía perpleja. Lo recibió todavía con la mirada aturdida y, a juzgar por su cara, supe que en cuanto recobrase la compostura, la reprimenda iba a ser larga.

—¿Me he pasado? —pregunté, alzando una ceja.

Aunque seguía con la boca abierta, sus labios se curvaron en una sonrisa de oreja a oreja.

—Ay, Dios, ¡ha sido una pasada!

—Me alegro. Creía que me ibas a montar un pollo. Aunque eso derivaría en una pelea y ambos sabemos cómo acabaríamos después, así que tal vez no habría sido tan mala idea.

Nos echamos a reír y después Sophia ordenó todos los papeles en una pila. Pensaba que retomaríamos la conversación del trabajo.

—¿Puedo preguntarte algo? —inquirió.

Asentí y ella volvió a morderse el labio.

—¿Cómo sabías que Liam nunca me había atado?

—Por tu reacción cuando te pedí permiso para usar el cinturón. Querías, pero no te sentías cómoda confesándolo. Si no hubiese sido tu primera vez, habrías reaccionado de forma distinta.

Asintió y volvió a quedarse callada. Unos momentos después, dijo:

—¿Y cómo sabías que era lo que quería?

Joder, ese tal Liam era imbécil. ¿Nunca se había dado cuenta de las cosas que ella quería probar ni había tratado de satisfacerla? Me parecía increíble que Sophia tuviera que preguntármelo. No quería que se sintiera como una tonta, así que traté de contestar con prudencia lo mejor que supe.

—Es algo que percibí por tu parte.

Ella sacudió la cabeza.

—¿Cómo? ¿Parecía débil o algo?

—Todo lo contrario. Siempre pareces tener el control y, por eso, pensé que te vendría bien liberarte un poco. Lo que disfrutas en el sexo no refleja tu forma de ser en el trabajo.

Sophia volvió a quedarse callada.

—¿Y ese es tu rollo? ¿Eres un dominante o algo así?

Negué con la cabeza.

—No, no es mi rollo.

—Ah, vale.

Me incliné para enroscarme un mechón de su pelo en el dedo hasta que me miró. Entonces, sonreí y le di un tironcito.

—Pero sí parece ser el nuestro.

# Capítulo 11

## *Sophia*

No estaba segura de qué me molestaba más: si el hecho de que, en tan solo tres breves encuentros íntimos, Weston se hubiese percatado de algo de lo que Liam no tenía ni pajolera idea después de haber estado más de dieciocho meses juntos o que se hubiera dado cuenta cuando ni yo misma lo sabía siquiera. De todas formas, tenía razón. Aunque quisiera discutir con Weston sobre el trabajo y retarlo en todo lo que se nos pusiera por delante, lo que más parecía gustarme de él en la cama era cómo tomaba el control. El sexo con Weston era increíblemente mejor que el que había practicado con Liam. Lo había achacado a la chispa que surgía cuando discutíamos, pero había otra razón, y aquella revelación me horrorizó.

Así que, durante las siguientes veinticuatro horas, hice todo lo que pude y más para evitar a Weston. Y he de decir que lo conseguí. Hasta que salí de una tienda de suministros a unas cuantas manzanas del hotel alrededor de las ocho de la tarde y lo vi más adelante, en la misma calle. Como íbamos en la misma dirección, no lo perdí de vista durante las siguientes dos manzanas. Me imaginé que estaría regresando al hotel, como yo, pero al verlo girar a la derecha en la siguiente calle, me di cuenta de que no era el caso.

En la intersección, miré a la izquierda y vi el The Countess a una manzana. A la derecha, Weston seguía andando. Indecisa, giré la cabeza de forma intermitente a ambos lados antes de, finalmente, suspirar y decidir que un paseíto de más no me haría daño.

Dejé más distancia entre nosotros mientras lo seguía. Antes ambos íbamos de camino hacia el hotel y, si me pillaba siguiéndolo, tenía una excusa legítima, pero ahora me estaba comportando como una auténtica acosadora. Lo perseguí durante diez minutos, girando a la izquierda y a la derecha sin tener ni idea de adónde leches nos dirigíamos. Al final, entró en un edificio de oficinas. Me detuve y observé desde la otra acera cómo cruzaba las puertas de cristal y se encaminaba directo hacia el ascensor. Al haberse acabado el espectáculo, probablemente debería haberme dado la vuelta y regresado al The Countess. Pero la curiosidad sacó lo peor de mí.

Miré en ambas direcciones antes de cruzar a lo loco la calle atestada de coches para llegar al edificio. Se me aceleró el corazón conforme más me aproximaba a las puertas de cristal. Weston había desaparecido en el interior del ascensor, así que no tenía ni idea de qué narices estaba haciendo yo ahí. Aun así, por alguna estúpida razón, estaba dispuesta a que me pillaran con tal de averiguar adónde iba.

Examiné el directorio del edificio en el vestíbulo. Se enumeraban, como en el de cualquier rascacielos de Manhattan, decenas de médicos, abogados y oficinas corporativas. Weston no se había detenido a mirar el directorio, así que era evidente que ya había estado ahí antes, o al menos sabía adónde iba. Decepcionada (aunque, para empezar, no tenía ni idea de por qué lo había seguido), me giré para marcharme. Lo último que me apetecía era que me pillaran cuando ni siquiera había podido sacar algo de información provechosa. De camino a la puerta principal del edificio, me vibró el móvil. Así que lo saqué del bolso mientras seguía caminando.

Me detuve en seco en cuanto leí el mensaje que me había llegado.

Si querías saber adónde iba, no tenías más que preguntármelo.

Ostras. Se me revolvió el estómago.

Pero no podía ser de Weston. Por lo que sabía, él no tenía
mi número de móvil. Me devané los sesos intentando pensar
en quién más me podría haber enviado semejante mensaje. Todas las personas que se me ocurrían ya las tenía guardadas en
la agenda, y este mensaje procedía de un número desconocido.
Tenía que ser de Weston. Era lo único que tenía sentido. Pero
estaba tan acojonada que me aferraba a la esperanza.

Me temblaban las manos cuando respondí.

¿Quién eres?

Contuve la respiración al ver que aparecían puntitos sus-
pensivos en la conversación y aguardé la respuesta. En cuanto
la leí, se me secó la boca.

Ya sabes quién soy. Te veo en mi habitación dentro de
una hora.

Volví corriendo al hotel. Lo único que quería hacer era es-
conderme. Ya en la *suite*, bajé la mirada al móvil y reparé en que
habían pasado quince minutos desde que había recibido el mensaje y, aun así, no recordaba nada del camino de vuelta.

Me senté en la cama y releí varias veces el mensaje de Weston.

Te veo en mi habitación dentro de una hora.

¿Se había vuelto loco? No iba a ir a su habitación. ¿Para
qué? ¿Para que pudiera torturarme por haberme pillado? ¿Y
cómo supo que lo estaba siguiendo? Aunque me hubiera visto,
yo podría haber tenido una cita en el mismo edificio. Todo
podría haber sido una mera coincidencia. Quizá podría haber

121

ido para una cita y ni siquiera reparar en su presencia en la calle. ¿Tan grande tenía el ego que había supuesto que lo estaba siguiendo?

Sí, eso es lo que había sucedido. Y eso era lo que iba a decirle.

De hecho, cuantas más vueltas le daba, más me molestaba que ese capullo arrogante pensara que lo había estado siguiendo. No tenía pruebas. Como sentía una mezcla de rabia contenida y ansiedad, decidí darme un baño relajante. Weston Lockwood era un maldito egocéntrico y no tenía motivos para alterarme tanto por su culpa. Menudos huevos tenía para ordenarme que fuera a su habitación.

Abrí el grifo de la bañera, me recogí el pelo en una coleta y me quité la ropa mientras esta se llenaba. Un buen baño me haría olvidar toda la estupidez de esta tarde.

El problema fue que, cuando me metí en el agua caliente, no me pude relajar ni un ápice. Seguía refunfuñando sobre Weston. No solo era un idiota engreído por pensar que lo había seguido, sino que ahora no dejaba de darle vueltas al asunto. Decidí que también tenía unos huevazos enormes por decirme todo lo que me había dicho ayer en el despacho. El tío había supuesto muchas cosas que no eran verdad.

Te veo en mi habitación dentro de una hora.

¿Qué se creía que iba a pasar? ¿Que me iba a presentar allí y a abrirme de piernas porque estaba tan locamente enamorada de él que lo había tenido que seguir?

Vaya, me apostaba lo que fuera a que eso era justo lo que pensaba.

Y eso solo hacía que me cabreara más.

Estaba tan cabreada que decidí ir hasta su habitación, y no para ponerle el culo en la cara, sino para decirle cuatro cosas. Salí de golpe de la bañera y salpiqué agua por todo el suelo. Me sequé y me puse unos vaqueros y una camiseta. Cogí el móvil y la tarjeta de la habitación de la mesilla, pero ni me molesté en mirar la hora. No me preocupaba lo más mínimo si llegaba más tarde o más temprano.

En el ascensor, pulsé los botones en el panel y me dispuse a bajar hasta la octava planta. La adrenalina me corría por las venas cuando levanté la mano y golpeé con los nudillos en su puerta. Estaba tan al límite que empecé a soltar improperios por la boca antes de que la puerta llegara a abrirse del todo.

—Menudos huevazos tienes. ¿Cómo te atreves…?

«Mierda».

Ese hombre no era Weston.

Tenía el albornoz y las zapatillas puestos. Parecía tener setenta y pocos años y las cejas canas fruncidas.

—¿Puedo ayudarla?

—Eh… Creo que me he equivocado de habitación. Estaba buscando a Weston.

El hombre negó con la cabeza.

—Me parece que sí que se ha equivocado.

—Siento haberle molestado.

Se encogió de hombros.

—No se preocupe. Pero sea amable con el tal Weston cuando lo encuentre. —Sonrió—. La mayoría de las veces los hombres hacemos las cosas con la mejor de las intenciones. En ocasiones estamos demasiado ciegos como para ver nada más allá de nosotros mismos.

Sonreí.

—Gracias. Y perdone otra vez.

En cuanto el hombre cerró la puerta, volví a comprobar el número de la habitación. Sin duda, esa había sido la habitación de Weston cuando los dos nos hospedábamos en esta planta. Estaba segura, porque la suya se encontraba tan solo a dos puertas de la mía. Pero tal vez se había quedado otra *suite* libre y él también se había mudado.

Mientras aguardaba al ascensor de nuevo, decidí que en realidad era mejor así. No tenía por qué desperdiciar mi tiempo y energía con Weston. Lo mejor sería regresar a mi habitación. Cuando las puertas del ascensor se abrieron, me encontré a Louis dentro.

—Hola. Te has quedado hasta muy tarde —comenté.

Louis sonrió.

—Sí, ya me iba.

Entré en el ascensor.

—Ah, bien.

—¿Te has confundido de planta? ¿Te has olvidado de que has cambiado de habitación?

Negué con la cabeza.

—No, en realidad había quedado con Weston. Pero él también debe de haberse mudado. Se habrá quedado otra *suite* libre. Sé que él también quería una habitación más grande.

Louis asintió.

—Sí que se ha trasladado. Lo vi el otro día cuando bajó para cambiar la llave. Pero no se ha movido a una *suite*, sino a otra habitación en esta misma planta. Donde estabas tú antes.

—¿A la mía? —Arrugué la frente—. ¿Le habían dado la suya a otro cliente o algo?

Louis negó con la cabeza.

—No que yo sepa. Simplemente pidió mudarse a la habitación que tú habías dejado. Le dije que el servicio no había tenido tiempo de limpiarla todavía, pero dijo que no pasaba nada, que él se ocupaba. Supuse que lo sabías.

Las puertas del ascensor habían empezado a cerrarse, pero introduje la mano en el último segundo y las detuve.

—Ay, es verdad. Se me había olvidado por completo. Lo siento, Louis, he tenido un día muy largo. Voy a bajarme aquí entonces para hablar con él. Buenas noches.

Confundida, recorrí el pasillo hasta llegar a mi antigua habitación. ¿Por qué narices se había mudado aquí? La ira, que había empezado a disiparse, regresó de golpe y con ganas.

Esta vez aporreé la puerta como si me fuera la vida en ello. Pam. Pam. Pam.

Weston abrió la puerta con una sonrisilla engreída y se echó a un lado.

—Alguien está ansiosa —ronroneó.

—¿Por qué cojones estás en mi antigua habitación? —Pasé junto a él dando zapatazos contra el suelo.

—Te pregunto algo mejor: ¿por qué me estabas siguiendo?

—¡No te estaba siguiendo, egocéntrico de mierda!

Weston engrandó la sonrisa.

—Claro.

—¡Que no! —Mi voz salió tan aguda que hasta desafiné un poquito.

—Siéntate, Sophia.

Hice caso omiso.

—¿Por qué estás en mi antigua habitación?

Weston se apoyó contra el escritorio y cruzó las piernas a la altura de los tobillos.

—Te lo diré cuando tú me expliques por qué me estabas siguiendo.

—Que no te estaba siguiendo. Deliras si crees saber por qué hago o dejo de hacer las cosas. Me encontraba en el mismo edificio que tú porque tenía una cita. Y, ya que crees saberlo todo, tampoco me acosté contigo porque me guste que me mangoneen.

El capullo engreído parecía pasárselo bomba. Se cruzó de brazos.

—¿No?

Yo también los crucé.

—No.

Nos quedamos mirándonos fijamente. Weston tenía un brillito especial en los ojos, y casi vi los engranajes de su cabeza girar mientras librábamos una batalla tácita para ver quién parpadeaba primero.

—Siéntate, Sophia.

—No.

Sonrió.

—¿Ves? Que te guste que yo tenga el control cuando nos acostamos no significa que quieras que te mangonee siempre. Una cosa no equivale a la otra. Te lo prometo, para mí no eres más débil porque te guste que te dominen sexualmente.

—Que no me gusta.

Weston se separó del escritorio y caminó hacia mí. El aire en la estancia empezó a crepitar. Por muy cabreada que estuviera, o quisiera estar, no podía negar que me sentía atraída por él como nunca me había atraído nadie. Por alguna razón, tenerlo tan cerca me hacía sentir a punto de explotar.

Me agarró la cadera con una mano y me miró a los ojos. Aunque me tenía bien sujeta, sabía, sin un ápice de duda, que, si le decía que me soltara, lo haría. Nuestras interacciones eran un absoluto despropósito.

—Si te dijera que apartaras la mano ahora mismo, ¿qué harías?

Me miró fijamente a los ojos.

—La apartaría.

—Entonces, ¿cómo puedes decir que me gusta que me domines?

—Estás confundiendo dominio con control. Puedes querer que te domine y aun así seguir manteniendo el control. De hecho, tú eres la que ha tenido la voz cantante todas las veces que hemos estado juntos.

Me costaba aceptarlo y Weston me lo vio en la cara.

—No pienses en ello y déjate llevar, si es que lo disfrutas.

Aparté la mirada, pero enseguida volví a mantener contacto visual con él. No sabía por qué me parecía tan importante, pero tenía que preguntárselo.

—¿A dónde ibas hoy? ¿Qué hay en ese edificio?

Weston se quedó callado un momento.

—Voy a una psicóloga. Tiene el despacho en ese edificio.

Ah, vaya. Eso era lo último que había esperado que dijera.

Me contempló mientras procesaba su respuesta. Tras darme un minuto, ladeó la cabeza.

126

—¿Alguna otra pregunta?

—No.

—Bien, entonces me toca. ¿Me estabas siguiendo?

¿Cómo iba a mentirle cuando él me acababa de confesar algo tan personal?

Esbocé una sonrisa avergonzada.

—Sí.

—¿Por qué?

Lo medité. Mi respuesta salió junto a una carcajada.

—No tengo ni la menor idea. Te he visto en la calle cuando salía de la tienda y simplemente te seguí.

Weston sonrió y me derretí un poquito por dentro.

—¿Dónde te has metido todo el día? —preguntó—. Te he buscado, pero no estabas en el despacho. Ni siquiera he podido verte esta mañana mientras pedías el café.

Sonreí de oreja a oreja.

—Me he escondido en mi habitación la mayor parte del día para no tener que verte.

Una sonrisa gigantesca y sincera se extendió por el rostro de Weston. Cualquiera pensaría que acababa de decirle lo excepcional que era en vez de que había estado evitándolo todo el día.

De nuevo mantuvimos una pequeña competición de miradas, pero esta vez Weston la apartó primero. Bajó las manos para desabrocharse el cinturón. El sonido del metal fue directo a mi entrepierna.

—De rodillas, Sophia.

Ay, madre.

Colocó las manos en mis hombros y me dio un empujoncito para que me arrodillara. Para mi absoluta indignación, lo hice. Me arrodillé y alargué las manos hacia su cremallera.

—Eh, ¿Soph? —dijo Weston.

Alcé la mirada y él sonrió.

—Llevo un tiempo queriendo usar esta frase. «Triste es la ausencia y tan dulce la mamada».

# Capítulo 12

## *Weston*

—Me alegro de que hayas decidido volver para seguir donde lo dejamos ayer. ¿Qué tal la tarde? —preguntó la doctora Halpern.

—Ni bebí ni cometí estupideces, si eso es lo que quiere saber. Supongo que lo tiene que anotar en el informe semanal que le manda a mi abuelo, ¿no?

De hecho, suponía que lo de las estupideces dependía del criterio de cada cual. Algunos pensarían que acostarse con el enemigo cuenta como estupidez, pero yo era de los que opinaban que lo que Sophia y yo teníamos era pura fantasía.

—Los informes semanales que le mando a tu abuelo se centran en tu progreso y la estabilidad de tu salud mental. Soy consciente de que firmaste un documento de confidencialidad, pero es muy restrictivo. Quiero que sepas que legalmente no puedo dar detalles de lo que hablamos y que no lo hago. Simplemente incluyo si progresas y si creo que tu estado emocional te pone en riesgo de recaída.

Eso sí que no lo sabía. El día que mi abuelo accedió a darme otra oportunidad, firmé no sé qué documento legal que me había puesto delante sin leerlo siquiera. A saber si con eso le había cedido a mi primogénito. Le di más vueltas a lo de tener que hacerme análisis de orina que a lo de ir a ver a un psicólogo. Cuando accedí a las condiciones del abuelo para recuperar mi trabajo, creí que lo del psicólogo sería lo más fácil. Le sol-

128

taría un montón de chorradas a un loquero todas las semanas, me reuniría con mi padrino con frecuencia y asistiría a algunas reuniones de Alcohólicos Anónimos. Volvería a caerle en gracia a mi abuelo enseguida. Pero no había contado con que me entraran ganas de hablar con esta mujer.

—¿Cómo llevas lo de ver a Sophia todos los días en el trabajo? La última vez que hablamos de ella pensé que te recordaría a momentos duros de tu vida.

A pesar de que Sophia me había recordado a Caroline al principio, las cosas habían cambiado recientemente. De hecho, apenas podía pensar en otra cosa que no fuera en ella de rodillas frente a mí anoche. Esta mañana me había puesto hasta arriba de azúcar en el café. Normalmente me echaba dos paquetitos, pero, mientras la seguía hasta la cafetería, no había dejado de pensar en ese ruidito que hacía teniendo mi polla metida hasta la garganta. Fue una mezcla entre gemido y murmullo, y cada vez que lo recordaba se me tensaban las pelotas. Al revivirlo tuve que recolocarme el pantalón.

—Trabajar con Sophia está siendo… interesante.

—¿Y eso?

La miré.

—No puede informar a mi abuelo de nada de lo que diga en estas sesiones, ¿no?

La doctora Halpern negó con la cabeza.

—Nada. Solo escribir acerca de su salud mental en general.

Inspiré hondo.

—De acuerdo. Bueno, Sophia y yo… hemos encontrado un método productivo para desfogar la energía que se genera con tantas peleas.

La doctora Halpern escribió algo en la libreta. Me pregunté si sería algo parecido a «follarse al enemigo». Al acabar, entrelazó las manos en el regazo.

—Sophia y tú habéis empezado una relación personal, entonces.

—Algo así.

—¿Le has contado cosas de tu vida?

—Va a tener que ser más específica, doc. ¿A qué se refiere? ¿Que me he tirado a la mitad de las coristas de Las Vegas? ¿Lo del alcoholismo? ¿Que mi familia no quiere tener nada que ver conmigo a menos que me rehabilite? ¿O se refiere a que tengo niñeras que informan a mi abuelo semanalmente?

Me gustaba que la doctora Halpern apenas reaccionase, ni siquiera a mis comentarios sarcásticos. En lugar de eso, contestó con imparcialidad:

—Me refería a tus problemas con el alcohol.

Sacudí la cabeza.

—No ha salido el tema.

—¿Te preocupa que pueda suponer un problema para ella y por eso no se lo has contado?

—No tenemos ese tipo de relación.

—Bueno, muchas relaciones empiezan de una manera y acaban de otra. A veces, cuando la gente espera para contar las cosas, se crea rencor. La persona que estaba en la inopia puede empezar a sentir desconfianza.

—Créame, nuestra relación no va a cambiar.

—¿Por qué?

—Es una buena mujer, de esas que salen con dramaturgos sin pasta, no con alcohólicos rehabilitados que han decepcionado a su familia y no se acuerdan de los nombres de la mitad de las tías con las que se han acostado.

—Cuando dices que has decepcionado a tu familia, ¿te refieres profesionalmente, porque el alcoholismo interfirió en tu trabajo? ¿O por Caroline?

—Por todo.

La doctora Halpern cogió su libretita y volvió a escribir algunos comentarios.

—¿Y si quisiera ver eso?

—¿Mis notas?

Asentí.

—Siempre la veo escribir y tengo curiosidad.

La doctora Halpern sonrió y volvió a entrelazar las manos sobre el regazo.

—Puedes verlas si no saber lo que escribo te genera estrés. Pero no sé si entenderías por qué me resulta importante lo que he anotado. Si sientes curiosidad, ¿qué te parece si me lo preguntas y yo te digo lo que he escrito y el motivo?

—De acuerdo. ¿Qué ha escrito cuando he dicho que sentía que había decepcionado a mi familia?

Ella agachó la cabeza para mirar la libreta y la volvió a levantar.

—He anotado: «culpa inmerecida por la muerte de Caroline». La razón es que parece que tus problemas de salud mental giran en torno a tu hermana.

Sacudí la cabeza.

—No es así.

—¿Entonces no crees que algunos de tus problemas derivan de la muerte de tu hermana Caroline?

—No me refería a eso. Claro que me cuesta lidiar con la muerte de mi hermana. Me refiero a que no tiene razón en lo de inmerecida. Sí que me la merezco.

Las luces del pasillo de los despachos de los ejecutivos estaban programadas. Después de las siete, solo se activaban los sensores de algunos puntos si había movimiento. Como había sido una tarde apenas productiva, decidí dejarlo por hoy e ir a buscar la cena a las siete y media. Cerré mi despacho y reparé en que el pasillo no se iluminó de inmediato. El resto de los despachos estaban cerrados o con las luces apagadas. Supuse que Sophia ya se había ido. Sin embargo, al pasar por delante del suyo, capté algo por el rabillo del ojo que me hizo retroceder hasta su puerta.

—¿Sigues aquí? —Las luces del despacho de Sophia se encendieron. Debía de haber estado tan quieta que ni los sensores la habían detectado—. ¿Estabas dormida o algo?

Sus ojos parecieron enfocarse.

—No, supongo que estaba tan abstraída que ni siquiera me he dado cuenta de que se habían apagado las luces.

«Te entiendo».

Asentí.

—He hecho varias llamadas y he preguntado por tu contratista. Por mí, nos quedamos con los Bolton.

—Genial. Te lo iba a consultar. Travis me ha llamado para hacer seguimiento.

Enterarme de que el cabrón ese la había llamado hizo que quisiera cambiar de opinión.

—¿A qué hora te ha llamado?

—No lo sé, sobre las once. ¿Por?

—¿Y por qué no me has preguntado?

Sophia frunció los labios y yo esbocé una sonrisa.

—¿Sigues evitándome?

—Estoy ocupada, Weston. ¿Puedes, por una vez, creer que no todo gira en torno a ti?

—Claro, cuando sea verdad.

Sophia puso los ojos en blanco.

—¿Es difícil arrastrar semejante ego a todas partes? Seguro que te pesa un quintal.

Me reí. Ladeé la cabeza hacia el ascensor y dije:

—Voy a por algo de cenar. ¿Tú has cenado ya?

Negó con la cabeza.

—¿Te vienes?

Se mordió el labio.

—Todavía tengo mucho trabajo.

—No te estoy pidiendo que te cases conmigo, Fifí. Dos personas que trabajan juntas pueden cenar juntas también. Si quieres, podemos charlar de trabajo. He vuelto a hablar con el sindicato; te contaré lo que me han dicho.

Vaciló, pero acabó suspirando.

—Vale.

Sacudí la cabeza.

—Menudo sacrificio. Seguramente vayas al cielo por lo buena que estás siendo conmigo.

Sophia intentó ocultar su sonrisa, pero no pudo.

—Voy al baño primero, nos vemos abajo.

—De acuerdo. Si quieres evitar quedarte a solas conmigo en el ascensor, lo entiendo. —Le guiñé el ojo—. Cogeré mesa en Prime.

—¿Echas de menos Londres? —pregunté mientras levantaba el vaso de agua. El camarero había traído la carta de vinos y Sophia se hallaba absorta en ella.

Azó la mirada y suspiró.

—Sí, hay mucho que echo de menos, sobre todo cosas que no me esperaba. ¿Y tú? ¿Echas de menos Las Vegas?

Negué con la cabeza.

—Para nada. Las Vegas y yo no hicimos buenas migas.

Sophia se rio.

—¿Ni siquiera las fiestas interminables? Sé que Nueva York es la ciudad que nunca duerme, pero es diferente a Las Vegas. Allí parece que todo el mundo está de vacaciones y pasándoselo en grande, aunque igual solo he estado en las zonas más turísticas. Aquí, sin embargo, la gente va trajeada al trabajo.

Deslicé el dedo por el vaso condensado.

—Lo que menos, las fiestas.

Sophia volvió a mirar la carta de vinos y me la ofreció.

—¿Quieres que pidamos una botella?

Vacilé. Nuestras miradas se encontraron y me salieron las palabras en tropel.

—Soy alcohólico y estoy rehabilitándome.

Sophia enarcó las cejas.

—¡Vaya! Guau. Siento habértelo preguntado, no lo sabía.

—No pasa nada, no te disculpes. Pide el vino, no te cortes. No me importa compartir mesa con alguien que beba.

No parecía muy convencida.

—¿Seguro? No pasa nada.

Justo entonces apareció el camarero.

—¿Les traigo algo para beber? ¿Una copa de vino?

Miré a Sophia y vi que estaba indecisa, así que cogí la carta y se la devolví al camarero.

—Póngale una copa del merlot Merryvale 2015, y a mí una tónica con limón.

Este asintió.

—De acuerdo. Les daré unos minutos más para que decidan qué pedir para cenar.

Sophia seguía mirándome después de que el camarero se fuera.

—En serio, no pasa nada. Deja de pensar que vas a hacer que recaiga o algo.

Sonrió.

—No te pases. Tu sobriedad no me preocupa en absoluto. Lo que me pregunto es cómo has sabido qué vino me gustaba.

—Dejaste media botella en tu antigua habitación.

Asintió.

—Eso me recuerda que el otro día no me contaste por qué te mudaste allí.

Le lancé una sonrisa burlona.

—Es cierto.

Soltó una carcajada.

—Ahora en serio, ¿le pasaba algo a tu habitación?

—No, todo estaba bien.

—¿Oías mucho ruido?

—Qué va, todo estaba muy tranquilo.

—Entonces, ¿por qué te cambiaste?

—Como no te lo diga te vas a cabrear, ¿verdad? Igual que cuando me seguiste el otro día. Eres un pelín curiosa, ¿no, Fifi?

Entrecerró los ojos.

—Y tú un pelín molesto. Cuéntamelo. ¿Por qué?

Mis ojos se desviaron hacia sus labios durante unos segundos antes de volver a clavarlos en sus ojos.

—Supuse que olería a ti.

Sophia contuvo la respiración.

—¿Por eso les pediste que no la limpiaran?

Me incliné hacia ella.

—Las sábanas todavía huelen a ti. Me gusta imaginar que te metías desnuda y te masturbabas.

Sophia enrojeció. Abrió los labios y se le aceleró la respiración. Estaba muy *sexy*. Me volvía loco. Me pregunté si me detendría en caso de meter la mano bajo la mesa y masturbarla.

Por suerte para ambos, el camarero volvió. Ajeno a la tensión, dejó la copa de Sophia y mi bebida en la mesa.

—¿Han decidido? ¿Hay algo que les apetezca o les gustaría saber cuáles son las recomendaciones de la casa?

Clavé los ojos en los de Sophia.

—Yo sí sé lo que me apetece.

Vi un brillo en su mirada, pero ella carraspeó y entrelazó los dedos.

—La verdad es que me gustaría saber cuáles son las recomendaciones.

El camarero lo explicó de forma monótona durante varios minutos; pescado…, ternera japonesa…, nombres elegantes para justificar el precio. Me entraron por un oído y me salieron por el otro. Estaba distraído imaginando a Sophia tratando de mantener la compostura mientras le introducía los dedos. En cierto momento, la voz masculina hizo una pausa y sonó otra más aguda, antes de quedarnos en silencio. Tardé varios segundos en darme cuenta de que tanto Sophia como el camarero me estaban mirando.

—Pues… lo mismo que ella.

El camarero asintió.

—Perfecto, señor.

En cuanto se fue, Sophia se llevó la copa a los labios, ocultando una sonrisa.

—No tienes ni idea de lo que has pedido, ¿verdad?

Negué con la cabeza.

—En absoluto.

Nos interrumpieron varias veces más. Un ayudante de camarero nos trajo el pan, el aceite de oliva y el vinagre balsámico, y el gerente del restaurante vino a presentarse. A estas alturas, ya nos reconocía todo el hotel. Por desgracia (o por fortuna para Sophia), cuando volvimos a quedarnos a solas, el momento ya había pasado. Y, aunque no hubiera sido así, los derroteros por los que condujo la conversación lo habrían hecho.

—¿Te importa que te pregunte cuánto tiempo llevas en rehabilitación?

—Catorce meses.

Asintió.

—Me alegro por ti. No tenía ni idea, de verdad. Y yo que pensaba que nuestras familias se encargaban de saberlo todo la una de la otra.

—Eso vale para lo que quieren que se sepa, pero todos procuramos tapar cualquier cosa que mancille el apellido familiar. —Tomé el limón que venía con la tónica y lo estrujé para mezclarlo con la bebida—. Para el resto del mundo, tu madre y tu padre se divorciaron de mutuo acuerdo. Si no hubiéramos pasado la noche juntos después del baile, no me habría enterado de que os abandonó.

Sophia ladeó la cabeza y se me quedó mirando durante un momento.

—No le contaste a nadie de tu familia lo que te dije aquella noche, ¿no? Creo que hasta ahora no he caído en que podrías haberlo filtrado. Seguro que tu padre o tu abuelo lo habrían hecho si se lo hubieras contado.

Di un sorbo a la tónica.

—Me lo confesaste cuando estábamos en la cama; fíate de mí, mujer.

Sophia desvió la mirada, pero asintió.

—Entonces, ¿la psicóloga forma parte de tu rehabilitación?

Hice un gesto afirmativo con la cabeza.

—Forma parte del plan de rehabilitación de mi abuelo.

—¿A qué te refieres?

—Para poder conservar mi puesto de trabajo tengo que acatar lo que él disponga. Hace catorce meses acabé en urgencias después de beber hasta el borde de la muerte. Me internaron un mes en un centro de desintoxicación. Durante ese tiempo, mi abuelo y mi padre se encargaron personalmente de los hoteles a mi cargo. Hay que vigilar los hoteles de Las Vegas con lupa. Suelen abundar trabajadores que resultan ser jugadores compulsivos con problemas de dinero y, si no hay nadie echando un ojo, terminan produciéndose robos y malversaciones de fondos.

Sacudí la cabeza.

—Tuvieron que hacer limpieza mientras yo estaba en el centro. La mayor parte del tiempo había estado tan borracho que no me había dado cuenta de que había gente robando en mis narices. Una mujer con la que me había estado acostando trató de chantajear a la familia con vídeos míos cometiendo estupideces, como mear en la fuente del hotel. Fue desagradable. El día que salí del centro, mi abuelo me dio un ultimátum: «Haz exactamente lo que te ordene o te quedas en la calle». Psicólogos, reuniones de Alcohólicos Anónimos, análisis de orina... de todo. Soy un títere, y él maneja las cuerdas.

—Madre mía. Si te sirve de consuelo, si yo perdiera el control y acabase en urgencias, mi padre colgaría en cuanto lo llamasen y ni siquiera vendría.

Me obligué a sonreír. Su padre me cabreaba más que toda mi familia junta. El mío al menos tenía razones para tratarme como a un perro. Era un desastre.

El camarero apareció con la comida y me alegró que pudiéramos zanjar la conversación. Empecé a cortar el bistec y cambié de tema.

—¿Has vuelto a saber algo del dramaturgo ese desde que charlamos?

—Me mandó un mensaje. Básicamente me dijo que era una caradura por dejar que otro hombre se pusiese al teléfono. Lo bloqueé para que no me volviera a llamar ni a escribir.

Sonreí.

—Me alegro.

—¿Y tú? ¿Has tenido alguna relación desastrosa desde esa noche del baile?

—Creo que todas las que he tenido en estos doce años han sido así.

—¿No has tenido relaciones serias?

—Hubo una. Brooke. Estuvimos juntos poco más de un año.

Sophia se limpió la boca con la servilleta.

—¿Qué pasó?

—Que lo jodí. Empezamos poco antes de que Caroline falleciera, hace cinco años. Después, perdí el control. Al final no quiso seguir aguantándome, y no la culpo —le expliqué, encogiéndome de hombros.

Vi la compasión reflejada en los ojos de Sophia y me dio rabia. Supongo que no había conducido la conversación en buena dirección.

—No es por cambiar el maravilloso tema del que estamos hablando, pero ya solo quedan dos asuntos que negociar con el sindicato: el número de días de baja por enfermedad y el número de habitaciones que el personal debe limpiar en cada turno.

—Genial. ¿Puedo ayudar en algo?

—Tengo programada una reunión a finales de semana. —Le di vueltas a cómo manejar la situación—. Si quieres, puedes venir.

Sophia sonrió.

—Me gustaría, sí. Ah, va a venir una amiga de Londres, Scarlett, y se va a quedar aquí. Llega este viernes, me lo has recordado al hablar del sindicato. Si ves a una mujer con un pintalabios rojo intenso del mismo color que la suela de sus tacones, que parece haber salido de la portada de la *Vogue,* es ella.

—Interesante.

—Lo es. —Sophia alzó la copa y la inclinó hacia mí—. Ahora que lo pienso, es como tú en versión femenina.

—¿Y eso?

—Arrogante y segura de sí misma. Todo el mundo se aparta cuando entra en algún sitio.

Arqueé una ceja.

—Vaya, eso se parece a un cumplido.

Sophia sacudió la cabeza.

—Tampoco nos volvamos locos. Bueno, aprovecho ahora que parece que estás de bastante buen humor. ¿Te importaría que me quede con la *suite* unos días más de los que me tocan? Por lo menos, hasta que Scarlett se marche. Después cambiamos y te la puedes quedar el tiempo que quieras. Es que nos gusta sentarnos a charlar hasta las tantas y me gustaría tener el saloncito mientras está aquí.

—Claro. De todas formas, no pensaba pedirte un cambio.

—¿No?

Negué con la cabeza.

—Ni siquiera pedí una habitación mejor cuando vine. Solo lo dije para cabrearte.

Sophia puso los ojos como platos.

—Dios, eres un capullo.

Solté una carcajada.

—Lo dices como si fuese algo nuevo. ¿En serio te ha pillado por sorpresa?

—Claro que no, pero gracias por confesarlo y dejarme la *suite* mientras Scarlett esté aquí.

Cuando acabamos de cenar, nos dirigimos juntos a la zona de los ascensores. Permanecí apartado en el interior y metí las manos en los bolsillos. Habíamos pasado una buena noche. Me daba la sensación de que Sophia había bajado la guardia por primera vez. Así que, por muchas ganas que tuviese de empotrarla contra la pared del ascensor y pulsar el botón de emergencia, estaba tan vulnerable que me habría sabido hasta mal.

Vacilé al llegar a la octava planta, sobre todo cuando me giré hacia Sophia. Juraría que la vi algo decepcionada por cómo iba a acabar la noche. Tuve que obligarme a salir del maldito ascensor.

Volví la mirada y la clavé en sus ojos una última vez.

—Que tengas dulces sueños, Fifi.

Ella negó con la cabeza.

—Buenas noches, Weston.

# Capítulo 13

## *Sophia*

Di vueltas en la cama, incapaz de quedarme dormida.

Me molestaba que Weston ni siquiera hubiese intentado convencerme de que volviera a su habitación o intentase acabar en la mía. Sabía que perder horas de sueño por eso era una estupidez, pero no dejaba de preguntarme el motivo. Tal vez estaba cansado o no le apetecía, pero ninguna de esas opciones parecía viable en lo que respectaba a Weston, así que la única conclusión lógica que se me ocurría era que se había aburrido de mí.

No tendría que sorprenderme que fuera de esa clase de tíos que disfrutaba más de la persecución que del premio en sí. De hecho, ahora que lo pensaba, tenía muchísimo sentido. Habíamos compartido una cena agradable y habíamos mantenido una buena conversación, y hasta me atrevería a decir que habíamos pasado una velada apacible. Había confundido la atracción que Weston sentía por la caza con atracción hacia mí.

Pero no pasaba nada. De verdad. Aunque aceptarlo me produjera un dolor raro en el pecho. De todas formas, no podía salir nada bueno de la locura que compartíamos. En mi cabeza sabía que era mejor que mantuviéramos las distancias.

Y, sin embargo, no me quedaba dormida.

Así que, en vez de seguir analizando nuestra peligrosa atracción, pensé en las cosas que Weston había compartido conmigo esa noche. Era alcohólico. Y, si había leído bien entre líneas, las cosas habían ido mal después de que su hermana falleciera. Esos dos eran uña y carne. Yo me consideraba hija única, porque no contaba a mi hermanastro, Spencer, así que nunca había tenido una relación como la que ellos compartían. Me imaginaba que crecer en cualquiera de nuestras grandes y solitarias familias hacía que los hermanos dependieran mucho más los unos de los otros. Nosotros contra ellos. Si a eso añadíamos la enfermedad de Caroline, veía claramente por qué Weston había tomado el rol de hermano mayor protector, aunque fuera más pequeño. Perder los papeles después de que ella muriera no me parecía algo malo. Había cierta belleza en amar tanto a alguien que su pérdida te hiciera caer en la autodestrucción. Era raro, pero envidiaba un poco esa clase de amor y dedicación hacia otra persona. Yo había estado muy unida a mi madre, pero ella murió antes de que me hiciera adulta.

Pensar en esa faceta de Weston me derritió por dentro. Y también me hizo sentir un tanto inquieta. Tal vez fuese mejor que hubiera perdido el interés, porque lo último que necesitaba era sentir algo por un miembro de la familia Lockwood.

Al día siguiente, acababa de colgar el teléfono cuando Weston asomó la cabeza en mi despacho.

—La reunión con el sindicato es este viernes a las dos.

—Ah, vale. Genial. Gracias. De hecho, iba a pasarme por tu despacho para verte.

Sonrió.

—¿Ya me echas de menos?

—¿Cómo podría echarte de menos cuando te he visto hace unas horas detrás del pilar del vestíbulo, observándome mientras pedía el café?

En vez de negarlo, Weston agrandó la sonrisa.

—Había otro tío en mi sitio de siempre.

—Me parece interesante que ni siquiera intentes ocultar que me acosas. ¿Es tu *hobby?* El acoso, me refiero.

—Tú eres la primera. —Me guiñó un ojo—. Qué suerte tienes, ¿eh?

Negué con la cabeza.

—En fin, he hablado con los Bolton hace un momento y han podido conseguir todos los permisos para empezar. Hay unas cuantas cosas que querían discutir con nosotros durante el almuerzo, si puedes.

Weston se frotó el labio inferior con el pulgar.

—¿Te han llamado, dices?

—Sí.

Ladeó la cabeza.

—¿Quién te ha llamado? ¿Sam o Travis?

Sabía a dónde quería llegar, pero no se lo iba a poner fácil.

—Travis.

—¿Entonces te ha llamado ti, pero te ha pedido específicamente que me invites a mí también?

Puse los ojos en blanco.

—Supéralo ya, Weston. No tendría que escocerte tanto ese enorme ego tuyo si alguien prefiere llamarme a mí antes que a ti. Tiene sentido porque mi familia ya ha trabajado con él.

—Sí, sí… claro.

Suspiré.

—¿Vas a venir o no? Voy a llamar abajo para reservar una mesa a la una. ¿Pido para dos o para tres?

—Para tres, por supuesto. No hay nada que disfrute más que ser un sujetavelas. —Tamborileó los nudillos en la puerta—. Te veo luego, Fifi.

Unas cuantas horas después, había perdido la noción del tiempo, y llegué al restaurante a la una y diez. Travis y Weston ya estaban sentados. Se pusieron en pie conforme me aproximé a la mesa.

—Siento llegar tarde. No sé en qué se me ha ido la mañana.

143

Al unísono, los dos hombres se dispusieron a retirar la silla que los separaba. Fue un tanto incómodo, pero al final Travis reculó.

—Gracias —dije y me senté—. Espero no haberme perdido mucho.

—Para nada. —Travis sonrió—. Nos has dado la oportunidad de conocernos un poquito mejor.

Desvié la mirada hacia Weston. Él levantó el vaso de agua y se lo llevó a los labios.

—Ha sido lo mejor del día.

Fruncí el ceño. Por suerte, o bien Travis no captó el sarcasmo de Weston o bien decidió comportarse de manera profesional por los dos y hacer caso omiso.

—Le estaba contando a Weston que podemos empezar mañana, si os parece bien a los dos. Todos los problemas que había con Urbanismo ya se han solucionado y se ha rellenado todo el papeleo que faltaba. He tenido que renovar los permisos porque todos habían expirado, pero me he tomado la libertad de poner mañana como fecha de inicio. Así que, si nos dais luz verde, ya estamos listos para empezar.

Weston y yo coincidimos en que cuanto antes mejor, y pasamos a discutir los turnos que queríamos y las fechas que Travis creía que deberíamos dejar desocupadas a causa del ruido las habitaciones que se encontraban justo debajo de donde se iban a llevar a cabo las obras. Pedimos la comida y, para cuando nos la trajeron, la actitud de Weston parecía haberse relajado un poquito.

Travis cogió el kétchup y abrió la tapa.

—¿Sabéis? —dijo mientras retiraba el pan superior de su hamburguesa—. Mi pareja y yo miramos el salón Imperial cuando nos prometimos. —Sonrió—. Cuando nos dieron el presupuesto, nos dimos cuenta de que tendríamos que reducir la lista de invitados a la mitad si queríamos celebrar la boda allí. Pero creo que, si hubiese estado abierto el salón con terraza cuando estuvimos buscando sitios, mi prometida me habría

144

convencido de pedir un préstamo para celebrar la boda aquí. En serio, creo que va a quedar todo precioso, una vez terminado.

Weston se animó.

—¿Y al final dónde terminasteis celebrando la boda?

Travis negó con la cabeza.

—No hubo boda. Las cosas no... fueron exactamente como planeamos.

Weston me dedicó una sonrisa presuntuosa.

—¿Te gusta la vida de soltero, entonces? Hay personas a las que no les va la vida de casado.

—Ah, no, no. Sí que quiero casarme. Odio las fiestas y prefiero quedarme en casa tranquilito por la noche después de un duro día de trabajo. Mi prometida, Alana, murió. —Negó con la cabeza—. Cáncer de mama.

Coloqué una mano sobre el brazo de Travis.

—Lo siento mucho. No lo sabía.

No se me escapó el modo en que los ojos de Weston se clavaron en mi mano.

—Lamento tu pérdida —dijo entre dientes.

Un ratito después, habíamos pasado al tema de la universidad, y Travis mencionó que él dejó los estudios. De nuevo, Weston pareció espabilarse y comentó que no todos conseguían terminarlos. Travis contestó entonces que los había dejado para ayudar a su padre, que necesitaba operarse de la espalda.

Hubo unos cuantos intercambios incómodos más de ese tipo y habría jurado que a Weston le pirraba oír cosas negativas sobre Travis, y que lo cabreaba sobremanera cada vez que sus supuestos defectos resultaban esconder un acto noble.

Cuando nos recogieron los platos, el camarero se acercó y nos dejó la carta de postres.

—También tenemos una maravillosa selección de cafés con licor: café irlandés con Bailey's, capuchino francés hecho con Grand Marnier y el Classico italiano hecho con *amaretto*.

145

Como el almuerzo me había dejado llena, pasé del postre, pero sí pedí un capuchino. Weston pidió un café normal y el camarero se giró hacia Travis.

—¿Y usted? Los cafés con licor están deliciosos. ¿Puedo tentarle con uno?

Travis levantó la mano.

—No, nada de tentaciones para mí. Gracias. Tomaré un café normal.

—Supongo que no es buena idea añadir alcohol a la comida cuando trabajas con maquinaria pesada —dijo Weston.

Travis asintió.

—En realidad, soy abstemio. He visto a demasiada gente arruinarse la vida por culpa del alcohol. Es una decisión personal.

Weston apretó la mandíbula. Soltó la servilleta sobre la mesa.

—¿Sabéis qué? Acabo de recordar que tengo otra cita. Nos vemos mañana, Travis. —Asintió en mi dirección—. Yo pago. Vosotros pasadlo bien.

# Capítulo 14

## *Sophia*

—Ay, Dios, es peor de lo que pensaba. ¿Qué es esa horterada que llevas?

—¡Scarlett! ¡Te has adelantado! —Salí del mostrador de recepción y envolví a mi amiga entre mis brazos. Después, se separó y me agarró de los hombros.

—¿Es marrón?

Me miré la americana que llevaba.

—Es parte del uniforme del hotel. Lo llevo cuando estoy en la recepción. ¿Qué le pasa?

Scarlett no parecía entender mi pregunta.

—Es marrón.

Solté una carcajada. Tal y como esperaba, Scarlett parecía haber salido de una revista de moda en lugar de un vuelo de siete horas. El cabello rubio le llegaba hasta los hombros en ondas como de los años veinte. Vestía unos pantalones *palazzo* de color crema y una simple blusa azul marina, pero las seis o siete vueltas de perlas que llevaba alrededor del cuello, el Rolex de hombre grande y los zapatos rojo brillante en punta dejaban claro que estaba al día con la última moda. Yo le sacaba unos doce centímetros a Scarlett, que medía metro cincuenta y ocho, pero dudaba que la gente lo supiera, teniendo en cuenta los taconazos de infarto que llevaba puestos. Su tono de piel era tan pálido como el mío, y el pintalabios rojo intenso le

147

sentaba mejor que a nadie. Creo que cuando tu madre te llama Scarlett, escarlata en inglés, no te queda otra.

—No todas podemos estar tan perfectas como tú. ¿Qué tal el vuelo? Pensaba que venías acompañada.

—Sí, pero ha tenido que irse directo a una reunión. Le he comentado que tenía un asunto urgente que atender y que tendría que encargarse él solo.

Puse un puchero.

—Espero que no tardes mucho. Tenía muchas ganas de tomarme algo contigo. Todavía no he encontrado a nadie que me haga compañía en la *Happy hour* de los viernes.

Scarlett me pasó un brazo por el cuello.

—El asunto urgente eres tú. Si no, ¿para qué iba a coger un vuelo tan temprano?

Sonreí.

—¡Qué bien! Es exactamente lo que necesitaba.

Era la primera vez en días que no me sentía triste. Odiaba admitirlo, pero la falta de atención por parte de Weston me había hecho sentir casi melancólica. Era consciente de que era una estupidez, pero la lógica tampoco ayudaba. Por desgracia, las peleas (y lo que venía después) habían sido lo mejor que me había pasado en varias semanas. Desde que habíamos comido con Travis hacía dos días, apenas había visto a Weston. Ahora hasta cerraba la puerta del despacho, cosa que nunca había hecho.

Lo cierto es que ambos estábamos muy ocupados. Entre las obras, la reunión que habíamos mantenido con el sindicato, el equipo de abogados que se reunía en las salas de juntas y nos pedía continuamente cosas, y lo que suponía dirigir un hotel que apenas conocías, no era de extrañar que no hubiésemos tenido tiempo siquiera de notar la ausencia del otro. Odiaba tener que darle vueltas al tema.

Scarlett había venido de visita en el momento idóneo. No había mejor remedio para el bajón que una buena dosis de sarcasmo de Scarlett.

Agarré una de las maletas de mano grandes.

—¿Cuánto te quedas? Me dijiste que reservara solo cuatro noches. Con esto tienes para dos meses.

—Querida, habría necesitado otro avión si me quedara dos meses.

Me reí.

—Venga, que te enseño tu habitación. Ya te he registrado. Instálate y después vamos a la *Happy hour* del bar del piso de arriba. Las vistas de la ciudad son preciosas.

—Ven a conocer a mis nuevos amigos.

Scarlett giró el taburete frente a la barra mientras yo regresaba al bar. Me habían llamado del sótano para que me encargase de una cañería rota. Al volver, vi que había dos hombres atractivos sentados a su izquierda. Ambos se pusieron en pie.

—Tú debes de ser Sophia. —El más alto sonrió y me ofreció la mano—. Yo soy Ethan y él es mi socio, Bryce.

Miré a Scarlett para que me lo explicara todo. Apenas me había marchado veinte minutos. Quizá los conocía por lo del desfile de moda.

—Encantada.

—Ethan y Bryce también trabajan en el sector turístico —me explicó Scarlett—. Son propietarios de aviones privados y los alquilan a la gente que no se contenta con volar en primera clase. Les he dicho que pueden invitarnos a la siguiente ronda. —Levantó la copa y removió la bebida con la pajita—. ¿Qué otra cosa necesita una mujer aparte de una mejor amiga propietaria de hoteles y dos amigos nuevos con jets privados? Es la unión perfecta.

Como no quedaban asientos libres en la barra, Bryce me hizo un gesto para que ocupara el suyo.

—Siéntate, por favor.

Scarlett y yo nos miramos y ella levantó las cejas un par de veces discretamente. Los hombres eran atractivos y estaba claro que también les iba bien en el trabajo, pero yo tenía ganas de pasar tiempo a solas con mi amiga. Sin embargo, Scarlett parecía entusiasmada con nuestros nuevos amigos, así que sonreí y me senté.

—¿Qué te pido? —preguntó Bryce.

Justo entonces, el camarero, Sean, se acercó. Dejó una servilleta en la barra delante de mí.

—¿Quiere un vodka con zumo de arándanos *light*, señorita Sterling?

—Suena bien, sí. ¿Ya tenéis zumo de arándanos *light*?

Él asintió.

—Claro. El señor Lockwood se encargó de que pidiéramos una caja el otro día.

—¿Sí? ¿Vamos a añadir una bebida especial a la carta?

—No que yo sepa —respondió y se encogió de hombros—. Simplemente nos dijo que tuviéramos a partir de ahora porque a usted le gusta.

Ya me había sentido incómoda al sentarme a tomar una copa con esos dos hombres, pero lo había atribuido a la falta de hábito. Liam y yo habíamos estado juntos mucho tiempo y yo todavía no me había terminado de incorporar al mercado. Al menos, no del todo. Weston y yo habíamos tenido nuestros flirteos. Aun así, que el camarero mencionara que Weston había tenido un gesto tan pequeño pero tan dulce como aquel me hizo darme cuenta de que la razón por la que me sentía incómoda tomándome algo con un hombre no se debía a que estuviera desentrenada.

Me obligué a apartar ese pensamiento de la cabeza y dije:

—Vodka con zumo de arándanos *light* me parece perfecto, Sean. Gracias.

Bryce sonrió.

—Supongo que cuesta invitar a una copa a una mujer en su propio hotel, ¿eh?

Sonreí y los cuatro empezamos a charlar de forma distendida. Al final, el asiento a mi izquierda quedó libre y Bryce se sentó a mi lado, lo cual consiguió que la conversación a cuatro voces se dividiera en dos más privadas.

—Por lo que veo, vives aquí, ¿no? —preguntó él.

—Por ahora me hospedo en el hotel. Mi familia acaba de convertirse en copropietaria del The Countess. He estado viviendo en Londres estos últimos años, pero he vuelto para echar una mano con la transición.

—¿Significa eso que piensas regresar a Londres cuando las cosas vuelvan a su cauce?

Sacudí la cabeza.

—No, no creo.

Bryce sonrió.

—Me alegro. Yo también vivo aquí.

Su tonteo era inofensivo, pero me sentía culpable por seguirle el rollo. A ver, Weston y yo no habíamos hablado sobre estar con otras personas. Aunque tampoco es que estuviésemos juntos. Era muy consciente de que lo que teníamos era algo estrictamente físico, y últimamente ni siquiera eso, al parecer. Así que me obligué a interactuar con él, aunque lo único que me apetecía era volver a mi *suite* con Scarlett y contarle lo que pasaba entre Weston y yo.

Le di un sorbo a la copa.

—¿Entonces tienes la oficina aquí, en Nueva York?

—A unas calles de aquí. Nunca había estado en el hotel. —Echó un vistazo al bar y luego miró por la ventana que hacía las veces de pared—. Las vistas son impresionantes. He de confesar que Ethan quería venir para celebrar que acabamos de firmar un contrato, y no me apetecía mucho, pero ahora me alegro de haberlo hecho.

Nos quedamos media hora sentados, hablando de forma distendida. Me contó que hacía seis meses había roto una relación de dos años, y yo le expliqué que también había terminado con una pareja con la que había estado mucho tiempo.

—Adoptamos un perro —dijo Bryce—. O más bien ella eligió al perro y yo tenía que darle de comer y sacarlo a pasear.

151

—¿De qué raza era?

—En presente, no en pasado. Me lo he quedado yo. Chispitas es un *Shih Tzu*. Fue ella la que quería al perro, pero se presentó en mi apartamento con la ropa que había dejado en su casa y el perro. Me dijo que, si no me quedaba con él, lo llevaría al veterinario para que lo sacrificasen. ¿Qué clase de persona sería capaz de hacer algo así? En fin, ahora tengo un perro afeminado llamado Chispitas.

Solté una carcajada.

—¿Tú no querías tener perro o qué?

—Sí que quería, pero pensaba elegir un labrador negro y llamarlo Fred —me explicó mientras se encogía de hombros—. El pequeñín es muy ladrador, pero le he cogido cariño. Duerme en la almohada junto a mi cabeza y le gusta lamerme la oreja a las cinco de la mañana. Si te soy sincero, eso es lo más interesante que ha pasado en esa cama en mucho tiempo —me contó riéndose.

Sonreí hasta que vi a cierto hombre acercándose a mí. Weston no parecía nada contento. Acortó la distancia entre nosotros a grandes zancadas.

—Me han dicho en recepción que estabas aquí. No sabía que tuvieras una cita. —Prácticamente escupió la última palabra.

—Yo no... A ver, no era... Nosotros no... —Sacudí la cabeza. Señalé a Scarlett, que se había girado hacia nosotros, y le expliqué—: Hemos venido a la *Happy hour*.

Weston miró a Scarlett y la saludó con un gesto de la cabeza antes de volver a posar sus ojos, que irradiaban furia, en mí.

—Estabas ocupándote de la cañería rota en la lavandería, ¿no?

—Sí, ¿por? En cuanto ha venido el fontanero he vuelto para terminarme la copa con Scarlett. ¿Hay algún problema?

Los ojos de Weston se desviaron a Bryce y volvieron a mí.

—El fontanero quiere que le des el visto bueno al presupuesto del arreglo, porque lo has llamado tú. Le he dicho que podía ocuparme yo, pero parece que en su mente solo tú puedes tomar esa decisión.

152

Me levanté.

—Vale, ya voy.

Weston volvió a echar un vistazo al grupo y apretó la mandíbula.

—Scarlett. —Se despidió con otro gesto de la cabeza, se volvió y se encaminó a la salida del bar.

—Bueno… Volveré en cuanto pueda.

Bryce también se levantó.

—¿Era el gerente? Ha sido un poco borde. ¿Quieres que te acompañe a hablar con el fontanero?

Levanté las manos.

—No, no pasa nada. No creo que tarde mucho.

No vi a Weston de camino a la lavandería. Al principio, cuando vino y me encontró sentada en la barra hablando con otro, me había sentido culpable. Pero, al meterme en el ascensor, empecé a cambiar de opinión.

«Menudo capullo. ¿Cómo se atreve a entrar de esa forma en el bar y ponerse así conmigo?».

Ni siquiera me había dirigido la palabra estos últimos días.

Su conducta no había sido profesional en absoluto.

Para cuando las puertas del ascensor se volvieron a abrir en el sótano, la culpa injusta que sentía se había transformado en cabreo. El repiqueteo de los tacones resonó con fuerza mientras me encaminaba hacia la lavandería y abría la puerta.

Me encontré a Weston dentro, lo fulminé con la mirada y me acerqué al fontanero, esbozando la sonrisa falsa que normalmente usaba con mi padre.

—Hola. El señor Lockwood me ha comentado que necesitaba que le diera el visto bueno al presupuesto, ¿verdad?

El fontanero estaba arrodillado en el suelo recogiendo las herramientas. Cerró la tapa de la caja y se puso en pie al tiempo que me ofrecía un trozo de papel.

—Por ahora he cerrado el agua que va a dos de las máquinas. Las cañerías están bastante oxidadas. —Señaló al techo, donde habían quitado varias tejas para dejar al descubierto el sistema de tuberías—. Tienen pinta de ser las primeras que se instalaron en el hotel. Deberían haberlas reemplazado hace veinte años. Han tenido suerte. Le he dado un presupuesto para canalizar todos los aparatos hacia el sistema y otro para hacer que estas dos vuelvan a funcionar.

«Genial, cañerías viejas».

Agaché la cabeza y eché un vistazo al precio final del presupuesto. Mi familia tenía una base de datos de los precios aproximados de todo tipo de reparaciones. Los gerentes podían aprobar los que supusieran un cinco por ciento más como máximo, dependiendo del tipo de trabajo. Cuando la cañería se rompió, comprobé el coste de reemplazo de una rota en la lavandería, y el presupuesto que tenía en la mano cuadraba. Lo que no había comprobado era lo que costaría canalizar la lavandería entera.

Miré a Weston.

—¿Qué te parece?

Ni siquiera me miró al responder:

—Yo mismo me he subido a una de las lavadoras y he echado un vistazo a las cañerías. Es una tontería arreglarlas cuando está todo podrido por dentro. El precio está bien.

Asentí y me dirigí al fontanero.

—¿Cuándo puede empezar a reemplazarlas?

—El martes. ¿Les importa quedarse sin dos lavadoras hasta entonces o quieren que las arregle mañana cuando abra la ferretería?

Negué con la cabeza. El The Countess contaba con, al menos, veinte lavadoras y secadoras.

—Nos las apañaremos hasta el martes.

El fontanero asintió.

—De acuerdo. Nos vemos la semana que viene.

Weston le abrió la puerta al fontanero y le hizo un gesto con la mano para que saliese primero, aunque no se marchó. Lo que hizo fue señalarle el camino.

—El ascensor está al final del pasillo a la derecha. Buenas noches.

Apenas esperó a que el hombre diese un solo paso antes de cerrar la puerta.

En cuanto nos quedamos a solas en la lavandería, aquel espacio tan grande pareció reducirse. Weston permaneció un buen rato dándome la espalda, de cara a la puerta. Ninguno habló. Había tantísimo silencio en el sótano que hasta se podía escuchar el ruido del reloj. Parecía como si estuviera escuchando la cuenta atrás de una bomba a punto de explotar.

Tic. Tac. Tic.

Más silencio.

Tic. Tac. Tic.

No me di cuenta de que había estado conteniendo la respiración hasta que vi a Weston posar una mano en la manilla de la puerta. Aliviada, solté una bocanada de aire.

Pero me había adelantado mucho…

En lugar de abrirla, giró el pestillo.

El ruido de la pieza colocándose en su sitio resonó por toda la sala y a mí se me aceleró el pulso.

Weston se dio la vuelta. Sin mediar palabra, se quitó la chaqueta del traje, la lanzó sobre una de las secadoras y empezó a remangarse. Clavé los ojos en aquellos antebrazos fibrosos mientras el corazón me retumbaba en el pecho.

Terminó con una manga y se puso con la otra.

—¿Tienes pensado tirarte a ese hombre tan majo con el que te estabas tomando una copa, Fifi?

Lo fulminé con la mirada.

—¿Y a ti qué te importa?

—Soy un niño mimado, tú misma lo dijiste. Y a los niños mimados no les gusta compartir sus cosas.

—¿Me estás llamando «cosa»? Serás capullo.

Weston acabó de remangarse tranquilamente y por fin me miró. La única palabra que describía la sonrisa que se extendió por su cara era «siniestra».

155

—Eres mucho más. De hecho, lo eres todo. Y por eso no pienso compartirte.

Me crucé de brazos.

—Eso no es algo que puedas decidir tú solito.

Weston dio varios pasos hacia mí y mi cuerpo empezó a vibrar.

—Tienes razón; no soy yo quien elige a quién le entregas tu cuerpo. —Enredó un mechón de mi pelo en torno a su dedo y tiró con fuerza. Clavó los ojos en los míos—. Pero la verdad es que no deseas a nadie más que a mí.

Estaba a punto de rebatirle, pero ambos sabíamos a qué conduciría eso. Así que, en cambio, me enderecé y decidí que la conversación fuera productiva.

—¿Por qué has estado evitándome este último par de días?

Weston desvió la mirada. Parecía estar dándole vueltas a la pregunta.

—Porque eres una buena mujer y te mereces a alguien mejor que a un alcohólico mujeriego.

—No eres alcohólico, dejaste de beber hace catorce meses.

Él sacudió la cabeza.

—No funciona así. Aunque dejes el alcohol, sigues siendo un adicto.

—Esa es la definición de la palabra, pero ya no bebes. Y eso es lo que importa, ¿no?

Volvió a mirarme a los ojos. La tensión sexual se palpaba entre nosotros, pero parecía estar escuchándome y yo tenía más cosas que añadir.

—En cuanto a lo de mujeriego… ¿Te has acostado con alguien más últimamente?

Weston sacudió la cabeza.

—De acuerdo. Entonces no eres ni alcohólico ni mujeriego. Y ahora que ya hemos dejado eso bien claro, ¿hay alguna otra razón por la que me estés rehuyendo?

Weston seguía contemplándome.

—Te mereces a alguien mejor.

—¿Y si no quiero a alguien mejor? Soy casi hija única. Así que, si alguien es egoísta aquí, esa soy yo. Puede que no te guste que toquen tus cosas, pero lo que yo quiero, lo consigo.

Los ojos de Weston se desviaron hacia mis labios. Posó un dedo en mi cuello y trazó la arteria desde la mandíbula hasta la clavícula.

—Vale. Pero ni se te ocurra acostarte con otros tíos mientras consigues lo que quieres de mí, niñata egoísta.

Entrecerré los ojos.

—De acuerdo.

—Quítate las bragas, Fifi.

Parpadeé varias veces.

Él repitió la orden, esta vez con la voz más grave y una pausa tras cada palabra.

—Quítate. Las. Bragas.

Me estremecí. Estaba como una regadera. Arriba me esperaba un hombre atractivo y simpático, que no era un Lockwood, y aquí estaba yo, en un sótano sucio, con otro hombre que acababa de referirse a mí como una «cosa». Y, aun así, me temblaron los brazos cuando me agaché y metí las manos bajo la falda. Introduje un dedo a cada lado y me las bajé. Dejé que cayeran al suelo y levanté una pierna cada vez para quitármelas del todo.

Los ojos de Weston titilaron. Pasó por mi lado para dirigirse a una de las lavadoras y giró el dial. El aparato se encendió y empezó a zumbar. Se volvió hacia mí, se lamió el labio inferior y me dio un buen repaso con la mirada.

—Súbete la falda.

Clavé los ojos en los suyos.

—¿Qué?

—Que te subas la falda.

Vacilé, pero, con total sinceridad, estaba tan cachonda que habría hecho casi todo lo que me hubiese pedido. Agarré el dobladillo y la subí hasta tenerla en la cintura. Estar desnuda desde la cintura hasta los dedos de los pies me hacía sentir expuesta en muchos sentidos.

Dando un paso hacia delante, Weston me agarró de la cintura con las manos y me aupó. Me llevó hasta la lavadora que había encendido y me dejó sobre ella con cuidado.

—Abre las piernas.

Las abrí un poquito.

Weston sacudió la cabeza con lentitud.

—Más. Pon una pierna a cada lado. Siéntate a horcajadas.

En ese momento, la lavadora vacía empezó a vibrar. Comenzó despacio, pero luego cobró más fuerza, como un ventilador.

Weston me vio preocupada y sonrió.

—No pasa nada. Una lavadora vacía con el ciclo de centrifugado no va a hacer que te caigas, así que abre bien esas piernas.

Creo que fue lo más extraño que me habían propuesto nunca. Sin embargo, hice lo que me ordenó y me senté a horcajadas.

Weston sonrió.

—Ahora inclínate hacia delante un poquito.

Me agarré a la parte delantera de la lavadora y cambié el peso del trasero a la cintura. La piel sensible entre mis piernas entró en contacto con el metal frío, y enseguida entendí por qué había querido que me inclinara.

«Ay, Dios».

«Madre mía».

Me entraron ganas de poner los ojos en blanco del gusto.

La lavadora vacía vibraba y daba golpecitos contra el suelo. Al haberme echado hacia delante, esa sensación fue a parar directamente a mi sexo. Era como si estuviese sujetando un vibrador entre las piernas, pero mejor. Por primera vez en mi vida, sentí como si todas las terminaciones nerviosas se me activaran a la vez. Aflojé la mandíbula y empecé a sudar.

Los ojos de Weston estaban fijos en mi cara. El calor que emanaba de ellos no tenía límites. Creía que esto no serían más que los preliminares, pero a continuación se dirigió al otro lado del sótano, a una de las lavadoras que habían quedado fuera de servicio, y se subió a ella.

—¿Qué… qué haces? —le pregunté. Como tenía la vibración entre las piernas, apenas podía formar una frase coherente.

Weston estiró los brazos hacia el techo y empezó a recolocar las tejas que había quitado el fontanero.

—Arreglar el techo.

—¿Ahora? —chillé.

Él soltó una carcajada.

—Créeme, tanto tú como yo necesitamos espacio. Verte con ese idiota me ha cabreado. La lavadora te está dando los preliminares que yo no podría. No te haces una idea de las ganas que tengo de quitarte de la cabeza a ese tío del bar a embestidas. Además, ya estaba casi a punto de explotar, así que no habría aguantado mucho.

Como no me sentía en condiciones de discutir y me gustaba mucho cómo estaba, cerré los ojos y me propuse disfrutar. Unos minutos después, sentí la respiración cálida de Weston en el cuello.

—¿Seguimos con tus reglas?

La pregunta me confundió, porque parecía que Weston era el que las imponía en este juego en el que estábamos inmersos.

Debió de ver la confusión en mi cara, porque me apartó un mechón detrás de la oreja y aclaró:

—Sin besos. Solo por detrás.

Me entraron ganas de que me besara en ese momento, pero hubo algo en mi interior que me dijo que no sería buena idea, así que tragué saliva y asentí.

Weston apretó los labios y un músculo en su mandíbula palpitó. Sin embargo, asintió secamente, me levantó de la lavadora y me bajó al suelo.

—Date la vuelta e inclínate sobre la lavadora.

La falda había vuelto a su sitio, así que él me la volvió a subir hasta la cintura. La tensión en la zona baja de mi vientre se acrecentó al oír los ruidos del cinturón desabrochándose, la cremallera al bajar y el plástico del preservativo al romperse. Weston se inclinó sobre mí y pegó su torso contra mi espalda a la vez que lo sentía en mi entrada. Acercó la boca a mi oreja y la mordió antes de gruñir:

—Esas reglas son estúpidas. Más vale que te agarres fuerte.

¿Recordáis la primera vez que volvisteis a casa después de salir con amigas a los quince años y encontrasteis a vuestros padres despiertos en el salón? No estabais seguras de si saludar con la mano como si nada e intentar salir por patas o si eso mismo parecería sospechoso. Pero, si os sentabais en el sofá, cabía la posibilidad de que vuestros padres oliesen el alcohol o hablaseis arrastrando las palabras.

Bueno, aunque tuviera veintinueve años y Scarlett fuera mi mejor amiga y no mis padres, me sentí exactamente igual al volver al restaurante.

Había estado en la lavandería más de una hora, así que ni siquiera sabía si ella seguiría allí o no. Lo estaba, y me alivió ver que se encontraba sola.

Estaba de espaldas a mí, así que me arreglé el pelo y traté de actuar de forma normal.

—Lo siento mucho, he tardado más de lo que pensaba.

Scarlett me hizo un gesto con la mano en señal de que no me preocupara.

—Tranquila, nuestros amigos se han ido hace cinco minutos, así que he estado bien acompañada.

Me senté a su lado y me relajé un poco. «Vale, puede que mamá y papá no sospechen nada».

—Apuesto a que te mueres de hambre —dije.

—Me he… —La voz de Scarlett se fue apagando mientras me miraba, y de repente abrió mucho los ojos—. Ay, Dios. ¡Te has tirado a Don Testosterona!

Dudé si negarlo, pero sentí que empezaba a enrojecer.

Scarlett aplaudió.

—Casi voy a buscarte. Ese hombre tan guapo estaba cabreadísimo. Ahora me alegro de no haberlo hecho, porque lo habría pillado dándole muy buen uso a esa rabia.

Escondí la cara en las manos y negué con la cabeza.

—Creo que me he vuelto loca.

—Hombre, a mí tampoco me importaría perder la cabeza. Tu chico no tendrá ningún otro amigo cabreado, ¿no? —Sonrió.

El camarero se acercó.

—¿Le pongo otro vodka con zumo de arándanos *light*, señorita Sterling?

Estaba a punto de decir que sí. Una buena dosis de alcohol era justo lo que necesitaba en ese momento, pero Scarlett se me adelantó.

Se inclinó y bajó la voz:

—Sean, cariño, ¿podrías traernos una botella del vino que estoy bebiendo, una de vodka y otra de esos zumos de arándanos? Llevaba un montón de tiempo sin ver a mi mejor amiga, y creo que a ambas nos vendría bien ponernos el pijama y pedir al servicio de habitaciones.

Sean asintió y sonrió.

—Les ofrezco algo mejor. ¿Por qué no suben y les mando las botellas arriba?

Scarlett se inclinó sobre la barra y le plantó un beso en la mejilla, dejando la marca característica de su pintalabios rojo.

—Adoro América. Gracias, cariño.

Le di las gracias y saqué un billete de cincuenta.

—Mándalo todo a mi habitación.

—No hace falta —respondió él, y se encogió de hombros—. Los caballeros han dejado la cuenta abierta para ustedes. Han dicho que nos aseguremos de poner en su cuenta todas las bebidas y la comida que pidan.

Joder, ahora me sentía como una mierda. A pesar de eso, Scarlett y yo subimos a nuestros dormitorios y ella se cambió.

Llamó a la puerta un cuarto de hora después, con un pijama de una pieza de *Duck Dynasty*.

Solté una carcajada mientras entraba.

—No sé cómo una tía que odia la televisión y siempre va vestida como si acabase de salir de una pasarela puede estar tan obsesionada con esos pijamas.

—Lo que te pasa es que tienes celos de lo bien que me queda —respondió Scarlett mientras se acomodaba en el sofá.

El servicio de habitaciones había traído una bandeja con una botella de vino, dos cocteleras llenas de bebidas frías, una botella de vodka Tito's, otra botella de zumo de arándanos *light* y un surtido de frutos secos, pretzeles, queso y galletitas saladas.

Ella cogió un puñado de anacardos y se metió unos pocos en la boca antes de servirnos una copa a cada una.

—Necesito que me repitas por qué no vives en uno de tus hoteles en Londres, porque te juro que me podría acostumbrar a este servicio. Sobre todo, si hay un maromo que se encarga de las cañerías del hotel y, ya de paso, de las mías también.

Cogí la copa de la mesa y me senté en el sillón frente a ella. Tras doblar las piernas, di un sorbo a la bebida.

—Créeme, suena más glamuroso de lo que es en realidad. Vivir en un hotel enseguida se vuelve muy solitario.

—Pues tú no parecías muy solitaria cuando has entrado en el restaurante. Va en serio, Soph, Liam solía quedarse en casa y no recuerdo verte tan bien follada por ese muermo de tío.

Suspiré.

—Supongo que se debe a que el sexo con Liam nunca fue ni la mitad de bueno que el que tengo con Weston.

Scarlett sonrió.

—Me alegro mucho por ti. Eso era justo lo que necesitabas.

Alcé una ceja.

—¿Tener una aventura con un enemigo acérrimo de la familia mientras intentamos lograr la puja más alta para echarlos de la gerencia del hotel?

—¿Cómo que «tener una aventura»? Sé que eres estadounidense, pero no octogenaria, así que un poco de respeto a lo que estás haciendo. Estás follando, acostándote con alguien… Incluso acepto lo de fornicar. Y segundo, eso es problema de tu abuelo, no tuyo, ¿no? ¿Ese Adonis cabreado te ha hecho algo alguna vez? Aparte de darte orgasmos espectaculares, por lo que intuyo.

—A ver, no… Pero… no nos caemos bien.

Scarlett dio un sorbo a su vino y me miró por encima de la copa.

—Caerse bien no es necesario para echar un buen polvo.

—Ya lo sé, pero…

Desde que Scarlett se había dado cuenta de lo que pasaba, no había dejado de sonreír. Hasta ahora.

Puso la copa en la mesa y sacudió la cabeza.

—Estás empezando a sentir cosas por él, ¿verdad?

Negué con la cabeza.

—No… Para nada… A ver, no sé.

Scarlett suspiró.

—Las cosas serían más fáciles si no hubiese sentimientos de por medio.

Asentí.

—Ya lo he intentado, créeme. Así empezamos. No me caía bien en absoluto; bueno, no es verdad. Algunas partes de él sí que me gustaban. Todo era estrictamente físico. Cada vez que discutíamos, acabábamos follando cabreados. Es la última persona con quien tendría una cita. Aparte del hecho de que somos rivales y nuestras familias llevan medio siglo enfrentadas, es un mujeriego, un arrogante, no está estable del todo y tiene más bagaje emocional que yo.

—Bueno, tú llevas diez años eligiendo a hombres que pensabas que se portarían bien contigo y mira lo que ha pasado.

Hice una mueca.

—Gracias.

—Por mucho que pensaras que Liam encajaba en tu perfil, yo siempre he creído que era una babosa egoísta. Siempre que

163

salíamos todos juntos era cuando y donde él quería. Nunca te preguntaba qué querías tú. No te he preguntado jamás por cosas de sexo, pero me atrevería a suponer que tampoco era generoso en ese aspecto.

No se equivocaba. Al final, solo dedicaba más de tres minutos a los preliminares en ocasiones especiales. Y que me hiciera sexo oral solo pasaba en los cumpleaños o como regalo del día de San Valentín, aunque sabía que esos orgasmos eran mejores que los demás. Yo trabajaba entre semana y él los fines de semana, pero las únicas veces que salíamos por la noche eran los días que él no tenía que madrugar, aunque yo sí.

—Ya me he dado cuenta de que Weston es más atento en el sexo. Se fija en cosas y descubre qué es lo que me funciona. Liam tenía cierta rutina que le funcionaba a él, y a veces a mí. Pero eso lo puedo atribuir a la experiencia. No le he preguntado, pero estoy segura de que Weston ha estado con más mujeres que Liam.

Scarlett señaló mi copa.

—¿Y eso del zumo de arándanos *light?*

—Es increíble y la diferencia ni se nota. —Se lo ofrecí—. ¿Quieres probarlo?

Scarlett ladeó la cabeza.

—¿Ha comprado Liam alguna vez cosas que te gustaban a ti?

Sabía a qué se refería.

—Ha sido un gesto muy amable por parte de Weston, pero…

—Escucha, Soph. No conozco a ese tío, así que puede que me equivoque. Pero me da la sensación de que, si lo piensas, verás que hay algo más allá del hecho de que pida zumo de arándanos *light* para ti y se asegure de que te corras antes que él. Y te digo lo mismo sobre Liam. Si echas la vista atrás, no me cabe duda de que te darás cuenta de que en su lista de prioridades ocupabas el segundo lugar, porque él siempre ha estado primero.

# Capítulo 15

## *Sophia*

«Ay, no». No podía salir nada bueno de juntar a esos dos.

A la mañana siguiente, caminé hacia los sillones del vestíbulo del hotel, donde Weston y Scarlett estaban tomando café y riéndose.

—Buenos días, Bella Durmiente. —Scarlett bebió de su taza con una sonrisilla.

—Es muy tarde para ti —añadió Weston. Le brillaban los ojos—. Debías de estar agotada anoche.

—¿Qué hacéis?

Scarlett se hizo la inocente.

—Tomar café. ¿Qué parece que estamos haciendo?

Puse los ojos en blanco.

—Yo sí que necesito café para aguantaros a los dos a la vez. Ahora vengo.

—Yo quiero otro *caffè macchiato* con vainilla, por favor. —Scarlett me tendió su taza vacía.

Weston se encogió de hombros.

—Yo un café solo doble.

Entrecerré los ojos.

—No os había preguntado…

Los oí reírse mientras me alejaba.

Después de esperar un buen rato en la cola, puse las tres bebidas en una bandeja de plástico y regresé a donde seguían

Weston y Scarlett; daba la sensación de que estaban muy cómodos el uno con el otro.

—¿De qué habláis? —Le tendí el café a Scarlett y luego a Weston—. Parece que os lo estáis pasando un poquito demasiado bien.

—Le he preguntado a Weston si conocía alguna buena discoteca por aquí cerca. Tengo que salir a bailar. Me ha dicho que hay un sitio a unas cuantas manzanas de aquí que se ha puesto muy de moda entre los famosos.

—Ah, ¿sí? No sabía que Weston estuviera tan puesto en discotecas.

Él dio un sorbo al café.

—Y no lo estoy. Al menos ya no. El Iglesia pertenece a uno de mis colegas de la universidad. Lo construyó dentro de una catedral clausurada. Es de lo único que habla en redes sociales.

—Wes va a colarnos para que no tengamos que esperar.

—¿Wes?

Weston sonrió.

—Así me llaman mis amigos. Tal vez algún día tú también quieras llamarme así, ¿eh, Fifi?

Suspiré. Esta nueva amistad me volvía un pelín loca, cosa que evidentemente ellos disfrutaban.

—¿Cuándo? Me refiero a lo de ir a esa discoteca.

—Esta noche. —Weston se puso en pie—. Me aseguraré de que vuestros nombres aparezcan en la lista VIP y les diré que estaréis por allí a eso de las diez. ¿Os parece bien?

—Me parece fabuloso —respondió Scarlett.

—Muy bien. Tengo que subir a la sala de juntas. —Weston se abotonó la chaqueta e hizo una leve reverencia en dirección a Scarlett—. Gracias por tu compañía, Scarlett. Ha sido muy reveladora. —Luego me sonrió a mí—. Que tengas un buen día, Sophia.

Me desplomé en el sillón de Weston y miré a mi amiga frunciendo el ceño.

—¿Reveladora? ¿De qué habéis hablado?

Scarlett meneó la mano en el aire.

—Bueno, ya sabes. Un poquito de esto y de aquello. Es encantador.

—Por favor, no intentes hacer de alcahueta. Lo que tenemos Weston y yo, sexo sin pretensiones y ocasional, es perfecto tal y como ya es.

—Estoy de acuerdo. —Su tono de voz era absolutamente condescendiente.

—Scarlett... —Suspiré—. Aunque tengas razón y sea un buen tío bajo todas esas capas de petulancia, acabo de salir de una relación. No estoy buscando entrar en otra. Y menos en una con un tío con tanto bagaje emocional. Nuestras familias se odian. Es demasiado complicado. A veces es mejor dejar las cosas tal cual.

Mi amiga ensanchó la sonrisa.

—Vale.

Entrecerré los ojos y le saqué la lengua.

—Cuánta madurez —se regodeó.

—En realidad, yo también tengo que subir a la sala de juntas, que es donde mi equipo está trabajando —dije—. ¿A qué hora es el desfile?

—A las once. Voy a ir a Bergdorf's en cuanto me termine el café. Pero esta tarde, sobre las siete, ya debería estar de vuelta.

Me puse en pie y me incliné hacia delante para darle un beso en la mejilla.

—Me sacas de quicio, pero me alegro mucho de que estés aquí.

Esa noche me di cuenta de que había pasado muchísimo tiempo desde que había ido por última vez a una discoteca. Me enfundé un par de vaqueros, una blusa mona azul marino y unas cuñas con las que sabía que podría bailar bien. Scarlett llamó a la puerta de mi habitación a las diez menos cuarto.

—Creía que habíamos quedado abajo a las diez.

Me dio un buen repaso con la mirada y entró en mi *suite* con los brazos llenos.

—Sí. Antes. Pero entonces caí en que te ibas a vestir así a menos que le pusiera remedio.

Bajé la mirada a mi modelito.

—¿Qué tiene de malo lo que llevo?

Scarlett suspiró.

—Ayer te tiraste a un tío en la lavandería. No eres aburrida, pero sigues vistiéndote como si lo fueras.

—Es una blusa cara. Y llevo vaqueros ajustados y tacones.

Ella hizo caso omiso y, en una mano, sostuvo en alto otra blusa plateada, con brillitos, muy ligera y con escote, y, en la otra, un par de tacones plateados, también con brillitos y con tiras.

—Este me gusta más —dijo—. Pero este otro… —Tiró las prendas plateadas sobre la cama y sostuvo en alto un top de un verde muy vivo y que se ataba al cuello en una mano y un par de taconazos negros, con los que jamás podría andar en condiciones, en la otra—. Este te quedaría fenomenal con tu pelo.

Sabía que discutir con Scarlett sería inútil si no le gustaba el modelito que llevaba. Además, no podía negar que sus dos opciones eran mucho más atrevidas que lo que yo me había puesto.

—Está bien. —Recogí las prendas plateadas de la cama, como si ponérmelas fuera todo un sacrificio.

Pero en cuanto me miré en el espejo después de cambiarme, me di cuenta de que mi amiga tenía razón. El otro conjunto no estaba mal, pero este gritaba «noche loca en la discoteca». Y, si era completamente sincera, me encantaba vestirme un poco más *sexy*.

Me giré en busca de la aprobación de Scarlett.

Ella se encogió de hombros.

—Si tuvieras pene, te follaría.

Me reí y enganché el brazo con el suyo antes de encaminarnos hacia la puerta de mi *suite*.

—¿Sabes? Pensaba que te echaba de menos a ti, pero en realidad creo que lo que añoraba era tu armario.

Weston había hecho mucho más que evitar que nos comiéramos la cola de entrada. Cuando llegamos, teníamos una mesa acordonada en la zona VIP de arriba con un cubo de champán esperándonos. La camarera anunció que se ocuparía personalmente de nosotras esa noche y un empleado nos tendió unas llaves para el baño especial VIP, que siempre estaba vacío.

Scarlett y yo le sacamos todo el partido posible. Nos bebimos el champán mientras observábamos la pista de baile de abajo, en la que toda la marabunta se movía al ritmo de la música que ponía el DJ. Entonces, nosotras también bajamos. Una canción siguió a la otra, los cuerpos no dejaban de apretarse a nuestro alrededor y mi corazón parecía estar latiendo al mismo ritmo que la base musical. Después de una hora, tenía la nuca sudada y pegajosa y el pelo adherido a la piel.

A lo largo de la noche, varios hombres trataron de bailar con nosotras, pero nos lo estábamos pasando tan bien juntas que no teníamos intención de conocer a nadie. La mayoría pilló la indirecta. Aunque, en un momento dado, un tío muy guapo se acercó a Scarlett durante un cambio de canción y le dijo algo que fui incapaz de oír. Fuera lo que fuese, la hizo reír, y luego empezó a bailar con nosotras. A diferencia de otros hombres, que piensan que si una mujer te sonríe en la pista de baile significa que tienen licencia para manosearte a gusto, el tipo mantuvo una distancia considerable y, entre los tres, formamos un pequeño círculo, aunque era evidente que el hombre solo tenía ojos para Scarlett.

Un amigo suyo se unió a nosotras unos cuantos minutos después, y eso llevó a que nos dividiéramos en dos parejas de baile. El tipo que estaba conmigo no intentó meterme mano ni nada, así que he seguido bailando con él. Cerré los ojos y me balanceé al ritmo de la música, pero posaron una mano en mi cintura desde atrás y el momento se estropeó. Abrí los ojos de golpe. Supuse que sería el tipo con el que había estado bailando, que se le había soltado un poco la mano, pero el muchacho seguía frente a mí. Me di la vuelta, preparada para decirle al capullo de turno que me quitara las manos de encima, pero a medio camino de la primera palabra, me di cuenta de que no se trataba de un capullo cualquiera. Era mi capullo.

Weston.

Apretó el agarre que tenía sobre mi cintura y se inclinó por encima de mi hombro para hablar con el hombre con el que había estado bailando.

—Viene acompañada.

Fue un gesto de absoluta posesión, pero, no sé cómo, consiguió decir aquello sin sonar antipático. El tipo me miró en busca de mi confirmación y yo suspiré, pero asentí. Él desapareció educadamente y sin montar ninguna escenita.

Me giré hacia Weston.

—¿Qué haces aquí?

Se encogió de hombros.

—Bailar. ¿Qué si no?

—¿Aquí? ¿De repente hoy te apetecía salir a bailar?

Sonrió.

—No. Me ha invitado Scarlett.

Busqué a mi amiga entre la multitud. Cuando nuestros ojos se encontraron, la fulminé con la mirada. Ella me sonrió y contoneó los dedos.

«Muy bonito, sí señor».

Weston aprovechó la oportunidad para deslizar las manos por mi cintura otra vez. Pegó su torso firme contra mi espalda y empezó a mecerse. Se inclinó sobre mi hombro y acercó la boca a mi oído antes de susurrar:

—Relájate y baila conmigo. Ya sabes que nuestros ritmos se compenetran muy bien.

En realidad no tuve oportunidad de aceptar o no. Weston empezó a guiarme desde atrás, tomando el control, igual que hacía cuando nos acostábamos, como tanto me gustaba. Era un gustazo y nuestros cuerpos se movían bien juntos. Así que, por una vez, no me molesté en tratar de llevarle la contraria. Cerré los ojos. Weston deslizó una de sus manos de forma posesiva por mi costado mientras nos movíamos, bajándola por las costillas hasta llegar a las caderas y acariciarme el muslo. Yo levanté un brazo y lo enganché detrás en su nuca, donde colocó la otra mano para que no lo bajara.

Nos quedamos así durante varias canciones y, con el paso del tiempo, lo sentí endurecerse contra mi espalda. El calor se arremolinó en mi interior y me pregunté si el baño VIP estaría insonorizado.

Weston se inclinó y me volvió a hablar al oído.

—¿Quieres descansar un rato y beber algo?

Asentí. La música en la planta principal hacía que fuese prácticamente imposible comunicarse a menos que hubiese una boca justo al lado de tu oreja. Así que regresamos a la mesa VIP de arriba, donde podíamos mantener una conversación.

La camarera vino justo cuando nos sentamos. Usó unas pinzas para sacar unas toallitas faciales frías de una cesta y nos tendió una a cada uno. Yo usé la mía para secarme la nuca, mientras que Weston se refrescaba la cara. Las volvimos a dejar en la cesta y la camarera nos preguntó:

—¿Qué quieren de beber? ¿Más champán?

Sonreí.

—Yo sí. Gracias.

—Para mí agua, gracias.

Se me había olvidado por completo hasta ese momento que Weston no bebía.

—Lo siento. No había caído.

Weston negó con la cabeza.

—No pasa nada. Yo soy el único que tiene que acordarse.

—¿No te resulta difícil estar en este ambiente?

Sacudió la cabeza.

—Durante los primeros seis meses evité los bares y las discotecas. Pero ahora ya me dan igual. Al menos, cuando es temprano. Antes, cuando bebía, me encantaba la multitud de las tres. Cuanto más tarde era, más locuras ocurrían. Para mí, esa era la hora de las brujas. A veces no salía hasta la una de la madrugada para poder estar pedo perdido a las tres y preparado para la acción. Tiene gracia, la primera vez que estuve en un bar sobrio sobre esa hora, me di cuenta de que la gente a la que consideraba muy divertida en realidad solo era una panda de idiotas imbéciles.

—Antes los veías con los ojos del alcohol.

—Más bien con los de una destilería entera, pero sí.

Tenía tanto calor por haber estado bailando que me recogí el pelo en una coleta con la mano y me abaniqué un poco para refrescarme la piel.

—¿Sigues teniendo calor?

—Estoy asada. —Bajé la mirada para consultar la hora en el móvil—. Creo que Scarlett y yo hemos estado en la pista de baile casi dos horas.

Weston asintió.

—Sí.

Enarqué las cejas.

—¿Cómo lo sabes?

—Os he estado mirando desde aquí mínimo una hora. ¿No tienes una goma en el bolso?

Negué con la cabeza.

—Ojalá.

La camarera regresó con mi champán y dejó en la mesa el agua de Weston.

—¿Necesitan algo más?

Weston asintió.

—¿Cree que podría buscarnos una goma como la suya para que se haga una coleta?

La chica sonrió.

—Claro. No hay problema.

—¿Y podría traernos otra toallita de esas, por favor?

—Enseguida.

En cuanto se marchó, Weston colocó un brazo sobre el respaldo del reservado, a mi espalda, como si nada.

—Gracias. A mí ni se me habría ocurrido pedírselo.

—Aquí estoy para servirte. —Guiñó un ojo—. ¿Necesitas algo más?

Me reí.

—Ahora mismo no, pero ya te diré.

Cuando la camarera volvió con la goma y las toallitas frescas, Weston me pidió un vaso de agua. Nos sentamos de cara a la pista de baile, pero mi mente no estaba en la discoteca ni en la gente moviéndose al son de la música. Estaba pensando en lo que Scarlett me había dicho sobre Weston anoche; que se había dado cuenta de que él me había priorizado, mientras que Liam nunca lo había hecho. Solo esta noche, Weston había conseguido que entrásemos en la discoteca, se había asegurado de que nos tratasen como a gente VIP, me había encontrado una goma para que no tuviera calor y le había pedido a la camarera más toallitas y agua. Hasta nos había vigilado desde lejos y había intervenido cuando dos tíos se habían puesto más cariñosos de la cuenta. Weston tenía un lado muy protector. Parte de esa faceta desembocaba en un comportamiento territorial y propio de los machos alfa, pero no lo hacía a malas ni tampoco de forma desagradable. En realidad, sus celos me parecían hasta *sexys*.

Weston se inclinó hacia adelante.

—¿Ya estás mejor?

Asentí.

—La goma ha sido clave.

Se acercó a mí y la mano que tenía extendida sobre el respaldo resbaló hasta mi hombro. Me dio un breve empujoncito para que me echara contra él, y eso hice. Nos habíamos visto desnudos muchas veces, pero este sencillo arrumaco era más

173

íntimo que todas esas otras ocasiones en las que nos habíamos acostado. Weston me acarició el hombro desnudo, y yo sentí que mi cuerpo se relajaba bajo su contacto. Me sentía muy bien, genial incluso, y ladeé la cabeza hacia atrás para apoyarla contra su pecho.

Había estado observando la pista de baile, sin prestar atención a nada en particular, cuando vi a Scarlett extender una mano al tío con el que había estado bailando. Él se la estrechó y se inclinó para decirle algo. Unos cuantos segundos después, la sonrisa de él se marchitó y se alejó con los hombros hundidos. Scarlett levantó los brazos en el aire, cerró los ojos y, feliz, empezó a bailar sola otra vez.

—¿Has visto eso? —preguntó Weston.

—Sí. Supongo que ya se ha cansado de él. —Me reí.

—Me cae bien. Siempre dice lo que se le pasa por la cabeza.

—Así es Scarlett. O bien la gente valora ese rasgo de ella y la adora, o no.

—Supongo que no considera una pérdida a las personas que no lo hacen.

—Pues no. Suele decir en broma que soy su única amiga y que lleva buscándome una sustituta desde que me fui de Londres. Pero la gente siempre hace cola para estar cerca de ella. El problema es que no deja entrar a muchos en su círculo.

—Las dos parecéis tener mucho en común.

Asentí.

—Pensaba que echaría de menos muchas cosas de Londres, pero ella es a quien realmente echo de menos.

—¿A Liam no?

Ni siquiera tuve que pensarme la respuesta. Desvié los ojos de la pista de baile y miré a Weston.

—¿Qué Liam? —dije.

Weston sonrió y desvió la mirada hasta mis labios por un instante. La música resonaba fuerte a nuestro alrededor; debía de haber varios cientos de personas en la discoteca y, aun así, parecía que solo estuviéramos nosotros dos. Weston siempre se las apañaba para hacerme sentir especial y atractiva sin necesidad de palabras. Fijé la vista en su boca y, para variar, no me le di más vueltas. Me incliné y pegué mis labios a los suyos. Él colocó una mano en mi nuca y me devolvió el beso, pero no intentó enrollarse conmigo. En cambio, compartimos un primer beso muy tierno. Después, él se separó.

—¿Has roto tu propia regla?

—Eh… que les den a las reglas.

Una sonrisa se extendió por su cara y su mirada se oscureció.

—Ah, ¿sí?

Asentí.

Sí.

Me dio un apretón en la nuca y volvió a acercar mi rostro al suyo. El segundo beso no fue tierno; Weston me besó hasta dejarme sin aliento.

Después, acercó la boca a mi oído.

—¿Y si mantenemos una de tus reglas? Tú te corres primero.

Eran pasadas las dos de la mañana cuando los tres regresamos al hotel. Scarlett nos había mantenido entretenidos todo el camino de vuelta con las peores frases para ligar que había oído esa noche, además de otras memorables que había atesorado a lo largo de los años.

Weston pulsó el botón para llamar al ascensor y se apartó para que nosotras entrásemos primero cuando se abrieron las puertas.

—¿Cuál es la tuya, Wes? —preguntó Scarlett.

Se encogió de hombros.

—Normalmente suelo decir… «alto».

Scarlett soltó una carcajada.

—Supongo que no te hace falta más con esa cara bonita que tienes.

Weston guiñó un ojo y ladeó la cabeza en mi dirección.

—Con ella ha funcionado.

Llevaba un rato delante del panel del ascensor a la derecha, pero se me había olvidado pulsar los botones para nuestras plantas. Tras un minuto, Weston se percató de que no nos movíamos.

—A lo mejor si le dices al ascensor adónde vamos, se moverá, Soph.

—Ostras. Sí. —Pulsé los tres botones y el ascensor empezó a subir.

La habitación de Scarlett estaba en la tercera planta, así que su parada fue la primera.

—Gracias por esta noche tan fabulosa, Weston. Me lo he pasado pipa.

—De nada. Pero tengo la sensación de que te lo pasarías pipa en cualquier sitio.

Scarlett y yo nos abrazamos, y luego el ascensor siguió subiendo hasta su próxima parada. La habitación de Weston estaba en la octava planta. Las puertas se abrieron, pero él no hizo amago de salir.

—¿Te vas a… bajar? —pregunté—. Esta es tu planta.

Weston sacudió la cabeza.

—No. Voy a bajarme en la tuya.

# Capítulo 16

## *Weston*

Sophia entró en la *suite* antes que yo y encendió la luz del pasillo. Cuando llegó al salón, encendió la lamparita. La seguí y la apagué.

Normalmente me daba igual la luz. De hecho, era algo en lo que nunca había pensado. Sin embargo, con la del pasillo ya la veía suficientemente bien y no quería más distracciones.

—¿Te apetece agua o alguna otra cosa? —ofreció Sophia.

Negué con la cabeza e hice un gesto con el dedo para que se acercara.

—Otra cosa. Ven aquí.

Sophia se mordió el labio inferior y se acercó.

Tracé la línea de su cuello con el dedo.

—No sabes cuánto me gusta tu piel. Es tan suave, tan perfecta. Cuando te veo coger el café todos los días, fantaseo con hincarle el diente. Quiero chupar cada centímetro de tu cuerpo y dejarte marcas.

Soltó una risita nerviosa.

—Pero entonces dejará de ser perfecta, ¿no?

—La verdad es que lo único que la haría más perfecta sería marcarla como mía.

Le acuné las mejillas y la atraje hacia mí. Ahora que por fin podía besarla, no pensaba dejar de hacerlo. Esta mujer besaba de infarto. Se hacía con mi lengua, me mordía el labio y me daba unos tironcitos que sentía hasta en la polla. Pero lo que me dejaba KO del todo eran los gemidos que emitía. El sonido viajaba entre nuestras bocas, envolvía mi corazón y lo apretaba.

Agarré su trasero y la aupé. Sus piernas largas envolvieron mi cintura mientras la llevaba al dormitorio. Jamás me había apetecido tanto la postura del misionero como con esta mujer. Lo cierto era que jamás había deseado tanto a una mujer como a Sophia en este momento. Me moría por tumbarla en aquella cama grande y observarla llegar al orgasmo.

Ella hundió los dedos en mi pelo y tiró de él. Ambos seguíamos vestidos, pero dadas las ganas, sabía que, si no iba más despacio, rompería la única regla que le había dicho que íbamos a seguir cumpliendo, así que me obligué a apartar la boca de la suya y romper el beso.

Ella negó con la cabeza mientras yo trataba de apartarme.

—No. Más.

Sonreí.

—Esta noche quiero tomarme mi tiempo.

Ella gimió y yo solté una carcajada a la par que la dejaba en el suelo. Retrocedí varios pasos y dije:

—Quítate la blusa.

Nuestros ojos se encontraron y ella hizo un puchero.

—¿No podemos desnudarnos a la vez?

La desesperación que denotaba su voz me hizo sentir como el rey de la jungla, pero, como se iba a entregar por completo a mí esta noche, quería que le gustase. Habíamos follado mucho, aunque había sido meramente con nuestros cuerpos. Esta noche subiríamos la apuesta.

Controlé las ganas y repetí la orden.

—Quítate la blusa, Sophia.

Logré no desviar la mirada de su rostro mientras se quitaba la prenda plateada por los hombros y dejaba que cayera al suelo. Me cago en la puta, no llevaba sujetador. No había nada que se interpusiera entre su piel y yo, y sus pechos naturales y grandes formaban una curva de lo más *sexy*. Los pezones, de un rosa oscuro, estaban duros, enhiestos. Se me hizo la boca agua. Qué ganas tenía de mordérselos.

Alcé la barbilla y dije:

—Ahora los pantalones.

El ruido de la cremallera de los vaqueros resonó en la habitación. Se suponía que este pequeño *striptease* me ayudaría a mantenerme bajo control, pero estaba consiguiendo justo lo contrario. Estaba tan empalmado que hasta empezaba a doler.

Sophia deslizó los vaqueros por sus piernas, increíblemente *sexys* y tonificadas, y se los quitó. Se enderezó frente a mí con apenas un triangulito de encaje cubriéndole la entrepierna. Joder, me encantaban sus curvas; su cintura estrecha, la inclinación de sus caderas y esas piernas largas y suaves.

—Eres preciosa —dije con voz ronca.

Aunque estaba prácticamente desnuda delante de mí, pareció sonrojarse por mis palabras.

—Gracias.

Mientras la tensión entre nosotros crecía, empecé a desnudarme y me tomé mi tiempo. Dejé caer la camisa al suelo igual que ella y me quité los pantalones. Los ojos de Sophia descendieron hasta el bulto en mis calzoncillos, y estuve a punto de gruñir cuando se relamió.

—Joder, Soph, no me mires así.

Ella se mordió el labio inferior.

—¿Que no te mire cómo?

—Como si quisieras que te pusiera de rodillas y te agarrara del pelo mientras me comes la polla.

Sus ojos titilaron y Sophie curvó los labios en una sonrisa malévola.

—Quítate los calzoncillos.

Joder.

Sacudí la cabeza.

—Ven aquí.

En cuanto pegó sus tetas calientes a mi pecho, perdí el último resquicio de autocontrol. Hundí los dedos en su pelo y tiré para levantar su rostro hacia mí.

A partir de entonces todo fue cuesta abajo. Sophia me bajó los calzoncillos y hasta me arañó por las ganas que tenía de quitármelos; y yo me metí uno de sus pezones entre los dientes y tiré hasta que aguantó la respiración. Ella enroscó una pierna en torno a mi cintura y pegó un saltito para subirse a mí, como si yo fuera un puto árbol o algo. Desapareció cualquier atisbo de duda sobre si estaba lista o no. Estaba empapada y me restregó su humedad mientras se frotaba contra mí.

—Te deseo —gimió.

Me senté en el borde de la cama con ella en el regazo. Le temblaban los brazos mientras colocaba las manos en mi nuca y se alzaba lo suficiente como para que me introdujera en ella. Sentí el calor de su sexo sobre la punta de la polla, pero entonces se detuvo. No me había puesto condón. Estaba a punto de hablar, pero Sophia se me adelantó.

—Estoy… tomándome la píldora. Y me hice un examen médico antes de mudarme. No he estado con nadie desde entonces.

Y yo que pensaba que que me dejase besarla y verle la cara mientras me introducía en ella sería el mejor regalo que podría darme. Esto… esto suponía mucho más. Su confianza.

La miré a los ojos.

—Yo no tengo nada. Llevo años sin hacerlo sin condón y me hacen pruebas con frecuencia.

Sophia asintió y se inclinó para besarme al tiempo que empezaba a descender, pero yo no pensaba claudicar tan fácilmente. Ya la había dejado tomar el control y cabalgarme tan despacio o rápido como quisiese, pero esta noche necesitaba verla, así que mantuve su rostro a escasos centímetros del mío. Aprecié la confusión en su mirada.

—Me apunto a hacerlo como quieras: rápido, lento, encima o debajo de mí, pero quiero mirarte.

Sus ojos escrutaron los míos antes de asentir. A continuación, volvió a elevarse y a descender sobre mí. Necesité todo mi autocontrol para no sacudir las caderas y embestirla. Me había regalado tanto esta noche que quería ser yo el que ahora le entregara algo que normalmente ejercía yo: el control.

—Precioso. —Desvié la mirada hacia abajo y observé cómo mi polla se introducía en ella poco a poco—. Es precioso, joder.

Me obsequió con una sonrisa dulce antes de cerrar los ojos. Entonces, con un solo movimiento, se hundió hasta abajo, empalándome en ella hasta que su trasero quedó completamente pegado a mi regazo.

—Madre de Dios —murmuré.

Sophia abrió los ojos. Puede que lo que voy a decir me convierta en el tío más cursi del mundo, pero prometo que aquello me pareció toda una experiencia religiosa. Tenía los ojos vidriosos a causa del deseo; la piel, cremosa y radiante; y un rayo de luz iluminaba su cuerpo. Parecía un ángel y, aunque estuviera encima, percibí algo en su mirada que me dio a entender que se había rendido a mí.

—Yo... yo... —empezó a decir.

Sonreí.

—Lo sé, nena.

Empezamos a movernos a la vez. Sophia se mecía mientras yo la embestía. Estaba tan ceñida que parecía que me tuviese agarrada la polla con el puño.

—Weston —gimió—. Más...

Joder.

La alcé hasta que apenas tuve dentro la puntita. Entonces, de una vez, la hice bajar de golpe.

Ella volvió a gemir.

Así que repetí el movimiento.

Otro gemido.

La levanté una vez más, pero en esta ocasión la embestí al mismo tiempo que la desplazaba hacia abajo.

Ella gimió con más fuerza.

Nos movíamos y gruñíamos; nos acercábamos y nos alejábamos; me introducía y salía de ella; hasta que llegó un momento en el que no pude distinguir cuándo terminaba uno de sus gemidos y empezaba el siguiente. Fue una canción preciosa.

Puso los ojos en blanco y sus músculos se ciñeron más a mí.

—Wes...

—Dime, nena. Dime.

—Por favor —gimió—. Por favor.

—Dime qué quieres.

Respondió tartamudeando.

—Có-córrete dentro. Ya.

No hacía falta que me lo dijera dos veces. Tras una última embestida, me hundí bien adentro. Temblé, ensimismado en ella; en su olor, su sabor, la forma en que gemía mi nombre mientras se corría en torno a mi polla; con las uñas clavándoseme en la espalda; con sus tetas pegadas a mi pecho; con su culo contra mis pelotas. Estaba total y completamente inmerso en el momento... con esta mujer.

—Soph... —No pude aguantar más—. Soph... joder.

Tal vez se me escaparan algunas lágrimas al vaciarme en su interior. Fue el orgasmo más maravilloso, increíble y fantástico de mi vida.

Al acabar, vi que Sophia estaba exhausta. Se dejó caer contra mí y apoyó la cabeza en mi pecho mientras ambos tratábamos de recuperar el aliento.

Por lo visto, mi polla se creía un volcán recién entrado en erupción, porque tembló al terminar de expulsar la lava que quedaba en su interior.

Sophia me miró con una sonrisa que solo se podría catalogar como delirante.

—¿Lo haces a propósito? Lo de que se mueva así.

Solté una carcajada.

—No, tiene vida propia.

Envolvió mi cuello con los brazos, me besó y suspiró.

—Ha estado bien.

Arqueé una ceja.

—¿Bien?

—Sí. ¿Cómo quieres que lo describa? Si ha estado bien, pues ha estado bien.

Me llevé el puño al pecho y fingí que me habían dolido sus palabras.

—Me haces daño.

Ella se rio.

—¿Extraordinario te parece mejor?

—Un poco.

—¿Orgásmico te vale?

—Te vas acercando. Sigue.

—Épico. Ha sido épico.

—¿Y qué más?

—Fenomenal. Impresionante. Espectacular.

Me moví y me la quité de encima con cuidado. La acuné en mis brazos y la aupé, lo que provocó que chillara de la sorpresa. Sin embargo, la sonrisa en su rostro dejaba entrever que le había encantado.

—¿Qué haces? —preguntó con una risita.

La llevé hasta el respaldo de la cama y la tumbé antes de subirme encima y abrirle las piernas con las rodillas.

—Voy a follarte hasta que se te quite de la cabeza eso de ser maja.

Ella respondió de nuevo riéndose.

—Puede que tardes, porque lo soy y mucho.

Sonreí.

—No pasa nada. Se me da bien. No sé si lo sabes, pero hay gente que nace grande y consigue grandeza, y otros consiguen que les metan algo grande.

Sophia soltó una carcajada.

—Estoy bastante segura de que Shakespeare decía que algunos nacen grandes, otros consiguen grandeza y a otros la grandeza les queda grande.

Le guiñé el ojo.

—No nos pongamos quisquillosos.

## Capítulo 17

### *Sophia*

La mañana siguiente empezó igual que acabó la noche: con Weston en mi interior. Aunque algo había cambiado entre nosotros. En vez de apresurarnos a cruzar la línea de meta, nos tomamos nuestro tiempo explorando el cuerpo del otro. Teníamos una intimidad que antes no existía.

Apoyé la cabeza en su pecho y tracé con los dedos la cicatriz que tenía en el abdomen.

—Dijiste que fue por una operación de riñón, ¿no?

Weston me acarició el pelo con suavidad.

—Sí, la prueba para esa operación fue, de hecho, el día posterior al baile de graduación.

—Ah, ¿sí? No recuerdo que mencionaras nada de una operación.

—Que conste que esa noche no hablamos mucho.

Sonreí al pensar en aquel día.

—Sí, supongo que tienes razón. ¿Por qué te iban a operar?

Weston se quedó callado un momento.

—Por nada. Le doné un riñón a Caroline.

Giré la cabeza para mirarlo y apoyé la barbilla en las manos.

—Vaya. No tenía ni idea. Qué pasada.

Weston le restó importancia encogiéndose de hombros.

—Qué va. Tres años después del trasplante empezó a mostrar indicios de rechazo. Al principio creímos que tenía gripe, pero no. Los médicos trataron de detener los síntomas dándole inmunosupresores, pero lo único que consiguieron fue debilitar su sistema inmunológico. Durante años pasó por épocas muy malas, y al final murió de una infección porque la medicación que tomaba para no rechazar mi mierda de riñón la volvió vulnerable a muchas otras cosas.

Sentí una punzada de dolor en el pecho.

—Lo siento mucho.

—No te preocupes. No es culpa tuya.

Ya sabía que no, pero algo me decía que él sí que culpaba a alguien.

—Sabes que tampoco es culpa tuya, ¿no?

Weston apartó la mirada.

—Claro.

—No. —Apoyé la mano en su mentón y volví a girar su cabeza hacia mí—. Sabes que no es culpa tuya, ¿verdad?

—Mi única misión en la vida era mantener a mi hermana sana y ni siquiera pude hacer eso.

Escudriñé su rostro. Lo decía completamente en serio.

—Mantener sana a Caroline no era responsabilidad tuya —dije, negando con la cabeza—. Me parece increíble que le donaras el riñón. Estoy segura de que lo hiciste porque la querías, no porque te sintieras obligado.

Weston resopló.

—No, Soph. Sí que era mi responsabilidad. Soy su salvador.

Fruncí el ceño.

—¿Cómo?

Él asintió.

—A Caroline la diagnosticaron con tan solo un año. Mis padres me concibieron por fecundación in vitro. A mi madre le implantaron solo cigotos que fueran genéticamente compatibles con mi hermana y que estuvieran libres de toda enfermedad genética posible. Yo no era más que un saco de órganos con patas.

Me quedé boquiabierta.

—¿Me lo dices en serio?

—Tres trasplantes de médula y uno de riñón.

No sabía ni qué decir.

—Eso es… es…

Weston sonrió con tristeza.

—Muy retorcido. Lo sé. Pero así son las cosas. Mientras crecía no le di más importancia. Cuando mi hermana enfermaba, yo también tenía que quedarme en casa, sin salir. Creía que mi madre se ponía nerviosa ante la posibilidad de que trajera más gérmenes a casa y que Caroline empeorara. —Negó con la cabeza—. Pero solo quería cerciorarse de que yo no me ponía malo para que, en el caso de que a mi hermana le hiciera falta algún otro trasplante, yo estuviera sano.

—Caroline y tú siempre parecíais estar muy unidos. Recuerdo veros constantemente volver a casa andando después del instituto o estudiando en la biblioteca. Siempre he sentido envidia de tu relación con ella porque lo único que yo tenía era un hermanastro imbécil.

—Sí que estábamos unidos. Quería a Caroline más que a mí mismo. Si hubiese podido cambiarme por ella, lo habría hecho sin pensar. Era una persona asombrosa.

Saboreé sal en la garganta.

—Eso que has dicho es precioso. De verdad. Pero demuestra que no ayudaste a Caroline solo porque fuera tu responsabilidad. Lo hiciste por amor.

Weston me miró. Pareció buscar algo en mis ojos antes de volver a hablar.

—Cuando nací, mi abuelo depositó cinco millones de dólares en una cuenta para mí. Pensé que lo hacía con todos sus nietos. La noche del funeral de Caroline, me enteré de que yo era el único que tenía ese dinero. La había abierto como compensación por ser el donante de Caroline.

Solté el aire de los pulmones.

—Joder.

—Mi madre me llama dos veces al año: por el cumpleaños de Caroline y por el aniversario de su muerte. Lleva diez años sin llamar por mi cumpleaños.

—Dios santo, Weston.

Sonrió y me acarició el pelo.

—¿Y tú creías que tu familia era una mierda? No nos llegáis ni a la suela del zapato, preciosa.

Pensé en cómo había ido cuesta abajo y sin frenos desde la muerte de su hermana. Lo que acababa de compartir conmigo hacía que todo cobrara muchísimo más sentido.

Le di un besito a la altura del corazón.

—Lo siento —dije—. No por tu pérdida, aunque es evidente que también siento que hayas pasado por eso. Lamento haberte juzgado tantísimos años sin haber llegado a conocerte. Bajo toda esa fachada de capullo que llevas por bandera, ahora veo que hay un hombre increíble.

Weston se quedó con la mirada perdida.

—Tú eres buena persona, y las buenas personas solo buscan lo bueno en los demás.

—¿Y qué? ¿Eso qué tiene de malo? ¿Tal malo es querer ver lo bueno de los demás?

Se giró para mirarme y sonrió con tristeza.

—No debería. Pero te hace mirar las cosas de manera sesgada. A veces lo que la gente te deja ver es su yo verdadero.

Yo discrepaba, pero sabía que no tenía sentido discutir. Bajé la mirada y volví a acariciar la cicatriz.

—¿Puedo preguntarte algo personal?

—Como si todo lo que me has preguntado en estos diez minutos o en estas últimas semanas, ya puestos, no lo hubiera sido.

Me reí y le di una palmada en los abdominales.

—Cierra el pico, Lockwood.

Sonrió.

—¿Cuál es la pregunta, cotilla?

—¿Hablas de estas cosas con tu psicóloga? ¿De lo de perder a tu hermana y lo responsable que te sentías de su salud?

Weston frunció el ceño.

—Voy a la psicóloga porque es una condición para no perder el trabajo. No voy para mejorar.

El silencio entre nosotros se prolongó, hasta que al final Weston carraspeó.

—Bueno, es hora de irme. Tengo que visitar a un amigo.

—Ah… vale.

Me puse de costado para que él pudiera levantarse y lo contemplé mientras se vestía. No sabía si era verdad que tenía que marcharse o si nuestra conversación lo había incomodado lo suficiente como para sentir la necesidad de huir. De todas formas, el ambiente en la habitación había cambiado. Me tapé hasta los hombros con la sábana para resguardarme del frío.

Weston se inclinó y me dio un beso en la frente.

—¿Te veo luego?

Me obligué a sonreír.

—Claro.

Un minuto después, la puerta se cerró. Me quedé allí tumbada en la cama, sola, cavilando sobre lo que había sucedido en las últimas veinticuatro horas. El sexo con Weston era, sin lugar a dudas, la experiencia física más extraordinaria que había compartido nunca con un hombre. Teníamos una química innegable. Pensaba que esa intensa llama procedía del tira y afloja de nuestra contienda familiar, pero anoche no hubo contienda alguna y nuestra conexión o química fue más intensa que nunca. Así que, a lo mejor, sí que había algo más allá del hecho de desahogar nuestras frustraciones con el otro.

Por algún motivo, esa idea me ponía nerviosa. ¿Estaba nerviosa por culpa de lo que había pasado entre Liam y yo? ¿O era mi propio mecanismo de supervivencia advirtiéndome específicamente sobre Weston Lockwood?

Tenía que reflexionar sobre muchas cosas. Por suerte, mi móvil vibró en la mesita de noche e interrumpió mis pensamientos. El nombre de Scarlett apareció en la pantalla y no pude evitar sonreír.

—Buenos días —me saludó. Con esas dos sencillas palabras pude entrever que estaba sonriendo al otro lado de la línea—. ¿Interrumpo algo?

—No. Aquí ando en la cama, yo solita, remoloneando.

—¿Tú solita?

Me reí. Sabía por dónde iban los tiros. Scarlett no era muy sutil.

—Sí, Weston se ha ido hace unos minutos.

—Perfecto. Entonces abre la puerta.

Arrugué la frente.

—¿Qué puerta?

Oí cómo llamaban a la puerta por partida doble: por el teléfono y también en la habitación contigua de mi *suite*.

—Esta. Y date prisa. Se nos está enfriando el desayuno.

—Bueno y… ¿pasó algo interesante después de que os dejara en el ascensor? —Los ojos de Scarlett centellearon.

Cogí un trozo de piña de la bandeja de fruta y me lo metí entero en la boca. Haciendo señas, murmuré como si no pudiera responder con la boca llena.

Scarlett se rio.

—Ya sabía yo. Weston no te quitó los ojos de encima en todo el rato que estuvimos en la discoteca.

Suspiré.

—Tenemos mucha química.

—¿Eso es todo? ¿Mucha química?

Negué con la cabeza.

—Sinceramente, ya no lo sé. Empezó siendo algo puramente físico; vaya, nos desahogábamos el uno con el otro follando, Scarlett. Pero las cosas han cambiado. Sigue siendo un pesado, pero bajo esa fachada hay más cosas que no quiere que la gente vea. Por ejemplo, siempre se las ingenia para hacerme reír. Sabe que mi ex era dramaturgo, así que recita a Shakespeare, pero cambia las citas en plan guarro. Como la de «Es mejor haber follado y haber perdido que no haber follado nunca» o «Correrse o no correrse, esa es la cuestión». Yo solo sé que se sienta en su despacho y se pone a leer Shakespeare para poder sacarme una sonrisa. Es muy dulce y raro.

Scarlett arrancó una uva del racimo y se la metió en la boca.

—Vaya, el muchacho es guapo, considerado y gracioso. Menuda desgracia.

—También es muy protector con la gente que le importa, aunque no deje acercarse a casi nadie.

—Se parece a alguien que conozco…

Asentí.

—Siempre he pensado que éramos muy distintos. Pero, cuanto más lo conozco, más me doy cuenta de que simplemente elegimos llevar máscaras diferentes.

—Joder… eso ha sonado muy profundo… y aburrido que te cagas. —Scarlett sonrió—. Y yo que pensaba que me ibas a contar cómo le habíais dado caña esta noche y, mírame, escuchándote hablar de sentimientos… Puaj.

Le lancé un cojín y me reí.

—Cállate.

—Ahora en serio, este me gusta.

—Probablemente sea lo más estúpido que haya hecho nunca.

—¿Por qué?

—Bueno, para empezar, como creo que ya te había mencionado, su familia y la mía llevan medio siglo en guerra. Pero incluso si dejamos eso a un lado, hay un millón de razones por las que es una mala idea. Acabo de salir de una relación larga. Lo que tenemos Weston y yo parece únicamente por despecho. Venga ya, he pasado de estar con un dramaturgo guapete, estable y seguro a un chico malo, *sexy* como el mismísimo demonio y un bagaje emocional de la hostia. ¿Podría ser más cliché? Eso sin mencionar que ambos tenemos grandes problemas de confianza. —Negué con la cabeza—. Weston es como una estrella en una noche oscura. Puede iluminar el cielo, pero al final ese fuego se extingue y los trozos se desmoronan. Y entonces vuelves a quedarte a solas en la oscuridad.

—Eres consciente de que el sol también es una estrella, ¿verdad? A veces podemos confiar en que una estrella vuelva a salir cada día.

Suspiré.

—Ya te aclararás —dijo Scarlett—. Tú solo prométeme que no dejarás que tu familia o Liam influyan en tu decisión sobre si Weston podría ser o no la persona adecuada para ti. Decidas lo que decidas, no pienses más que en Weston y en ti.

Asentí.

—Gracias.

Después de desayunar, Scarlett me convenció para ir de compras. Fui a ver cómo iban las obras, ya que no se detenían ni siquiera los domingos. Después, me di una ducha rápida y me recogí el pelo mientras ella me esperaba en la *suite* tomándose su tercer café del día y leyéndome trocitos de noticias interesantes. Se me antojaba como una mañana de domingo típica de cuando vivía en Londres. Lo cual me hizo darme cuenta de que no iba a perder su amistad por culpa de la distancia. No importaba dónde estuviéramos; siempre hallaríamos la manera de seguir juntas. Eso sí, Londres ya no era mi hogar.

—¿Lista? —le pregunté cuando por fin terminé de arreglarme y me dispuse a coger el bolso.

Ella bajó la mirada.

—Llevo zapatos planos. ¿Qué te dice eso?

Sonreí. Aunque yo me los ponía a menudo y, a veces, hasta deportivas. Scarlett casi siempre se ponía tacones a menos que fuera a hacer ejercicio. Lo cual significaba que ambas íbamos a sudar la gota gorda caminando por la ciudad.

Abrí la puerta de la *suite* y casi me choqué con un botones que tenía los nudillos en alto y estaba a punto de llamar a la puerta. Sorprendida, me llevé una mano al pecho y me detuve de golpe.

—Lo siento. No era mi intención asustarla —dijo.

—Es culpa mía, no iba prestando atención. Eres Walter, ¿verdad?

—Así es. —Asintió y sonrió antes de sostener en alto un macetero largo y blanco—. Solo venía a entregarle esto. El señor Lockwood dijo que debía dejar las flores en su *suite* si no estaba.

—¿El señor Lockwood te ha pedido que las subas?

Asintió.

—Estaba en el mostrador de recepción cuando las han traído, hace unos minutos.

No solo me sorprendió que Weston me hubiese enviado flores, sino que le hubiera pedido a un miembro del personal que me las entregara. Por norma general, habíamos sido muy discretos en el hotel.

—Ah. Vale, gracias.

Walter me pasó el macetero y dio media vuelta para marcharse.

—¡Espera! Toma una propina. —Rebusqué en el bolso, pero el botones levantó una mano.

—El señor Lockwood ya se ha hecho cargo, pero gracias.

Scarlett era todo sonrisas cuando entré en la *suite* con el macetero.

—Parece que tu fiasco de estrella tiene un lado romántico.

La caja iba atada con un enorme lazo rojo, así que la dejé en la mesilla del salón y lo deshice. Dentro había veinticuatro rosas amarillas preciosas. Vi una tarjetita en lo alto. Ni siquiera me había dado cuenta de que estaba sonriendo hasta que la saqué del sobre y la leí. Entonces la sonrisa dio paso a un mohín.

El curso del amor verdadero jamás fluye sin problemas.
Te echo de menos. Por favor, llámame.
Liam

Scarlett me vio la cara y se acercó para echar un vistazo a la tarjeta.

—¿Sin problemas? —exclamó—. ¡El amor verdadero se topa con unos cuantos atolladeros si te zumbas a la prima de tu novia! Dios, este tío es idiota.

—La cita es de Shakespeare.

—Quién lo diría. —Puso los ojos en blanco—. Rosas y la misma mierda trillada de siempre. Ese hombre no sabe lo que es ser original. Me apuesto lo que quieras a que, si Weston te enviara flores, serían flores silvestres o algo tan raro y único como tú. Y yo preferiría mil veces que la tarjeta dijera «Follemos» a una cita pretenciosa como esa.

«Weston».

«Mierda».

Se me había olvidado por un momento que el botones había dicho que había sido el señor Lockwood quien había hecho la recepción de la entrega y se había asegurado de que me las subieran a la habitación.

Pero algo me decía que, cuando nos volviéramos a ver, a él no se le habría olvidado.

# Capítulo 18

## *Weston*

—Joder, estás hecho una mierda.

Esa mañana ni siquiera los insultos del señor Thorne consiguieron hacerme sonreír.

Me había marchado de la habitación de Sophia en guerra conmigo mismo. No quería que creyera que era un buen hombre para que luego se diese cuenta de que no era cierto. Eso mismo era lo que había hecho el cabrón de su ex. Sin embargo, para cuando me duché y me vestí, ya me había sobrepuesto. La maravillosa noche que habíamos pasado apartó esas preocupaciones de mi mente, al menos por el momento. Incluso le había regalado flores. No recordaba la última vez que había mandado flores a una mujer. Pero entonces, bajé y, mientras estaba en la recepción, vinieron a entregar un macetero, que no provenía de la floristería a la que había ido yo.

A raíz de eso, mi mañana se había ido a la mierda.

Me pasé la mano por el pelo.

—Anoche no dormí mucho.

La cara del señor Thorne dejaba bien claro lo que pensaba.

—No me fui de fiesta. Fui a una discoteca, pero no me descontrolé.

Me señaló con un dedo torcido.

—No hagas estupideces. Ir adonde todo el mundo está bebiendo es meterte en la boca del lobo.

No se lo pude rebatir porque tenía razón, aunque estaba en un hotel todos los días y también había bares. Algunos de nuestros hoteles incluso tenían discoteca. A menos que cambiara de trabajo, no podría evitar lugares donde se sirve alcohol. Además, anoche no había sentido ganas de beber. Había estado demasiado ocupado obsesionándome con Sophia.

—Lo sé, pero no pasó nada. —Me encogí de hombros—. Ni siquiera tuve ganas.

El señor Thorne sacudió la cabeza.

—¿Me has traído el boleto, por lo menos?

Lo saqué del bolsillo trasero y se lo dejé junto al libro de su mesilla de noche en el que siempre lo apoyaba.

—Uno de diez dólares, como me pediste.

Tras colocarse las gafas de leer, cogió una moneda de 25 centavos y se puso a rascar.

—Entonces, ¿pasaste toda la noche en la discoteca? ¿Por eso pareces un mapache?

Negué con la cabeza.

—Para tu información, he pasado la noche con la mujer con la que tengo algo.

—¿Sophia?

—Sí, Sophia.

Terminó de rascar el látex gris y limpió el cartoncito.

—¿Vais en serio?

—Dado que no estamos en 1953, no, no vamos en serio.

—¿Entonces solo os estáis enrollando?

Que usase esa palabra me hizo reír. La mayor parte de su vocabulario provenía de Jerry Springer, así que no me sorprendía que supiese lo que significaba.

—Supongo que sí.

—¿No quieres sentar la cabeza? ¿O conocer a una buena mujer? ¿Volver a casa tras un duro día de trabajo y comer juntos lo que te haya preparado? ¿O incluso tener un par de churumbeles?

No me imaginaba a Sophia con un delantal haciéndome la cena, pero sabía a qué se refería. Nunca le había dado muchas vueltas a vivir con una mujer o al hecho de formar una familia, pero lo cierto era que sí que podía imaginármelo con ella. Aunque la imagen que conjuraba no era la misma que la del señor Thorne. En lugar de cocinar una buena cena, habríamos reservado para las siete, porque ambos trabajábamos mucho. A mí se me iría el santo al cielo y llegaría media hora tarde al restaurante, por lo que ella se cabrearía. Me sentaría a su lado en el reservado, en lugar de enfrente, y le pediría disculpas. Ella respondería que me metiera las disculpas por el culo. Discutiríamos. Yo admiraría lo atractiva que estaría con los ojos echando chispas, y colaría la mano bajo la mesa. Para cuando el camarero viniese a tomarnos nota, yo ya tendría los dedos metidos hasta los nudillos en su coño, y ella se cabrearía cuando el camarero se marchase porque no se los habría sacado. Pero entonces se correría con tanta fuerza que dejaría de mostrarse tan dura. Le susurraría otra disculpa cuando se relajara y ella me diría que no lo volviese a hacer.

Aunque esa fantasía no se haría realidad nunca. Porque, tarde o temprano, Sophia terminaría odiándome.

Me encogí de hombros.

—No hay nada que hacer.

El señor Thorne frunció el ceño.

—¿Por qué no?

—Es complicado. Digamos que hay muchos obstáculos.

El señor Thorne unió los dedos en gesto pensativo.

—¿Sabes lo que son los obstáculos?

—¿Qué?

—Son pruebas para ver si mereces ganar. ¿Cómo sabes si es una persona por la que vale la pena luchar si no superas lo que se interpone en el camino? Si piensas quedarte sentado y no intentarlo siquiera… —Negó con la cabeza—. Entonces supongo que no mereces el premio. Creía que tenías más cojones, chaval.

Apreté los dientes y me mordí la lengua.

—¿Quieres que te lleve de paseo o no?

—¿Qué tal si me llevas a tu lujoso hotel nuevo? Me gustaría verlo. ¿Sabes qué? Le pedí matrimonio a Eliza allí.

—No lo sabía.

—Lo decoran muy bien en Navidad. La llevé y le pedí matrimonio delante del gran árbol en Nochebuena.

—Entonces supongo que te prometiste antes de 1962.

El señor Thorne arrugó la frente.

—Fue en 1961. ¿Cómo lo sabes?

—Porque dejaron de poner el árbol de Navidad en 1962.

—¡No me digas!

Asentí.

—Por lo visto, el árbol fue otra víctima de la guerra entre los Sterling y los Lockwood. Grace Copeland, la mujer que se quedó con el hotel y que ha fallecido hace poco, se lo legó a mi abuelo y al de Sophia y, después de su ruptura con ellos, no volvió a ponerlo por razones sentimentales.

—Entonces supongo que la pedida fue más especial aún. Ese sitio era mágico durante las fiestas.

Yo nunca había puesto un pie en el The Countess hasta que mi familia obtuvo una parte de él como herencia, pero imaginaba que el vestíbulo quedaría precioso iluminado por un árbol enorme. Hoy hacía buen tiempo. Seguramente podría llevar al señor Thorne en silla de ruedas y llegar en una media hora; así podría tomar un poco el aire y sumirse en los recuerdos. Por lo que cogí la silla, bloqueé las ruedas y me preparé para levantarlo de la cama.

—Venga, viejales. Te llevo a ver el hotel, pero ni se te ocurra soltarle chistes malos al personal como hiciste cuando te llevé a la grabación en directo de ese programa de entrevistas el mes pasado. Así conseguirás que me demanden.

Tras llevar al señor Thorne al The Countess, me pasé una hora enseñándole el hotel. Me alegré de no haber visto a Sophia.

Estaba exhausto, así que lo llevé a la cafetería del vestíbulo a por un café y nos sentamos en la misma esquina que a menudo ocupaba por las mañanas mientras esperaba a que Sophia bajase y pidiera el café.

El señor Thorne dio un sorbo a su té frío mientras contemplaba el gran vestíbulo con una sonrisa.

—Este sitio es especial.

Asentí.

—Sí, no está mal.

Él negó con la cabeza.

—Mucho mejor que eso, chaval. Es mágico. ¿No lo sientes? —Señaló los dos tramos de escaleras que conducían a la segunda planta por direcciones distintas—. Ahí va el árbol. Hinqué la rodilla allí. Fue el día más feliz de mi vida.

Sabía que no lo había pasado bien esos últimos años, pero me parecía una locura que dijera que pedirle matrimonio a la que era ahora su exmujer fuera el día más feliz de su vida.

—No te entiendo. Estás divorciado. Tú mismo me contaste que las cosas no acabaron bien. ¿Cómo puede ser algo que acabó tan mal el día más feliz de tu vida?

—Un día bueno con Eliza valía más que diez malos solo. Solo se vive una vez, muchacho. Es probable que un día muera solo y sentado en esta silla. Pero ¿sabes qué? Cuando me siento aquí me acuerdo de los buenos tiempos, así que, aunque ahora esté solo, los recuerdos me hacen compañía. Los recuerdos agridulces son mejores que el arrepentimiento.

Justo entonces vi por el rabillo del ojo que Sophia entraba por la puerta giratoria con Scarlett. Llevaba una bolsa de una tienda, mientras que su amiga cargaba por lo menos con seis. Se estaban riendo, y saber que había tenido un buen día me hizo sonreír.

Las chicas ya iban por la mitad del vestíbulo cuando Sophia miró a su alrededor. Era como si hubiese notado que alguien la observaba. Sus ojos se fijaron en nosotros, llenos de sorpresa. Se inclinó hacia Scarlett para decirle algo y, a continuación, se encaminaron hacia donde nos encontrábamos.

El señor Thorne, despistado, me dio un codazo.

—No mires, pero hay dos señoritas preciosas que vienen hacia aquí. Me pido la de la izquierda.

Negué con la cabeza.

—Ni se te ocurra, viejo. Esa ya está pillada.

Mientras se aproximaban, Sophia esbozó una sonrisa entre curiosa y divertida.

—Hola.

Señalé las bolsas de Scarlett con la barbilla.

—Me parece que vas a necesitar otra maleta para volver a casa.

—La tienda me va a mandar aquí el resto, no podía traerlo todo.

Sonreí y sacudí la cabeza.

—Va en serio —intervino Sophia—. Se lo van a traer. Ni siquiera sabía que hacían esas cosas.

El señor Thorne carraspeó a mi lado.

—Perdón. Sophia, Scarlett, él es Walter Thorne.

Las mujeres le estrecharon la mano.

—Encantada de conocerlo, señor Thorne —dijo Scarlett.

—Por favor, llámenme Walter —respondió.

—¿Qué puñetas? —interrumpí—. ¿Yo te tengo que llamar señor Thorne y a estas dos que acabas de conocer les das permiso para llamarte Walter?

—Si fueras tan guapo como ellas, dejaría que me llamases como quisieras.

Puse los ojos en blanco.

—Eres de lo que no hay. Pues entonces, tal vez tengan que encargarse ellas de comprarte los boletos a partir de ahora.

El señor Thorne le restó importancia con un gesto de la mano.

—Hay que dirigirse a un señor mayor de manera formal, al menos hasta que te ganes el derecho a llamarlo por su nombre de pila.

No me había molestado hasta que dijo eso.

—¿Y yo todavía no me lo he ganado?

—No del todo.

Sophia soltó una carcajada.

—Por lo que veo, os conocéis desde hace tiempo.

—Demasiado —gruñí.

Él se inclinó hacia las chicas y bajó la voz.

—¿Sabéis en qué se parecen una camisa vieja y un hotel pobre?

—¿En qué?

—En que ninguno tiene botones.

Ambas se rieron, lo cual alentó al señor Thorne.

—En el ascensor de un hotel entran un señor y una señora. El hombre, muy educado, le pregunta a qué planta se dirige y pulsa el botón, pero con tan mala fortuna que, al retirar el brazo, le da un codazo a la señora en el pecho derecho. El señor, todo colorado, se disculpa: «Señora, si tiene usted el corazón tan tierno como su pecho, seguro que sabrá disculparme». «Caballero... Si la tiene usted tan dura como el codo, estoy en la 307».

Las chicas volvieron a echarse a reír, y yo me froté la cara.

—Vale, creo que ya es hora de que nos vayamos. A partir de aquí solo puede ir a peor.

Nos despedimos y el señor Thorne abrió los brazos para que Sophia lo abrazara. Aunque intentó hablar en voz baja, oí lo que le dijo:

—No te des por vencida con él muy deprisa, ¿vale, cielo? —susurró—. De vez en cuando se saca la cabeza del culo y con eso equilibra todo lo demás.

# Capítulo 19

## *Sophia*

A la mañana siguiente, Louis, el gerente del hotel, se pasó por mi *suite* para entregarme un montón de informes que el equipo legal de mi familia necesitaba. Los dejó en el escritorio y se percató del macetero vacío, además de las veinticuatro rosas con los capullos hacia abajo, sobresaliendo de la papelera junto a él.

—¿Ha sido su cumpleaños y no me he enterado? —preguntó.

—No, es en octubre.

Al ver que no le ofrecía más explicación, pilló la indirecta y asintió.

—¿Quiere que me las lleve? Ahora voy para abajo, al muelle de carga. El contenedor de basura está allí. Se las quito de en medio y así evito que los de limpieza tengan que cargar con ellas.

—Eh... claro. Sería todo un detalle. Gracias.

Levantó el macetero y, tras recoger las rosas de la papelera, las volvió a meter dentro.

—¿Ha tirado las otras? Puedo llevármelas también, si quiere.

—¿Las otras?

Louis asintió.

—Las de la floristería Park, que está al doblar la esquina. Llegaron como media hora después que estas.

—¿Seguro que eran para mí?

—Sí. Juraría que Matt, el chico que suele hacer las entregas, dijo «Flores para Sophia Sterling». —Louis negó con la cabeza—. Pero a lo mejor lo oí mal. Puedo corroborarlo con el señor Lockwood.

—¿Con Weston? ¿Y por qué tendría que saberlo él?

—Fue hasta el chico y le dijo que él se ocuparía de entregarlas.

«Mmm...». Algo me decía que Louis no había oído mal. ¿Quién más me había enviado flores? ¿Y por qué Weston se aseguró de que me entregaran estas y no las otras?

—No te preocupes. Yo le preguntaré a Weston. Gracias por hacérmelo saber.

Una vez Louis se marchó, tuve que entregar los informes a mi equipo legal, así que pospuse las preguntas para Weston. Luego la mañana se me complicó tanto que me olvidé de ello, hasta que me dirigí a por una ensalada picada para un almuerzo tardío y vi el cartel sobre el edificio que había más abajo en la calle. *Floristería Park.*

De repente, sentí la necesidad de entrar.

—Hola. Ayer me entregaron unas flores. Creo que eran de esta floristería, pero no tenían tarjeta, así que no sé de quién son.

La mujer detrás del mostrador frunció el ceño.

—Ay, vaya. Lo lamento mucho. A ver qué sale en el archivo.

Sonreí.

—Muchas gracias.

—¿Puede enseñarme su carnet, por favor?

—Claro. —Saqué el carnet de conducir del bolso y se lo entregué a la mujer.

Ella sonrió.

—Sophia Sterling. Recuerdo al caballero que vino y las pidió. Era bastante guapo, si no le molesta que se lo diga, y fue muy particular en lo que escogió. Debería salirme la tarjeta en el sistema. Hacemos que nuestros clientes escriban el texto en el iPad, así podemos imprimirla bonita y sin errores.

—Gracias. Sería fabuloso.

La mujer escribió algo en el ordenador y luego se acercó a la impresora y recogió una tarjeta pequeñita con estampado de flores. Me la tendió y sonrió.

—Aquí tiene. Y lamento mucho lo ocurrido.

Bajé la mirada para leerla.

*Tus labios saben casi tan bien como los que tienes entre las piernas. Siento haberme ido tan de golpe. Te lo compensaré.*

*Cenemos en mi habitación a las 7.*

No sabía si la florista la había leído o no, pero sentí que se me encendían los mofletes.

—Esto… gracias. Que tenga un buen día. —Me precipité hacia la puerta, pero de camino, el refrigerador lleno de flores coloridas me llamó la atención. Me giré otra vez—. ¿Qué tipo de flores me enviaron? No las había visto antes.

La florista sonrió.

—Son dalias «blackberry ripple». Preciosas, ¿verdad?

Fingí saber qué aspecto tenían.

—Pues sí.

—¿Sabe? Los floristas nos parecemos a los sacerdotes. Aquí viene gente buscando el perdón por sus pecados y otros envían flores a mujeres que no son sus esposas. Le sorprendería saber cuántas personas nos cuentan sus vidas privadas mientras eligen los ramos. Solemos mantener la confidencialidad de nuestros clientes. Pero no creo que pase nada por decirle que, en cuanto el caballero que le envió esas flores entró, fue directo hacia esas dalias. Le pregunté si eran sus flores favoritas, y respondió que no lo sabía, pero que eran preciosas y únicas, como la mujer a quien se las iba a enviar.

Se me aceleró el corazón. Solo Weston Lockwood podría conseguir que mis emociones se descontrolaran cual pelotita de *ping-pong*. La otra noche había sido maravillosa; preciosa, reconfortante y físicamente satisfactoria. Pero a la mañana siguiente, pareció volver a cerrarse en banda. Aunque hablamos bastante sobre Caroline, lo cual no había sido fácil para él. Así que, cuando se marchó, traté de achacar lo que parecía una retirada a un momento de bajón.

Entonces llegaron las flores de Liam, no las *suyas*. Y luego estaba el señor Thorne. ¿Quién era? En los breves minutos que había estado con ellos, vi que tenían una relación muy curiosa.

Sonreí a la florista sintiéndome más confundida que cuando había entrado.

—Gracias por contármelo.

En la calle, empecé a escribirle un mensaje a Weston sobre las flores, pero decidí que prefería verle la cara cuando le preguntara por las dos entregas. Así que al final le envié otro más corto y neutro:

Sophia: Tenemos que hablar de un lío con una entrega. ¿Estás libre?

Tras comprar la ensalada y regresar al hotel, mi móvil sonó con la respuesta.

Weston: Estoy en Florida. ¿Es algo que podamos hablar por teléfono?

«¿Qué?»

Sophia: ¿Cuándo te has ido a Florida?

Weston: Esta mañana.

No sabía por qué, pero me dolía un poco que no me hubiese mencionado el viaje. Aunque tal vez había sido una urgencia o había pasado algo. Sabía que su abuelo vivía allí, en la costa opuesta a donde vivía el mío.

Sophia: ¿Va todo bien?

Weston: Sí. Muy bien.

Sopesé si preguntarle por qué no me había mencionado que se marchaba. Como mínimo, dirigíamos un hotel juntos. Así que, aunque no hubiese nada personal entre nosotros, un aviso no habría estado mal. Pero no quería sacar el tema por mensaje. Así que opté por esperar y mantener esa conversación en persona, junto con la charla sobre las flores.

Sophia: Esperaré. Llámame cuando vuelvas.

Llevaba dos días sin noticias de Weston. La puerta de su despacho seguía cerrada y no me había llamado para decirme que había regresado, como le había pedido. Scarlett había vuelto a Londres esta mañana y yo me había pasado la mayor parte de la tarde en el hotel con el equipo legal y de contabilidad, tratando de finiquitar la lista de activos que aún necesitaban tasación. En menos de tres semanas debíamos enviar la oferta para comprar las acciones que tenía el dueño de la ONG.

Sobre las siete, bajé al mostrador de recepción para consultar algo con la recepcionista jefa, ya que Louis tenía el día libre. Mientras estaba allí, un mensajero entregó un paquete y oí al botones decir a una de las empleadas: «Voy a llevarle esto al señor Lockwood. Si alguien pregunta por mí, vuelvo en cinco minutos».

La recepcionista asintió.

—No te preocupes, le echaré un ojo a tu puesto.

Me acerqué a ellos y los interrumpí.

—El señor Lockwood está fuera de la ciudad, pero tiene un pequeño buzón en el despacho del gerente.

La recepcionista parecía confundida.

—¿Ha vuelto a marcharse? Lo he visto hace unas cuantas horas.

—¿Has visto a Weston hoy?

Asintió.

—Ha venido esta mañana, sobre las once, con su equipaje.

«Qué narices? ¿Ha venido ya?». ¿Dónde leches se había metido todo el día y por qué no me había llamado como le había pedido?

Me obligué a sonreír y le tendí la mano al botones.

—Yo se lo llevo. No sabía que había vuelto, y yo también tengo que dejarle unos informes.

Estuve de un humor de perros durante todo el trayecto hasta la octava planta. ¿Qué problema tenía Weston? Una cosa era que quisiera poner distancia entre lo que fuera que estuviera pasando entre nosotros en nuestra vida privada, pero le había dicho que tenía negocios que tratar con él, ¿y ni siquiera se había dignado a decirme que había regresado?

Frente a su puerta, respiré hondo y llamé. La planta estaba en silencio, incluida su habitación. Después de un minuto o dos sin respuesta, me pregunté si tal vez la recepcionista se habría equivocado. Suspiré y me dirigí de nuevo al ascensor con su paquete. Pero, cuando las puertas plateadas se abrieron, ¿adivináis quién estaba dentro?

—¿Has vuelto? —le pregunté.

Weston se bajó del ascensor.

—¿Necesitas algo?

—¿Has vuelto esta mañana?

—Más bien casi al mediodía. Un poquitín antes de las doce.

—¿Dónde estabas?

—En Florida. Te lo dije el otro día.

—No, me refiero hoy. Me he pasado por tu despacho antes y la puerta estaba cerrada.

Desvió la mirada.

—Tenía mucho trabajo que hacer, así que la he dejado cerrada.

Entrecerré los ojos.

—Creía que me ibas a llamar cuando regresaras.

Él siguió evitando mirarme a los ojos.

—Ah, ¿sí?

—Sí, ¿recuerdas? Te escribí el otro día y te dije que quería hablar contigo de un problema con una entrega.

El ascensor contiguo sonó y las puertas se abrieron. Una mujer de la limpieza salió con el carrito y la saludamos. Dejó el carrito fuera de una habitación a dos puertas del ascensor y la abrió.

Miré a Weston, a la espera de una respuesta.

Este se encogió de hombros.

—Se me habrá pasado. ¿Qué ocurre?

La mujer había entrado en la habitación con sábanas limpias y había salido de ella con la basura. No me apetecía tener esa conversación en el pasillo.

—¿Podríamos hablar en tu habitación?

Weston pareció dudar por un momento, pero luego asintió. Nos dirigimos juntos a su habitación en un silencio incómodo. No sabía muy bien qué pasaba, pero sí que sucedía algo.

Dentro, lo primero en lo que me fijé fue en el enorme ramo de flores que tenía en el escritorio. Seguía envuelto en papel, pero tenía el logo de la Floristería Park estampado en él.

—¿Flores? —le pregunté, alzando una ceja—. ¿Tienes una admiradora secreta?

Se aproximó al minibar y cogió una botella de agua.

—Eh… Intenté entregárselas a un huésped el otro día, justo antes de salir de viaje, pero ya se había ido. Llegaba tarde, así que las dejé aquí. Tengo que tirarlas.

—¿En serio? Pues qué pena. ¿Qué flores son?

Bueno, había aprendido algo sobre Weston: se le daba fatal mentir. No parecía poder mirarme a los ojos cada vez que soltaba una mentira.

Se encogió de hombros.

—No sé. No las he buscado.

Me quedé mirándolo fijamente hasta que él también me miró.

—¿Qué? —inquirió.

—Nada. Es solo que me parece un desperdicio tirar unas flores tan bonitas. A lo mejor me las llevo yo. Me encantan las flores. —Me lo estaba pasando pipa tomándole el pelo, así que añadí—: A menos que sean dalias. No me gustan mucho y me dan alergia.

Weston había apartado la mirada otra vez, pero ahora volvía a mirarme. Vi cómo los engranajes de su cabeza giraban e intentaba decidir cómo proceder.

Al final, decidió hacerlo con tiento.

—¿Solo las dalias?

Le dediqué una sonrisa entre engreída y amistosa que solo consiguió confundirlo más.

—Sí. Solo las dalias. De hecho, las «blackberry ripple» son las peores de todas. Me hacen estornudar y estornudar sin parar...

Entrecerró los ojos todavía más, así que ensanché la sonrisa y subí la apuesta.

Me encaminé hacia las flores al otro lado de la estancia y toqueteé la tarjeta que aún seguía grapada al papel.

—¿No sentiste curiosidad por lo que decía la tarjeta?

Weston se quedó anclado en el sitio. Parecía seguro al setenta y cinco por ciento de que le estaba tomando el pelo, pero, aun así, el veinticinco por ciento restante evitó que terminara confesando.

Despacio, negó con la cabeza. Esta vez, cuando habló, no dejó de mirarme a los ojos.

—No. No me importa lo más mínimo.

Seguí toqueteando la tarjeta, pero la dejé pegada al papel.

—Hmm... Bueno, pues a mí sí. Espero que no te importe que la lea.

Un músculo en la mandíbula de Weston se crispó; no se lo estaba poniendo nada fácil.

—Eso es invadir la privacidad de la gente —rezongó—. ¿No te parece?

Arranqué la tarjeta del envoltorio y sonreí.

—Pues entonces no la leas, si no quieres. —Tomándome todo el tiempo del mundo, hundí la uña por la parte de atrás del sobre y lo abrí. Para darle un efecto de lo más dramático, le enseñé mis blanquísimos dientes a Weston al sonreír mientras sacaba la tarjeta.

Antes de poder leer la primera palabra, Weston irrumpió de repente en mi espacio personal. Me la arrebató de la mano y aferró el escritorio a ambos lados, arrinconándome contra él.

Sus ojos resplandecieron.

—No me tomes el pelo.

Me llevé una mano al pecho y fingí inocencia.

—¿Qué? ¿A qué te refieres?

—Pregúntame lo que quieras saber, Sophia.

Me di golpecitos en el labio con la uña mientras miraba al techo.

—Pues... tengo muchas preguntas. No sé muy bien por dónde empezar.

—Hazlo por donde quieras. Porque este jueguecito me está cabreando. Y ya sabes lo que ocurre cuando nos cabreamos el uno con el otro. —Se inclinó todavía más. Nuestras narices estaban a cinco centímetros de distancia—. ¿Verdad, Soph?

Mi mente evocó al instante recuerdos de mí empotrada de cara contra la pared, con la falda por la cintura y Weston aferrándome el pelo con el puño por detrás.

Al ver que no respondía de inmediato, sonrió con suficiencia.

—Sí, eso mismo. Justo lo que estás pensando.

Entrecerré los ojos.

—Vaya, ahora sabes lo que estoy pensando, ¿no?

—Estabas pensando en la primera vez que estuvimos juntos. —Señaló la puerta con el mentón—. Te follé justo allí, contra esa pared.

Me quedé boquiabierta.

Weston me pasó el pulgar por el labio inferior.

—Bueno, hasta hace un momento, los dos estábamos pensando en lo mismo. Pero ahora, viendo lo provocadora que es esa preciosa boquita, se me está viniendo a la cabeza otra noche distinta.

Por suerte, en ese momento, el olor de las flores a mi espalda penetró en mis fosas nasales y me recordó el motivo de mi visita. Carraspeé.

—¿Por qué me compraste flores y luego no me las diste?

Weston tensó la mandíbula.

—Ya te llegaron otras y no creía que necesitaras dos ramos.

Ladeé la cabeza.

—¿Y por qué no me dejaste decidir a mí con cuáles quería quedarme?

Weston renunció a su posición y se quedó plantado delante de mí con los brazos cruzados.

—Me cabreó que otro tío creyera tener motivos para mandarte flores.

—¿Cómo sabes que eran de otro hombre? A lo mejor me las mandaba una amiga.

—Porque leí la maldita tarjeta, Sophia.

Me crucé de brazos igual que él.

—¿En serio? ¿No acabas de decirme que eso sería invadir la privacidad de la gente?

—¿Y si fuera al revés? ¿De verdad me estás diciendo que, si a mí me llegaran flores, no leerías la tarjeta?

Reflexioné un momento y negué con la cabeza.

—No lo sé.

Weston asintió con brusquedad.

—Eres mejor persona que yo. Bueno, ya está. ¿Podemos pasar página, por favor?

Sacudí la cabeza.

—Por lo de las flores, sí… En cuanto te disculpes por haber invadido mi privacidad e interceptar una entrega dirigida a mí.

Me sostuvo la mirada unos segundos antes de asentir.

—Vale. Me disculpo por leer la tarjeta. Y la entrega que intercepté fue la que yo había enviado, así que tenía todo el derecho del mundo a hacerlo.

Puse los ojos en blanco.

—Vale. Acepto tu mierda de disculpa, pero tengo otras preguntas aparte de la de las flores.

—Pues claro —murmuró Weston entre dientes.

—¿Por qué te fuiste tan de repente la otra mañana?

Weston negó con la cabeza y soltó un suspiro profundo.

—Nuestra situación es complicada, Sophia. Lo sabes.

—Sí. Sin embargo, acabábamos de pasar una bonita velada juntos. Creía que ahora estábamos más unidos.

—Bingo. Y eso, en sí mismo, es la complicación.

Todo lo que nos rodeaba era complicado. Nuestra relación estaba predispuesta a serlo desde antes incluso de que naciéramos. Pero algo en mi interior me decía que eso no era lo que había espantado a Weston el otro día.

—Entonces, ¿te molestaba que nuestras familias lleven peleadas cincuenta años y que, básicamente, seamos rivales?

Weston desvió la mirada.

—En parte sí.

Me reí entre dientes.

—Al igual que tú pareces saber lo que estoy pensando, yo sé cuándo te estás marcando un farol.

Weston volvió a clavar los ojos en los míos.

—¿Y la otra parte? —pregunté.

Se pasó una mano por el pelo y suspiró con brusquedad.

—¿Qué quieres que te diga? ¿Que soy un alcohólico que ha jodido prácticamente todo lo importante que ha tenido en la vida y que eres demasiado buena para mí?

—Si así es como te sientes, sí.

Él sacudió la cabeza.

—Pues claro que sí. No soy idiota.

—Vale, bien. Si sé cómo te sientes, al menos no pensaré que te estás aprovechando de mí.

Weston suavizó la expresión.

—¿Creías que me estaba aprovechando de ti?

Asentí.

—Lo siento. No pretendía que te sintieras así.

—No pasa nada. Está claro que los dos tendemos a sacar conclusiones precipitadas.

Weston asintió y bajó la mirada.

—¿Habías planeado tu viaje a Florida? ¿Lo sabías cuando te marchaste de mi habitación el otro día?

Negó con la cabeza.

—Tenía que hablar con mi abuelo de unas cosas. No se encuentra bien, así que no viaja a menos que sea absolutamente necesario.

—No lo sabía. Lo siento.

—Gracias.

Nos quedamos callados durante un buen rato. Habíamos aclarado las cosas, pero seguía con la mosca detrás de la oreja por algo que había dicho. Seguramente yo tenía las mismas dudas que él en lo referente a empezar una relación, pero ninguna tenía nada que ver con que no fuera lo bastante bueno para mí, y quería que lo supiera.

—¿Puedo hacerte una pregunta? —le dije.

—¿Cuál?

—¿Hay alguien a quien admires más a que ninguna otra persona?

Asintió al instante.

—A Caroline. Ella nunca se compadeció de sí misma, ni se quejó, ni dejó de sonreír. —Negó con la cabeza—. Joder, si es que pasó más tiempo escuchando mis problemas e intentando animarme que quejándose de lo suyo.

Sonreí.

—Ojalá hubiese podido conocerla mejor. Parecía una persona muy especial.

—Lo era.

—La persona a la que más admiro es mi madre. Era alcohólica.

—¿En serio? No tenía ni idea.

Me encogí de hombros.

—Casi nadie lo sabe. Dios no quiera que se sepa nada de la familia Sterling. Mi padre nos abandonó sin pestañear, pero ella siempre se aseguró de tapar todos sus escándalos. Al fin y al cabo, aunque se divorciaran, mi madre conservó el apellido Sterling.

—¿Empezó a beber después de separarse?

Negué con la cabeza.

—Ojalá pudiera decir que sí. De esa forma, tendría algún motivo para despreciar a mi padre. Yo no tenía ni idea de que era alcohólica hasta que llegué a la adolescencia. Cuando se enteró de que tenía cáncer, la acompañé a un montón de médicos. Unos cuantos sugirieron que fuera a rehabilitación antes de someterse a la primera cirugía. Lo creas o no, me chocó, aunque la viera beber todos los días. Mi madre bebía martinis en vasos caros de cristal, así que nunca pensé que tuviera un problema. Los alcohólicos bebían de una botella, llevaban la ropa sucia y se tropezaban y caían. No llevaban perlas ni preparaban tartas.

Weston asintió.

—Cuando fuimos a rehabilitación, me sorprendió descubrir que la mitad de la gente ingresada tenía más de cincuenta años y parecía bastante normal. Mi madre siguió otro tipo de programa en el que le enseñaban lo peor que podía pasarle. Siguió sufriendo dolores de cabeza y hasta se le nublaba la vista, pero probablemente los atribuía a las resacas. Eso hizo que tardaran en diagnosticarle el cáncer. Para cuando le reveló al médico sus síntomas, tenía un tumor del tamaño de una pelota de golf en el cerebro. La cosa es que estaba acostumbradísima a ocultar todo lo relacionado con su alcoholismo.

Weston me agarró la mano y le dio un apretón.

—En fin, a lo que quiero llegar es que mi madre era leal, cariñosa, amable, inteligente y generosa hasta decir basta. Fue la primera persona en su familia en ir a la universidad, e incluso después de casarse con mi padre siguió trabajando a media jornada como profesora adjunta. Quizás la mayoría de la gente crea que era un trabajo de pega, porque se había casado con un hombre con más dinero del que le haría falta en toda su vida. Pero ella siempre cogía su salario y se lo mandaba íntegro a sus padres todas las semanas porque necesitaban un poquitín de ayuda. Y cuando mi padre nos abandonó, empezó a dar más clases y se negó a recibir un solo centavo de él, excepto lo que costaba mi educación.

—Vaya.

Sonreí.

—Era maravillosa. Y también alcohólica. No voy a decirte que no hubo días de mierda, porque los hubo, y muchos. Pero el alcoholismo es una enfermedad, no un rasgo personal, y no la definía.

Weston se me quedó mirando. Era evidente que estaba perdido en sus pensamientos, pero no sabría decir si acababa de entender del todo por qué había compartido con él todo esto. Su mirada era intensa y la nuez se le movía repetidamente de arriba abajo.

—¿Has dado tu aprobación a una subida de cincuenta mil dólares en el presupuesto de Construcciones Bolton?

Arrugué la frente. No tenía ni idea de qué esperaba que dijera como respuesta a mi sentida confesión, pero eso, claramente, no.

—Sí. Necesitaban una respuesta para evitar que hubiera retrasos, y tú no estabas, así que...

—¿Y no te funciona el móvil o qué?

Me cabreé.

—Te llamé una vez. Se suponía que me ibas a llamar cuando volvieras, y no lo has hecho. Necesitaban añadir vigas de acero al muro de carga para poder acomodar el peso extra de la terraza. No es que haya dado mi aprobación por mero capricho. Si quieres participar en todas las decisiones, entonces te aconsejo que te quedes aquí.

—No lo vuelvas a hacer.

Puse los brazos en jarras.

—Pues entonces no ignores mis llamadas.

La mirada de Weston se oscureció.

—Tú no estás tan versada en la construcción como para tomar decisiones importantes de financiación, sobre todo en lo que respecta a Travis Bolton. El tío te está intentando seducir y tú no haces más que caer rendida a sus pies.

Hacía dos minutos había querido abrazarlo, y ahora me estaba planteando muy seriamente darle un puñetazo en la cara.

—Que te jodan.

Él sonrió con suficiencia.

—Menuda novedad.

Abrí los ojos como platos.

—¡Vete a la mierda!

Me fulminó con la mirada.

—Date la vuelta.

—¿Qué?

—Date la vuelta. Inclínate sobre el escritorio.

¿Había estado bebiendo? Seguro que se había dado un golpe en la cabeza para pensar que iba a tener sexo con él.

—No sé en qué estaba pensando cuando me he abierto para hablarte de mi madre. —Pasé junto a él y me encaminé hacia la puerta.

Me llamó.

—Te olvidas las flores.

Me detuve en seco y decidí enseñarle lo que podía hacer con sus flores. Regresé al escritorio y las cogí con toda la intención de arrojarlas a la papelera. Pero antes de poder girarme, Weston se pegó a mí.

—No sé cómo ser bueno, Soph —me susurró al oído—. Solo sé ser así.

Se me aceleró el pulso. Había estado prácticamente temblando de la rabia.

—Estás de coña, ¿no? ¿Me has provocado solo porque no sabes cómo ser bueno conmigo?

Pegó su erección contra mi trasero.

—Eso depende de cómo definas bueno. Yo diría que darte múltiples orgasmos es ser muy bueno.

Quería estar enfadada, pero sentía que mi determinación se evaporaba.

—Eres un capullo, lo sabes, ¿verdad?

Detecté la sonrisa a través de su voz.

—Sí. —Hizo una pausa—. Y ahora inclínate, preciosa.

«Preciosa». Una simple palabra y me derretía por dentro.

Me quedé allí de pie, debatiéndome, queriendo salir pitando por la puerta, pero, no sabía por qué, los pies no hacían caso a mi cabeza.

Weston me apartó el pelo del cuello y dejó un reguero de besos hasta la oreja.

—Te he echado de menos, nena. —Una de sus manos reptó por mi cintura y se coló entre mis piernas, aferrando a su vez la tela de mi falda—. Dime que ya estás mojada para mí.

Estaba en ello, pero no pensaba admitirlo en voz alta.

—¿Quieres que yo haga tu trabajo? ¿No es bastante con que haya tenido que cubrirte dos días?

Él se rio entre dientes.

—Estoy a punto de compensártelo.

Weston apartó la falda y las bragas, y me acarició de arriba abajo una vez antes de introducirme dos dedos. Me llevó menos de tres minutos correrme en su mano y, diez segundos después, ya estaba bocabajo en el escritorio, mientras él me penetraba desde atrás. La segunda vez que me corrí, movimos tanto el escritorio que las flores se cayeron al suelo. Weston repitió mi nombre una y otra vez mientras se vaciaba en mi interior. Fue rápido y salvaje, pero tan físicamente satisfactorio como si hubiera sido lento y cariñoso.

Se dejó caer sobre mi espalda en un intento por recuperar el aliento.

—Gracias —me dijo.

—Soy yo la que debería darte las gracias. Tú has hecho la mayor parte del trabajo.

Weston salió de mi cuerpo y me dio la vuelta. Me apartó el pelo de la cara.

—No lo digo por el orgasmo, sino por lo que has dicho antes.

Me aferré a su camisa con los puños y asentí.

—No tienes por qué darme las gracias. Era la verdad. Tus problemas con el alcohol no tienen por qué definirte. Todos la cagamos alguna vez en la vida. Lo importante es reponerse y seguir adelante. Deberías sentirte orgulloso de eso.

Bajó la mirada un momento, antes de volver a centrarse en mis ojos.

—Cena conmigo mañana por la noche.

Ya habíamos cenado juntos unas cuantas veces a lo largo de las últimas semanas.

—Vale…

—No me refiero a cenar en el restaurante de abajo mientras hablamos de negocios, ni a que comas conmigo porque te he chantajeado para que lo hagas. Quiero una cita…, una cita de verdad.

Sonreí.

—Suena… bien.

—No nos adelantemos a los acontecimientos, porque sabes que, igualmente, vas a terminar con mi polla dentro de ti.

Me reí.

—No esperaba menos.

Por desgracia, aún tenía que hacer un millón de cosas esa tarde, cosas que tenían que estar acabadas al día siguiente por la mañana para el equipo de tasación, así que le di un beso y dije:

—Ahora tengo que irme. Tengo mucho trabajo que hacer esta tarde.

Weston no ocultó su descontento. Me alisé la ropa y le di un último beso rápido. En la puerta, me di la vuelta.

—Ah, y, por cierto, tiré las rosas el mismo día que llegaron y no soy alérgica a las dalias. Como sabes mi número de habitación, puedes recoger este desastre e ir a por otras.

# Capítulo 20

## *Sophia*

Al día siguiente no dejaron de llegarme flores. Empezaron a las diez de la mañana y, para las dos de la tarde, ya tenía cuatro ramos de dalias enormes. Cada uno de un color y floristería distintos.

Weston se pasó todo el día en la sala de juntas con su equipo, así que no había tenido la ocasión de agradecerle el primer ramo cuando asomó la cabeza en mi despacho. Estaba al teléfono, así que alcé un dedo y le indiqué que entrara mientras yo acababa la conversación.

—Sí, eso pienso hacer —respondí—. Ya saben qué plazo tenemos, así que estoy encima de ellos.

Weston cerró la puerta y se aseguró de que lo miraba antes de echar el pestillo. Mientras tanto, mi padre me interrogaba sobre todas y cada una de las decisiones que había tomado sobre el hotel y la lista de tareas que me quedaban por hacer. Su voz empezó a desvanecerse conforme veía cómo aquel hombre de sonrisilla engreída se acercaba a mí.

Weston Lockwood era el pecado hecho hombre. Tenía una mandíbula que haría llorar de alegría a un escultor, y unos ojos que me desnudaban continuamente. No obstante, era esa sonrisa traviesa y torcida lo que siempre me hacía claudicar. Rodeó el escritorio, se sentó encima y empezó a aflojarse el nudo de la corbata como si nada.

—¿Y las demandas? —estalló mi padre—. ¿Te ha comentado Charles algo sobre la posible visibilidad que tendrían?

Weston se quitó la corbata del cuello y agarró los extremos con los puños.

—Eh… Sí. Me envió su informe con respecto a lo del resbalón y la caída, pero sigo esperando la evaluación de las otras dos demandas.

—¡Hay cuatro demandas pendientes, Sophia! —ladró mi padre—. ¿Qué estás haciendo en ese hotel? ¿Es que tengo que estar allí todos los días?

Weston levantó las manos con la corbata estirada entre ellas. Deslizó los ojos por mi cuerpo como si estuviese meditando qué atarme primero. Distraída, intenté escuchar lo que mi padre decía, pero mi capacidad de respuesta estaba bajo mínimos.

—Creo que voy a tener que sacar un billete de avión.

Eso me hizo volver en mí. Sacudí la cabeza y me giré.

—No, no. No hace falta. Hay cuatro demandas, lo sé. Me he confundido al decírtelo.

—Quiero noticias mañana por la mañana —gruñó mi padre.

—De acuerdo, pues hasta mañana.

Y, como siempre, ni se dignó a despedirse. Colgó. Normalmente, una conversación así me dejaría cabreada y preocupada, pero era imposible enfadarse viendo el brillo en los ojos de Weston.

Arrojé el móvil sobre el escritorio y me giré en la silla para quedar frente a él.

—Creo que te has pasado un poquito con las flores. —Sonreí.

Sus ojos se clavaron en mis labios.

—¿Alguna vez lo has hecho con los ojos vendados?

«Vale, entonces supongo que no vamos a hablar de las flores». Me crucé de piernas.

—No. ¿Le has puesto vendas a alguien alguna vez?

Él sacudió la cabeza, cosa que me sorprendió.

—Vas a ser la primera.

Enarqué una ceja.

—Estás muy pagado de ti mismo, creo yo.

—¿Y en un sitio público?

—¿En un coche vale?

—Depende de dónde estuviera aparcado.

—En un aparcamiento en la playa, después de cerrar.

Weston sonrió.

—Entonces no, no cuenta.

—¿Y tú? ¿Lo has hecho alguna vez en un sitio público?

—Sobrio no.

Por ridículo que pareciese, sentí una punzada de celos.

—Entonces sí. Pues yo no pienso ser otra mujer más.

La sonrisa de Weston se volvió arrogante.

—Estás tan mona cuando te pones celosa.

Me crucé de brazos.

—No estoy celosa.

—Porque tenemos una reunión ahora, si no me encantaría discutir quién lleva razón y quién no. O al menos sentarte sobre el escritorio mientras te como el coño y tú intentas arrancarme el pelo.

Uf… Eso sonaba bien.

Weston me leyó la mente y se rio.

—Eso va a tener que esperar. Hay otro problema con las obras y le he dicho a Sam que subiría para hablarlo contigo.

Debería haber sentido una absoluta decepción por tener otro problema con el que lidiar, pero admitámoslo, lo que quería era encargarme de lo que fuera y retomar las cosas por donde las habíamos dejado.

Me levanté.

—Vale, vamos.

Weston no se apartó. En lugar de eso, me pasó una mano por el cuello y me atrajo hacia él para darme un tierno beso en los labios.

—De nada —murmuró contra mi boca.

—¿Por qué tengo que darte las gracias?

—Por las flores. Y no, no me he pasado. Me dijiste que te gustaban, así que ahora te aguantas.

Me derretí.

—Eres un amor, pero no hacían falta cuatro ramos. Con el gesto bastaba. Aunque estoy deseando darte las gracias por cada uno de ellos.

—Me alegro. —Me guiñó el ojo—. Porque faltan más.

Arriba, los Bolton ni siquiera tuvieron que explicarnos el último problema que había con la obra. La pared agujereada y podrida por los hongos era lo bastante ilustradora.

Weston y yo ya la estábamos analizando cuando Travis y Sam se acercaron.

—Hay que tirar toda la pared —explicó Travis—. Hay algunas cañerías con fugas que han debido de gotear durante años. La madera está blanda y combada.

Era una de las paredes del salón. Por lo menos medía treinta metros.

—¿Y las fugas? —inquirió Weston—. ¿Cuántas partes de cañería hay que reemplazar?

—Podríamos tapar la fuga y arreglar el problema de ahora, pero sería como ponerle una tirita. Habría que cambiar las cañerías del techo, porque están bastante oxidadas. Lo suyo es hacerlo ahora que las paredes están abiertas, pero eso significa retrasarnos varios días más, y otra factura del fontanero.

Weston y yo nos miramos. Sacudí la cabeza.

—Vamos a hacerlo bien. Lo último que queremos es que las fugas vuelvan a aparecer cuando celebremos eventos.

Weston asintió.

—Estoy de acuerdo. —Y miró a Sam—. ¿Cuándo podrías darnos un presupuesto?

—Puedo empezarlo ahora y traértelo cuando me vaya a las ocho.

—Esta tarde yo no estoy —dijo Weston.

Travis me miró y sonrió.

—Se lo puedo dejar a Sophia.

Weston apretó la mandíbula.

—Ella tampoco estará. Estaremos ocupados toda la tarde y la noche. Mañana por la mañana nos viene bien.

Travis nos lanzó una mirada inquisitiva, pero fue lo suficientemente inteligente como para no preguntar. En su lugar, asintió con sequedad.

—De acuerdo, me parece bien.

De camino a la salida, pinché a Weston.

—Ese ha sido el equivalente a mear en una boca de incendios.

—¿A qué te refieres?

—¿«Ambos estaremos ocupados toda la tarde y la noche»? Puede que no lo hayas dicho directamente, pero se sobreentiende.

Llegamos a los ascensores y Weston pulsó el botón.

—¿Quieres discutir? Podemos tachar de mi lista lo de tener sexo en público. Seguro que a Saul, el de seguridad, le encanta. Lleva bastante tiempo haciendo turnos dobles porque todavía no hemos contratado a un guardia nocturno. Quiero regalarle una botella de vino para agradecérselo, pero creo que le gustaría más escucharte gemir.

Lo fulminé con la mirada justo cuando se abrían las puertas del ascensor. Weston posó la mano en mi espalda y me instó a entrar primero.

—¿Por qué he tenido que aceptar cenar contigo esta noche? Eres un capullo —le dije.

Él se colocó detrás de mí en el ascensor y me susurró al oído:

—Porque te gusta mi polla.

Me estremecí.

—A menudo es la única parte tuya que me gusta.

Salí cuando las puertas se abrieron en la planta donde se encontraban nuestros despachos. Weston se quedó dentro.

—¿No sales?

Esbozó una sonrisa de superioridad.

—Salido ya estoy. Nos vemos abajo a las seis y media, Sophia.

# Capítulo 21

## *Weston*

¿De quién había sido la brillante idea de salir a cenar al otro lado de la ciudad, a un restaurante elegante con aperitivos, cena, postre y baile?

—Este restaurante es precioso. —Sophia echó un vistazo alrededor—. ¿Habías estado antes?

Negué con la cabeza.

—¿Te has recogido el pelo por mí?

—Lo haces mucho, ¿sabes?

—¿El qué?

—Te pregunto algo y, en vez de responderme, me haces otra pregunta que no tiene absolutamente nada que ver.

—Supongo que a veces no puedo evitarlo cuando estoy contigo.

Ella sonrió.

—Sí, ha sido por ti.

Por un segundo me quedé aturullado. Había retrocedido a la pregunta sobre el pelo.

—Gracias. Pero justo por eso tienes que entender que pase toda la noche distraído.

Sophia estaba más guapa de lo normal. Llevaba un vestido rojo atado al cuello con un escotazo de la hostia. El modo en que las tiras se anudaban alrededor de su cuello destacaba esa clavícula suya que tanto me encantaba. Desviaba los ojos más que si estuviera en un partido de tenis, pasando sin parar de sus tetas a su cuello suculento.

Ya llevaba unos minutos con la carta en la mano, pero aún no había leído ni una palabra. Así que, cuando el camarero se aproximó para tomarnos nota, no sabía qué pedir.

—Yo tomaré la lubina en costra de pistachos, por favor —dijo Sophia.

Le tendí la carta al camarero.

—Lo mismo para mí.

Cuando este se alejó, Sophia dio un sorbo a su bebida con una sonrisilla.

—No tienes ni idea de lo que había en la carta, ¿verdad?

—No. Supongo que es una suerte que suelan gustarnos las mismas cosas.

—¿Qué hay en esa cabecita tuya que te tiene tan ensimismado, Lockwood?

—¿Estás segura de que quieres saber la respuesta?

Ella se rio, y una ola de calor me recorrió el pecho. Ya había salido con mujeres que se reían por todo, pero Sophia no era de esas. Durante el día llevaba ropa formal de trabajo y se esforzaba como la que más para que sus dotes femeninas no ensombrecieran sus habilidades. Se reía durante las comidas de negocios y se ponía taconazos altos, dos cosas que a mí se me antojaban *sexys* de cojones. Pero cuando se ponía en modo cita, le pasaba algo. Bajaba la guardia y toda esa feminidad acumulada salía a borbotones. Así que, sí, me atraía la Sophia emprendedora. ¿Pero la que se relajaba en una cita y se reía con libertad? Esa me dejaba absolutamente alelado.

—Segurísima —respondió.

Alargué el brazo hacia el agua y me tragué la mitad.

—Está bien. ¿Sabes lo mucho que me gusta tu cuello?

—Sí.

—Bueno, pues esta noche también tienes un escote bastante destacable, así que mis ojos son incapaces de decidir a dónde mirar. Estás despampanante, Soph.

Sonrió.

—Gracias. Pero he de admitir que me esperaba algo peor.

Me incliné hacia ella por encima de la mesa.

—No he terminado todavía. Mientras miro tus preciosas tetas y la piel cremosa de tu pecho y de tu cuello, me imagino cómo quedaría mi semen por ahí desparramado. Llevo un rato debatiéndome si una sola corrida sería suficiente para cubrir todo lo que quiero o si tendría que hacerlo dos veces para emparte como es debido.

A Sophia se le desencajó la mandíbula y se rio nerviosa.

—Ay, madre…

Lo único que me gustaba más que la Sophia femenina de las citas era la Sophia cachonda y boquiabierta. Coloqué dos dedos por debajo de su barbilla y empujé su mandíbula suavemente.

—Me van a meter en la cárcel como no cierres esos preciosos labios que tienes.

Por suerte para mí, el camarero volvió con nuestros aperitivos. Se pasó unos minutos hablando de los postres con todo lujo de detalles, ya que algunos se tenían que pedir con una hora de antelación. Me alegró que Sophia pasara del *soufflé*, porque pretendía comerme el postre en privado.

En cuanto el hombre se marchó, fue el turno de Sophia de beberse parte de su agua con hielo de golpe. Inmediatamente después de dejar el vaso sobre la mesa, cogió el del cóctel que había pedido y apuró también la mitad de la copa.

Me reí entre dientes.

—Me da un poquito de envidia que yo no pueda tomarme nada para rebajar la tensión.

—Apuesto a que sí. Debes de ir palote todo el día con todo lo que se te pasa por la cabeza.

Nos reímos, cosa que pareció aliviar la peligrosa tensión sexual de hacía unos minutos.

—También te vestiste de rojo para el baile de graduación —apunté.

Ella arqueó las cejas.

—¿Sí? Ya ni siquiera me acuerdo de cómo era el vestido que llevaba.

Me eché hacia atrás en el asiento y cerré los ojos.

—Era palabra de honor. Un poquito más claro que el color que llevas ahora. Tenía un cinturón brillante y plateado que parecía un lazo. —Dibujé un círculo con el dedo índice—. Llevabas unas sandalias de tiras plateadas que te envolvían los tobillos. Trataste de quitártelas cuando volvimos a tu casa, pero te obligué a dejártelas puestas.

A Sophia se le iluminó la cara.

—Madre mía. ¡Es cierto! ¿Cómo narices te acuerdas de eso?

—Es imposible olvidar el vestido de una mujer a la que llevas echando miradas furtivas la mitad de tu vida mientras te imaginas cómo sería cuando por fin se lo quitaras.

—Tú... ¿me mirabas?

—Cada vez que podía. Pensaba que lo sabías. Aunque tu cara acaba de dejar claro que no. Supongo que sí que fui sigiloso.

—Pues sí. Porque pensaba que me odiabas.

Sonreí con suficiencia.

—Y era verdad. Pero también quería follarte.

Se rio.

—Entonces las cosas no han cambiado mucho, ¿no?

—Qué va. Ahora mismo desearía poder odiarte. —Negué con la cabeza—. Es imposible no que... —Me contuve—. Que no me caigas bien.

Sophia no pareció darse cuenta de mi error. O, si lo hizo, no dijo nada.

—Como estamos diciéndonos la verdad, admitiré que yo también te miraba en el instituto. —Sonrió—. Puede que incluso desde el colegio.

—Estaba loco por una razón para pegarle al imbécil ese con el que salías, antes incluso del baile de graduación.

—Bueno, alguien lo hizo. No sé si lo sabías, pero al parecer se metió en una pelea justo después de que yo me fuera del baile y le rompieron la nariz.

—Sí, lo sé. A mi familia le costó veinte de los grandes convencerlo para que no presentara cargos.

Sophia abrió los ojos como platos.

—¿Fuiste tú? ¿Por qué nunca me has dicho nada?

Me encogí de hombros.

—No le di mayor importancia. El tipo se lo merecía. Además, tú y yo tampoco éramos amigos ni nada.

—Supongo. —Sophia se quedó callada un momento. Pasó el dedo por la condensación de su vaso de agua antes de volver a mirarme a los ojos—. ¿Y ahora sí?

—Dímelo tú, Soph.

Ella se tomó un instante antes de asentir.

—Al pensar en un amigo, pienso en alguien en quien puedo confiar, a quien respeto y con quien me lo paso bien. Así que, sí, creo que somos amigos. ¿Sabes? Tiene gracia, pero pasé casi dos años con Liam y nunca sentí que pudiera confiar en él. —Negué con la cabeza—. Una vez me di un golpecito con el coche, pero el airbag saltó y me dejó un poco afectada. Llamé a Liam con la esperanza de que viniera, pero me dijo que estaba en mitad de una prueba de vestuario y que llamara a Scarlett.

Sacudí la cabeza.

—Menudo soplapollas.

Ella sonrió con tristeza.

—Pues sí. Los dos sois muy diferentes. No sé por qué, pero estoy segura de que, si te llamara a ti en esa situación, habrías venido y te habría dado igual lo que estuvieras haciendo en ese momento. Tienes un lado muy protector.

Asentí.

—Habría ido por ti, Soph. Incluso en el instituto. No me malinterpretes, me habría seguido metiendo contigo todo el tiempo, pero habría ido.

Sonrió.

—Entonces… eso nos convierte en ¿qué? ¿Amigos con derechos? Si nuestras familias se enterasen, nos desheredarían.

—Que les jodan —exclamé.

—Vaya… ¿no te importa? —Alzó una ceja—. ¿Entonces tu familia sabe que nos acostamos y que nos hemos hecho amigos?

Negué con la cabeza.

—No, pero esa es la razón principal por la que no hablo de mi vida privada con ellos. Ni mi padre ni mi abuelo se han interesado por ella antes, así que no espero que empiecen a hacerlo ahora, ni en un futuro cercano.

—¿Y eso te molesta? ¿Que no tengan interés en conocerte?

Me encogí de hombros.

—Antes sí. Pero durante muchísimos he intentado años que se fijasen en mí, aunque sin éxito. Durante mucho tiempo pensé que estaba hecho de veneno. Hace poco he empezado a entender que ese veneno procede de una familia de víboras.

Sophia parecía muy vulnerable en ese momento. Extendió la mano sobre la mesa y asintió como si me comprendiera. Y no ponía en duda que así fuera… al menos un poquito. Aunque no creía que fuese plenamente consciente de hasta dónde sería capaz de llegar mi familia.

Acepté su mano y bajé la mirada hasta nuestros dedos entrelazados. Me quedé así un buen rato.

—¿Tienes planes para el fin de semana del Día del Trabajo?

Empezó a negar con la cabeza, pero luego se detuvo.

—Ostras… En realidad, sí. Normalmente voy a la gala benéfica del Hospital Infantil ese fin de semana. De hecho, toda mi familia asiste. La tuya también, ¿no?

Me incliné hacia delante y me acerqué su mano a los labios para darle un beso en el dorso.

—Sí. ¿Quieres ir conmigo?

Parecía sorprendida.

—¿Me estás pidiendo que sea tu acompañante?

Asentí.

—Sí.

—¿Con toda tu familia allí?

—¿Por qué no? Tú imagínate sus caras.

Sophia se mordisqueó el labio inferior durante un minuto antes de que se le iluminara la mirada.

—¡Vale!

Sonreí.

—Bien, entonces supongo que tengo una amiga y acompañante nueva para la gala del Día del Trabajo. —Aparté la mano de la suya y cogí el tenedor—. Y ahora come, por Dios, antes de que se te enfríe. Así podré llevarte antes de vuelta al hotel y decorarte el cuello.

—¿Cómo van las cosas? —me preguntó la doctora Halpern. Dejó la libretita en su regazo y colocó las manos encima.

—Bien.

—¿Has estado durmiendo bien?

Fruncí el ceño.

—Como siempre. ¿Por qué lo pregunta?

—Hoy pareces un poco cansado.

Ni siquiera traté de ocultar la sonrisilla.

—Me quedé despierto hasta tarde. Pero no se preocupe, no tiene que ir corriendo a mi abuelo. No he estado bebiendo ni haciendo nada estúpido.

Bueno, supongo que eso estaba sujeto a debate. Mi familia sí que opinaría que pasarme la noche entera follándome a Sophia Sterling era una estupidez.

—Ya veo. ¿Entonces estás saliendo con alguien?

Dudaba sobre si hablar de Sophia con la doctora Halpern, aunque me hubiera asegurado que nada de lo que mencionara en la sesión, excepto mi estado emocional general, iría a parar a oídos de mi abuelo. La confidencialidad entre médico y paciente no importaban nada cuando tus recursos eran infinitos; aunque sí que quería resolver ciertas cosas.

—Sí, estoy saliendo con alguien.

—Háblame de ella.

Pensé en cómo describir a Sophia.

—Es inteligente, guapa, fuerte y leal. Básicamente, juega en una liga muy superior a la mía.

—¿Crees que es demasiado buena para ti?

Sacudí la cabeza.

—No lo creo, lo sé. Es demasiado buena para mí.

—¿Por qué dices eso?

Me encogí de hombros.

—Porque sí.

—Retrocedamos un segundo. Has dicho que es inteligente. ¿Sientes que eres inferior a ella en ese aspecto?

—No. En eso vamos a la par.

—Vale. Has dicho que es guapa. ¿Consideras que tú no lo eres?

Sabía que era atractivo. Los tiros no iban por ahí.

—Le ahorraré tiempo, doc. No estamos al mismo nivel en lo que a la lealtad se refiere.

—¿Es porque tú tiendes a ser más libertino y ella no?

Teniendo a Sophia en mi cama, eso no era un problema.

—No, el sexo no tiene nada que ver.

—¿Entonces te refieres a que ella no podría confiar en ti para nada que no sea físico?

Solté un profundo suspiro.

—No es que mi historial sea el mejor en ese aspecto. Además…, digamos que las cosas entre nosotros no han empezado siendo sinceras exactamente.

La doctora Halpern levantó la libreta y garabateó algo.

—¿A quién sientes que has decepcionado en tu vida?

Bufé.

—Probablemente sea más fácil preguntar a quién no.

Se quedó callada un momento y luego asintió.

—Vale. Supongamos que todo lo que me has dicho es cierto, aunque estoy segura de que no lo es. ¿Por qué no puede ser esta mujer la primera persona que vea de primera mano al nuevo Weston Lockwood?

—Las personas no cambian.

La doctora Halpern torció el gesto.

—Eso quiere decir que mi trabajo no sirve de nada, ¿no?

Me quedé en silencio.

La doctora Halpern se rio.

—Tienes modales, así que no has respondido a esa pregunta con palabras. Te lo agradezco. Pero tu cara me lo ha dicho todo. Hay pocas cosas por las que discutiría con un paciente, pero tener la capacidad de cambiar es una de ellas. Todos podemos cambiar, Weston. Quizá el ADN no cambie, pero la forma en que tratamos a las personas sí que puede hacerlo. No siempre es fácil, pero el primer paso es aceptarlo... reconocer qué debe cambiar y querer que las cosas sean distintas. Lo que tú creas que es cierto o no sobre ti es casi inmaterial. Lo importante es lo que quieras que sea cierto, y tienes que desear que las cosas cambien.

—No se ofenda, doc, pero eso suena al típico rollo que sueltan todos los psicólogos. Si cambiar es tan sencillo, ¿por qué no lo hace todo el mundo? Las cárceles están llenas de reincidentes. Estoy seguro de que la mayoría de los tipos que roban en tiendas de ultramarinos no salen por la puerta el día que quedan libres pensando: «Qué ganas tengo de robarle a alguien otra vez y volver aquí».

—En eso te doy la razón. En ese caso, las cosas no son fáciles cuando salen de prisión. Lo más probable es que carezcan de dinero y la vida que tenían antes haya seguido adelante sin ellos. Nunca he dicho que cambiar fuera fácil. Pero si sales a la calle a trabajar ocho horas al día, todos los días, y estás dispuesto a aceptar un trabajo con el salario mínimo, la mayoría de las personas tirarían para adelante y encontrarían comida y un techo bajo el que vivir. El problema es que es mucho más difícil trabajar cuarenta horas a la semana fregando suelos y platos que apuntar a alguien con una pistola y robar miles de dólares de una caja registradora. Debes ansiar cambiar en lo más hondo de ti para poder hacerlo realmente.

La doctora Halpern sacudió la cabeza.

—Creo que me he desviado del tema, pero el principio es el mismo. Habrá situaciones en tu vida que te tentarán a ser desleal y, a veces, te costará no caer en esas tentaciones. Y es cuestión de lo mucho que ansíes eso que quieres y lo que estés dispuesto a sacrificar para conseguirlo.

Lo hacía parecer muy fácil. Tampoco es que yo en el pasado hubiese tomado la decisión consciente de joderlo todo. De repente, buscaba un lugar en el que quedarme y, por norma general, nunca me daba cuenta de adónde iba hasta que ya me encontraba allí.

—No siempre soy consciente de mis malas decisiones antes de tomarlas.

Asintió.

—Es comprensible. Pero hay unas cuantas cosas que sí que puedes empezar a practicar y que te llevarán por el buen camino.

—¿Como cuáles?

—Para empezar, expresa tus sentimientos. Ya sean buenos o malos; trata de abrirte. No mientas ni omitas nada que se te pase por la cabeza. Y, ojo, eso es más fácil decirlo que hacerlo. Por ejemplo, ¿sabe esta mujer lo que sientes por ella?

Sacudí la cabeza.

—Ni yo mismo sé lo que siento por ella.

La doctora Halpern sonrió.

—¿Seguro? A menudo nos decimos que no sabemos tal o cual cosa porque la idea de nuestros verdaderos sentimientos nos aterra.

«Mierda». Me pasé una mano por el pelo. Tenía razón. Me estaba enamorando de Sophia y no precisamente despacio. Iba a toda puta pastilla, y eso me acojonaba vivo. Me llevó unos cuantos minutos asimilar ese hecho aunque, en el fondo, siempre lo hubiese sabido. Me martilleaba la cabeza y sentía la boca como el mismísimo desierto del Sáhara. Miré a la doctora Halpern y descubrí que me había estado observando todo el tiempo que yo había dedicado a cavilar.

Fruncí el ceño y dije:

—Vale. Tal vez no sea una charlatana, después de todo.

Ella se rio.

—Creo que hoy hemos tenido una sesión muy productiva, así que no voy a presionarte para hablar de lo que sientes por esta mujer. Pero la lealtad es bidireccional y siempre empieza con la sinceridad. Ahora que has admitido lo que hay en tu corazón, quizás el siguiente paso sea compartirlo con la persona que está en él.

# Capítulo 22

## *Sophia*

Los últimos días había estado ocupadísima. Mi padre había venido y los asesores legales trabajaban doce horas al día, puesto que la fecha de la presentación de la oferta se aproximaba a una velocidad alarmante. A veces terminaba de trabajar a medianoche. E incluso cuando me iba, la luz en el despacho de Weston seguía encendida. Aunque eso no le impedía venir a mi cama cuando acababa.

Esa mañana me dio la impresión de que apenas habíamos conciliado el sueño cuando llegó la hora de levantarnos otra vez. La luz matutina se colaba por un hueco entre las cortinas y alumbraba el rostro de Weston.

Mientras lo contemplaba con la barbilla apoyada en el puño, él me acariciaba el pelo.

—Tienes una llave de la habitación sobre el escritorio.

Weston se detuvo de golpe.

—¿Quieres darme una llave de la *suite?*

—Bueno, anoche me despertaste diez minutos después de que me durmiera, así que he pensado que podrías entrar tú solito.

Él sonrió.

—Creo que acabas de darme permiso para metértela mientras duermes.

Le di un golpe en el pecho de forma juguetona.

234

—Me refería a entrar en la habitación, no en mí.

Weston apoyó todo su peso en un costado e hizo que los dos rodáramos por la cama. Enseguida estuve boca arriba mientras él se cernía sobre mí. Me apartó el pelo de la cara.

—Pero mi idea me gusta mucho más.

Sonreí.

—Ya me imagino. —Ambos seguíamos desnudos después de lo de anoche, y lo sentí endurecerse contra mi muslo—. Mi padre tiene el vuelo por la tarde, así que le he dicho que me reuniría con él abajo a las siete. Es una pena, pero tengo que ducharme ya.

Weston se inclinó y me besó en el cuello.

—¿Hay algo que pueda hacer para convencerte de que llegues unos minutos tarde?

Solté una carcajada.

—Contigo lo de unos minutos es una utopía.

—Lo dices como si fuera algo malo.

Negué con la cabeza.

—Claro que no, pero es precisamente la razón por la que echaré el pestillo cuando me meta en la ducha.

Weston se enfurruñó. Estaba tan mono. Se tumbó boca arriba y suspiró, frustrado.

—Vale. Vete. Pero ni se te ocurra echarme la culpa cuando salgas y te encuentres mojado tu lado de la cama.

Arrugué la nariz y traté de envolverme en la sábana antes de levantarme.

—¿Mi lado? ¿Y por qué no lo haces en el tuyo?

Tiró de la sábana que estaba intentando usar para cubrirme.

—Porque es culpa tuya que termine así. Si me dieses unos minutillos, podría correrme donde debería: en tu interior.

Madre mía, si es que estaba coladita por él. Mira que era bruto, pero me hacía sentir mariposas en el estómago al escucharlo decir esas cosas. Menudo romántico, ¿eh? En fin, así eran las cosas.

Me agaché y lo besé.

—Mi padre se habrá marchado para el mediodía. ¿Y si quedamos aquí para comer a la una y dejo que lo hagas donde quieras?

Los ojos de Weston se oscurecieron.

—¿Donde quiera?

Ay, madre. Era una promesa peligrosa, pero, a la mierda. Sonreí.

—Donde quieras. Buena suerte concentrándote mientras decides el lugar exacto.

—Parece que ese chico Lockwood y tú os habéis hecho amigos —comentó mi padre.

Nos habíamos quedado solos en la sala de juntas después de haber ordenado con brusquedad a los asesores legales y al equipo de contabilidad que se esfumaran.

«¿Para qué saca ese tema?». Mi padre no solía comentar ese tipo de cosas sin razón. Trataba a la gente como peones en un tablero de ajedrez. Ordené los papeles en una pila.

—Hemos descubierto que tenemos cosas en común. Ahora que dirigimos el hotel juntos no queda otra.

—A él se la trae al pairo el hotel, lo que tiene presente es tu culo. No me trates de idiota. Veo cómo te mira cuando cree que nadie se da cuenta.

Me quedé helada.

—¿Cómo me mira?

—Como si fuera un *pitbull* que lleva semanas sin comer y tú fueses un jugoso solomillo.

Qué vergüenza; no porque no fuese cierto, sino porque escucharlo en boca de mi padre era asqueroso. Que usara la palabra «jugoso» conmigo me daba repelús. Sabía que se me notaba en la cara siempre que mentía, así que, para evitar mantener contacto visual con él, me dispuse a recoger los vasos de café y los platos vacíos que habían usado los asesores por toda la estancia.

—Me parece que estás exagerando —repuse—. Pero no pasa nada si lo hace. Es atractivo, claro que me he dado cuenta.

Eché un vistazo a mi padre y vi su expresión severa.

—Por el amor de Dios, Sophia... Ni se te ocurra. Ese hombre no te llega ni a la suela de los zapatos. Pero, tal vez, podrías...

Lo interrumpí.

—¿Que no me llega ni a la suela de los zapatos? ¿A qué te refieres? ¿Hay estratos sociales que yo desconozco? Quizá por eso dejaste a mi madre. ¿No era del mismo estrato que tú?

Mi padre puso los ojos en blanco.

—No empieces con eso ahora, Sophia, que debo coger un vuelo. No tengo tiempo para otra discusión porque te duela nuestro divorcio.

Sacudí la cabeza y dije, aunque no en voz muy baja precisamente:

—Me parece increíble...

Mi padre recogió la chaqueta del traje del respaldo de la silla donde la había colgado y se la puso.

—En fin, como iba diciendo, el chico Lockwood ese está interesado en ti. Quizá puedas sacarle partido.

—¿Sacarle partido? ¿Qué insinúas?

—Ya lo hemos hablado. Eres inteligente, Sophia, sabes exactamente a qué me refiero. Solo tenemos una oportunidad con la puja. Saber la cantidad que ofrecerán ellos nos vendría bien para mejorar la oferta y hacernos con la parte minoritaria.

—A ver si lo he entendido bien. ¿Quieres que me abra de piernas para Weston y que espere hasta que esté a punto de correrse para preguntarle cuánto van a ofrecer?

—No seas grosera. Seguro que hay alguna otra forma de enterarte. Coquetea un poco con él.

Con el paso de los años, mi padre me había decepcionado tanto que pensaba que era inmune a su forma de dejarme por los suelos, pero por lo visto no era así. Sacudí la cabeza tras el golpe.

—Deberías irte, no vaya a ser que pierdas el vuelo.

Mi padre era tan arrogante que pareció no darse cuenta del desprecio con el que lo había dicho. Se acercó como si no me hubiese pedido que engatusara a Weston y me dio un beso en la frente.

—Hablaremos pronto.

Me quedé en la sala de juntas bastante rato después de que se fuera. Mi padre jamás aceptaría que Weston y yo estuviéramos juntos. Puede que William Sterling fuera un empresario muy inteligente, pero no tenía ni pajolera idea de cómo funcionaban otras cosas importantes, como las relaciones. Le daría igual si le dijera que había encontrado al amor de mi vida y era feliz. El hecho de que Weston fuera un Lockwood y nuestras familias llevaran odiándose por una estupidez desde antes de que él naciese era más importante que su hija.

Después de la «comida» con Weston, suspiré mirando al techo.

—No sabes la falta que me hacía.

Él soltó una carcajada.

—Lo suponía, teniendo en cuenta que has entrado y lo primero que has hecho ha sido agarrarme la polla.

Sonreí, porque era verdad.

—Lo siento. Estaba muy frustrada. Mi padre es la persona más irritante del mundo.

Weston se tumbó de costado y apoyó la cabeza en el codo. Se dedicó a trazar ochos en mi estómago con el dedo.

—No te disculpes, si a mí me encanta cosechar los frutos de que sea tan capullo. Aunque pensaba que iba a ser yo quien elegiría orificio.

Arrugué la nariz.

—¿Orificio? ¿En serio?

Me guiñó el ojo.

—Has tenido suerte porque has elegido mi favorito.

—¿No me digas? Entonces intentaré recordar que prefieres un polvo a una mamada.

Weston sacudió la cabeza.

—No me malinterpretes, nada supera verte de rodillas frente a mí, pero me encanta mirarte a la cara cuando te corres.

Volví a sentir esas mariposas en el estómago a pesar de que sus palabras distaban mucho de ser románticas. Le di un besito.

—Bueno, pues gracias por dejar que te use.

—Cuando quieras. —Me apartó un mechón de pelo detrás de la oreja—. ¿Quieres que hablemos del tema?

—¿De mis orificios? —bromeé.

—De lo que ha pasado con tu padre. Pero oye, si quieres podemos hablar de los orificios también. O mejor, ponte boca abajo y estrenemos uno nuevo.

Me reí, aunque Weston sí que parecía querer saber por qué me había cabreado, así que decidí contarle la propuesta de mi padre. Me puse de costado y copié su postura apoyando la cabeza en el codo.

—Me ha dicho que se ha dado cuenta de que me miras el culo.

Weston arqueó las cejas y sacudió la cabeza.

—Joder... ¿Y cómo ha ido la conversación?

—Pues no muy bien.

Deslizó la mano desde la curva de mi cintura hasta el muslo y luego la volvió a subir.

—Lo siento. Lo intento, pero es imposible no mirarte e imaginarte desnuda.

Sonreí.

—Eso me resulta extrañamente adorable.

Él se encogió de hombros con la vista clavada en mis caderas mientras seguía acariciándome.

—Es verdad.

—Eso no ha sido lo peor. Después de decir que me comías con la mirada, ha insinuado que me aproveche de la situación y te sonsaque la oferta que va a presentar tu familia.

La mano de Weston se quedó quieta y me miró a los ojos.

—¿Qué?

—Lo has oído bien, sí. Básicamente me ha dicho que te seduzca para sonsacarte información.

Weston se quedó callado, aunque su expresión sorprendida hablaba por sí sola.

—¿Qué le has respondido?

—Si te soy sincera, no mucho. Creo que me ha decepcionado tanto que ni siquiera he podido responderle como se merecía. En cuanto se ha ido, se me han ocurrido un millón de cosas que decirle. Me hubiera encantado mirarlo a la cara y decirle que me estabas esperando en mi habitación, porque te había dado una llave antes de salir de la cama esta mañana.

Me reí y señalé con el pulgar la pila de papeles sobre el escritorio.

—Estoy casi segura de que le habría dado un ataque al corazón si le hubiese dicho que has podido ver todo el papeleo que tengo en la habitación, además de mi cuerpo. Aunque seguro que lo de los papeles le interesa más.

Weston negó con la cabeza.

—Lo siento, no te lo mereces.

—Bueno, Scarlett tiene un dicho: «Tiempo que pasas preguntándote si te mereces algo mejor es tiempo desperdiciado porque, si te lo preguntas, la respuesta es sí». Durante años me he preguntado si mi madre y yo nos merecíamos cómo se comportaba mi padre con nosotras, así que no puedo desperdiciar ni un segundo más. La respuesta siempre ha estado ahí.

Weston bajó la mirada.

—Te mereces algo mejor que los hombres de tu vida… Algo muchísimo mejor.

# Capítulo 23

## *Sophia*

A Weston se lo veía tan estresado como a mí en los últimos días.

La fecha límite para pujar por las acciones del hotel era en menos de dos semanas y a ambos nos quedaban aún muchas cosas por hacer. Aunque, sinceramente, el hotel no era lo único que me tenía en vilo. Weston y yo no habíamos hablado de qué pasaría una vez se abriera el plazo para enviar las ofertas, y eso me estaba pasando factura.

En cuanto una de las familias poseyera la parte mayoritaria del The Countess, la otra tendría que marcharse inevitablemente. Weston y yo habíamos hablado de ir a la gala benéfica juntos el fin de semana del Día del Trabajo, pero todavía quedaban dos meses, lo cual parecía toda una vida. La pregunta más inmediata era: ¿qué pasaría cuando esta competición acabase?

Uno de nosotros ya no estaría involucrado en las operaciones diarias del hotel. ¿Significaba eso que Weston ya no vendría a mi habitación por la noche? Si yo ganaba, ¿se encerraría en una de las propiedades de su familia al otro lado de la ciudad como había hecho durante los meses previos a la muerte de Grace Copeland? ¿O lo mandarían de vuelta a Las Vegas, donde todavía tenía una casa? Había muchísimas cosas en el aire y las dudas eran una sombra gigante que me seguía a todas partes.

Tampoco ayudaba que Weston pareciera haberse distanciado un poco estos últimos días. Desde que mi padre y yo tuvimos el encontronazo, sentía que algo había cambiado; se había formado una brecha en nuestra relación y cada día parecía agrandarse. Cuando terminara la puja, ¿tendríamos que hablarnos a gritos para poder oírnos desde cada uno de los lados en los que nos encontrábamos?

Los demás probablemente nos veían igual de profesionales que siempre mientras abandonábamos las obras del nuevo salón de baile.

—Está quedando genial —comenté.

Weston asintió.

—El alcalde y su sobrina quieren venir a verlo. Louis les ha estado dando largas, pero debería estar presentable a finales de la semana que viene.

Lo miré.

—Supongo que eso significa que uno de nosotros tendrá la oportunidad de conocer al alcalde.

Weston me miró fijamente. Frunció el ceño, pero asintió sin decir nada.

Era obvio que no tenía intención de iniciar la conversación que necesitábamos, y eso me frustraba lo indecible. De hecho, a cada paso que daba, notaba que mi ansiedad crecía. Para cuando llegamos al ascensor, ya había empezado a sentir como si me faltara el aire, sobre todo allí dentro. Mis opciones eran agacharme hacia adelante e hiperventilar o quitarme ese peso del pecho para poder respirar bien otra vez. A mitad de camino entre la sexta y la séptima planta, decidí que ya no aguantaba más. Pulsé el botón rojo del ascensor y lo detuve de golpe.

—¿Qué pasará la semana que viene? —pregunté.

Al principio, Weston estaba genuinamente confundido, pero no le llevó más de unos cuantos segundos entender por dónde iba. Negó con la cabeza y se metió las manos en los bolsillos del pantalón.

—No lo sé, Soph.

—Pero… ¿tú qué quieres que pase?

—¿Te refieres a lo nuestro?

Puse los ojos en blanco.

—Sí. ¿A qué otra cosa si no? En lo laboral está muy claro. El abogado de Pies Felices abrirá dos sobres y uno de nosotros se convertirá en el accionista mayoritario. Ambos sabemos que ni tu familia ni la mía querrán llevar el hotel conjuntamente, así que el ganador se hará cargo del The Countess y el perdedor solo recibirá una suma importante de dinero varias veces al año. ¿Eso dónde nos deja a nosotros?

Weston asintió y señaló a la cámara en la esquina superior del ascensor.

—A menos que quieras que los de seguridad se enteren de que no estoy preparado para dejar de follarte, tal vez debamos mantener esta conversación en otro lugar. Tengo una llamada dentro de unos minutos. ¿Te viene bien a las seis?

—Yo tengo reunión con el equipo legal a las seis. ¿A las siete?

Asintió.

—Pediré la cena y nos veremos en tu *suite*.

—Vale.

Hablamos de temas sin importancia durante la cena. Me comía la ansiedad por tener esa conversación, pero supuse que tal vez Weston prefería esperar hasta que acabáramos para no dar la impresión de que estábamos en una reunión de negocios, sino en una cena normal de pareja. En cuanto terminamos, sacó la mesa con ruedecitas del servicio de habitaciones al pasillo y se acercó a la barra de bar.

—¿Quieres una copa de vino?

—Eh…

Él alzó las cejas.

—¿Tienes que volver a bajar?

Sacudí la cabeza.

—No hay nada que no pueda esperar hasta mañana.

—¿Estás demasiado llena, entonces?

—Nunca estoy demasiado llena para tomar vino.

Frunció el ceño.

—Creía que ya habíamos superado lo de que no quieras beber porque yo no bebo.

Sonreí.

—No, no es por eso. Eso ya es agua pasada. Pero creo que debería mantener la mente despejada para nuestra conversación.

Weston se volvió a girar hacia la barra, sacó una botella de vino y me sirvió una copa hasta el borde.

—Toma —dijo, y me la tendió—. Yo no la tengo despejada ni mucho menos, así que estaremos en las mismas condiciones.

Di un sorbo a la copa mientras nos mirábamos. Me senté en el extremo más alejado del sofá y él tomó asiento en el sillón de enfrente.

—Esto es nuevo para mí, Soph. Puede que tengas que enseñarme cómo se hace.

—¿El qué? ¿Tener una relación?

Negó con la cabeza.

—Hablo de los sentimientos en general. Ha pasado mucho tiempo desde la última vez que los tuve y más incluso desde la última vez que hablé de ellos. Y los que tenía no eran precisamente buenos, así que hacía todo lo posible por ahogarlos en alcohol.

Dejé la copa de vino en la mesa y le agarré la mano.

—Bueno, hagamos una cosa… Finjamos por un minuto que tú no eres un Lockwood y que yo no soy una Sterling. Solo somos dos personas que trabajan juntas y a uno de nosotros van a despedirlo en unos días. ¿Qué quieres de mí después de que eso ocurra?

Weston se quedó mirando a la nada durante unos minutos. Casi al final, una sonrisilla reptó por su rostro.

—Acabo de caer en que uno de los dos va a estar cabreado. Muy cabreado.

—¿Y la idea de que uno de nosotros esté decepcionado y hundido te hace gracia? Pues sí que estás emocionalmente oxidado.

Se encogió de hombros.

—Cierto. Pero he sonreído porque me he dado cuenta de que llevamos mucho tiempo desquitándonos con el otro follando.

Me reí entre dientes.

—¿Y después de eso? ¿Qué quieres?

Weston permaneció con la mirada gacha un buen rato. Al final, sacudió la cabeza.

—Lo quiero todo.

Se me aceleró el pulso, pero temía hacerme ilusiones antes de tiempo.

—Explícate —dije—. ¿Qué significa eso de que lo quieres todo?

Tomó mi mano y se la llevó a los labios antes de depositar un beso en los nudillos. Me miró a los ojos y respiró hondo.

—Significa que quiero empezar los días igual que acaban: en tu cama. O en la mía, da igual. La cosa es estar dentro de ti. Tú me contarás todas las cosas aburridas que piensas hacer para matar las horas entre que te despida con un beso y te salude con otro, y yo te escucharé lo suficiente como para saber cuándo asentir. Quiero discrepar contigo, discutir a voz en grito y luego follarte hasta que ambos nos calmemos. Quiero que durante el día seas la mujer de negocios al mando de todo y, luego, me cedas ese control en la cama. Quiero observarte desde lejos mientras pides el café por las mañanas, y fantasear con dejarte marcas por toda tu preciosa piel. Y quiero leer al aburrido de Shakespeare para poder soltarte citas guarras y oírte reír.

No parpadeé mientras lo escuchaba hablar.

Weston trató de buscar una respuesta en mi mirada.

—¿Qué tal? ¿Me he explicado lo suficientemente bien como para dejar claro cómo me siento?

—Vaya… Sí… Muy bien. —Negué con la cabeza—. Creía que me habías dicho que no se te daban bien estas cosas.

Los labios de Weston se crisparon.

—Y así es. Todo esto es nuevo para mí. Pero, bueno, ¿qué te voy a decir? Todo se me da bien.

Puse los ojos en blanco.

—Tú no tienes abuela, ¿no?

Weston me sentó en su regazo. Colocó una mano en mi hombro y, mientras hablaba, aprovechó para acariciarme la clavícula con el pulgar.

—Dime lo que quieres tú.

Tenía tantísimas preguntas… ¿Dónde viviría yo? ¿Y él? ¿Cómo íbamos a separar el trabajo y nuestra vida personal cuando básicamente éramos contrincantes? ¿Qué dirían nuestras familias? ¿Sería demasiado pronto para empezar otra relación? Pero la única pregunta para la que sí tenía la respuesta era la que acababa de formular.

—A ti —respondí—. Te quiero a ti.

Weston sonrió.

—Bueno, eso es fácil. Me tienes desde el principio.

A la mañana siguiente, ambos remoloneamos hasta tarde. Si es que se le puede llamar «remolonear» a dormir pasadas las seis de la mañana. El sonido de un móvil nos despertó.

Me giré y extendí el brazo hacia la mesilla de noche, solo para darme cuenta de que el que estaba vibrando no era el mío, sino el de Weston. Le di un pequeño empujoncito en la cama.

—Eh. Es el tuyo. Es muy temprano, así que podría ser importante.

Él gruñó algo ininteligible y palpó la mesita de noche sin mirar. Cuando encontró el móvil, vi la notificación de la llamada perdida en la pantalla. Abrió un ojo para teclear la contraseña.

—¿En serio? —me reí entre dientes—. ¿Tu código es 6969? ¿Cuántos años tienes?

—¿Cuál es el tuyo? ¿«Estirada» traducido en números?

Lo golpeé en la cara con mi almohada mientras él pulsaba la opción de devolver la llamada. Esto era lo que más me gustaba de lo nuestro. Anoche se había mostrado cariñoso y dulce. Me había hecho el amor de tal forma que se me saltaron las lágrimas y ahora, por la mañana, volvía a ser el mismo gruñón de siempre. Weston Lockwood era una dicotomía andante, y me encantaba la fricción tanto como la suavidad.

—Más vale que sea importante —ladró al teléfono.

Se quedó escuchando un momento y luego se incorporó en la cama.

—Joder. Voy de camino.

Apenas había colgado y ya estaba saliendo de la cama.

—¿Qué ha pasado? —pregunté—. ¿Qué sucede?

—Hay una inundación. —Recogió los pantalones del suelo y se los puso corriendo—. En la maldita zona de obras, justo la noche en la que no hay nadie trabajando porque se estaba secando el suelo.

—Mierda. —Salí de la cama y busqué mi ropa a tientas. Para cuando localicé alguna de mis prendas, Weston ya se había puesto la camisa.

Se acercó a mí y me dio un beso en la cabeza.

—Tómate tu tiempo. Voy tirando para empezar con el control de daños.

—Vale, gracias.

Quince minutos después, me encontré con Weston en el salón. Sam Bolton ya estaba allí, y él también parecía haber salido de la cama de un salto. Todas las luces estaban apagadas, así que ambos estaban usando la linterna de sus respectivos móviles. La escasa luz me permitía discernir sus caras, pero no el auténtico alcance de los daños; aunque por el sonido del agua al andar, supuse que las cosas no pintaban muy bien.

—Hola —saludé—. ¿Qué ha pasado?

Sam sacudió la cabeza y señaló al techo.

—La toma de agua ha reventado. A juzgar por la cantidad de agua que hay, debe de haber sucedido justo después de que nos fuéramos. Los del suelo echaron ayer la última mano del sellador, que necesitaba secarse durante mínimo doce horas, así que esto lleva vacío desde las cinco. No se puede pisar el suelo mientras esté fresco, así que cerramos y le dijimos a los de seguridad que se saltaran la ronda habitual.

—Pensaba que ya habíamos cambiado las cañerías oxidadas.

—Y lo hicimos. No sé qué ha pasado, pero ten por seguro que llegaré al fondo del asunto. Ha tenido que ser problema del soldado o algo. Bob Maxwell, el dueño de la empresa de fontanería, ya viene de camino.

—¿Y pinta muy mal? —pregunté.

—Aparte de la fontanería, se ha mojado gran parte de la instalación eléctrica, así que va a haber que cambiarla. El suelo aún no se había terminado de secar, por lo que lo más probable es que la madera se deforme y necesitemos poner uno nuevo. Y eso sin mencionar el cartón yeso nuevo y el aislante.

Solté un silbido.

—Joder... Ya íbamos a llegar justos al primer evento reservado. Y el alcalde y su sobrina vienen a ver el sitio el lunes que viene.

Sam Bolton se frotó la nuca.

—Lo siento mucho. Llevo más de veinte años trabajando con esta empresa de fontanería y nunca hemos tenido ningún problema. Obviamente, dispongo de un seguro que lo cubre todo y haremos lo que podamos para seguir a buen ritmo con la obra, pero me temo que Sophia tiene razón. Esto va a retrasar la fecha de finalización. Aún no sé cuánto, pero haremos lo que podamos.

Weston había permanecido muy callado hasta ahora. Puso los brazos en jarras y se dirigió directamente a Sam.

—Voy a llamar a Ken Sullivan. Le diré que venga y le eche un vistazo a todo.

Sam abrió la boca para replicar, pero yo me adelanté.

—¿Ken Sullivan de Tri-State Contractors? ¿Por qué?

—Porque quiero saber qué ha pasado y necesito asegurarme de que al menos haya alguien que sí sepa lo que está haciendo.

—Weston —dijo Sam—, entiendo que estés enfadado, pero te aseguro que sé lo que me hago. Llevo en esto cuarenta años y hemos colaborado con la familia Sterling prácticamente desde nuestros inicios.

—Eso es justo a lo que me refiero. No habéis trabajado con la familia Lockwood. No sé de primera mano cómo hacéis las cosas, así que voy a llamar a mi gente para asegurarme de que lo que haya pasado aquí no vuelva a suceder.

Sam infló los carrillos y soltó un suspiro bastante alto.

—Vale.

En vez de discutir con Weston delante de Sam, aguardé hasta que nos quedamos solos en el pasillo.

—Creo que estás exagerando —le dije en cuanto cerramos la puerta a nuestras espaldas.

—Una cañería no debería reventar de ese modo a menos que se congele. Si mi gente hubiese causado este estropicio, tú serías la primera en plantearte si son unos incompetentes.

Puse los brazos en jarras.

—Si cuestionas la competencia de mi contratista, también cuestionas mi criterio a la hora de contratar.

—No te lo tomes a la tremenda, Sophia. Son negocios.

—Lo que tú digas… —Sacudí la mano con desdén en su dirección.

Weston ladeó la cabeza hacia el ascensor al fondo del pasillo.

—Voy a por café y luego me pasaré por mi habitación para darme una ducha rápida. ¿Quieres que te traiga algo?

Negué con la cabeza.

—Ya voy yo a por lo mío.

Él se encogió de hombros.

—Como quieras.

A partir de ahí, el día solo fue a peor.

Como era de esperar, mi padre no se tomó muy bien la noticia de la inundación. Básicamente, me llamó incompetente, como si hubiera sido yo la que había instalado mal la cañería y no el contratista que él mismo había empleado durante décadas. Luego, mientras estaba arriba con Sam y el fontanero, me tropecé con una herramienta que había en el suelo y mi iPhone salió volando. Aterrizó sobre un montón de escombros que habían caído del techo y no volvió a encenderse. Después de eso, el equipo legal recibió otra demanda que acababan de presentar contra el hotel, que había que valorar de algún modo al día siguiente o al otro para poder tenerla en cuenta a la hora de enviar nuestra oferta. Y, por si fuera poco, Liam me había dejado dos mensajes en el teléfono del despacho. Así que, cuando Weston entró en mi despacho a las cuatro, no estaba de muy buen humor, precisamente.

—Si vienes a decirme otra vez lo incompetente que soy, más vale que te des la vuelta y te marches por donde has venido.

Weston caminó hasta mi escritorio y me tendió un sobre.

—De hecho, vengo a darte esto.

Contenía dos entradas.

—¿*Shakespeare borracho?* ¿Qué es esto?

—Es una obra de teatro que hay en la ciudad. Un montón de actores se reúnen, uno de ellos se bebe mínimo cinco chupitos de *whisky* y luego intentan representar a Shakespeare.

Me reí.

—¿Lo dices en serio?

—Sí. He supuesto que es la única obra que disfrutaríamos los dos.

Me fijé en la fecha de las entradas. Eran para casi dentro de mes y medio. Mi cabreo desapareció al instante y lo sustituyó de nuevo aquella sensación de calidez. Levanté la mirada hacia él.

—¿Cuándo las has comprado?

—Hace unos días. Un mensajero acaba de traerlas, así que se me ha ocurrido usarlas como ofrenda de paz.

—¿Compraste entradas para una obra que se hará dentro de unos meses antes de que hablásemos siquiera de nuestro futuro?

—Tú eres la única que necesitaba hablar para hacerlo todo más oficial, Soph.

Me puse en pie, pasé al otro lado del escritorio y le rodeé el cuello.

—¿Por qué no cierras con pestillo…?

Weston me obsequió con una sonrisita engreída.

—Ya lo he hecho al entrar, preciosa.

Me metí la blusa por debajo de la falda y le di la espalda a Weston.

—Esto va mejor que el Trankimazin —dije por encima del hombro—. ¿Me subes la cremallera, por favor?

Me abrochó la falda y me apartó el pelo para depositar un beso en mi cuello.

—Me alegra resultarte de ayuda. ¿Qué tienes en la agenda para el resto del día?

Me giré mientras me alisaba la ropa.

—Dentro de poco tenemos la videollamada con Elizabeth, la abogada del hotel, para hablar sobre lo de la nueva demanda. Había pensado en ir a comprarme un móvil nuevo. El mío se me ha caído antes y ahora no va. —Comprobé la hora en el reloj de pulsera—. Pero no creo que me dé tiempo. No quiero perderme el inicio de la llamada y siempre suele haber cola en Verizon.

—¿Quieres llevarte el mío? Yo estaré mirando informes en mi despacho. Así puedes conectarte a la llamada si todavía sigues en la tienda.

—¿Seguro que no te importa?

Weston me tendió su teléfono.

—No te preocupes. Ya te sabes el código ultrasecreto.

Ese gesto se me antojó monumental. Era algo que hacían las parejas. Las cosas que guardábamos en el móvil podían llegar a ser muy personales, aunque tampoco es que tuviera pensado cotillear. Pero daba a entender que Weston no tenía nada que esconder. Y, sobre todo, significaba que confiaba en mí, lo cual decía mucho de él.

Acepté el teléfono y lo besé.

—Gracias. ¿Sabes qué? A modo de agradecimiento, esta noche podríamos recrear tu código…

# Capítulo 24

## Sophia

Menos mal que me llevé el móvil de Weston.

Llevaba cuarenta minutos esperando en la tienda de la compañía Verizon y, mientras aguardaba mi turno, había estado jugueteando con un montón de móviles que no pensaba comprarme. Tenía prevista la llamada con la abogada del hotel en unos cinco minutos, así que rebusqué en el bolso para dar con el papel en el que tenía apuntado el número. Por suerte, un minuto antes de la hora prevista de la llamada, dijeron mi nombre.

Le enseñé mi iPhone roto al dependiente.

—Hola. No me funciona el móvil. Se ha caído y no se enciende. Tengo AppleCare, así que sería genial si me lo pudierais arreglar en el momento o darme otro nuevo.

—Claro, sin problema. ¿Su cuenta está vinculada con la dirección de correo electrónico con la que ha pedido la cita?

—Sí.

—De acuerdo. Si me lo permite, le revisaremos el móvil y después volveré para comentarle las opciones.

Miré la hora en el móvil de Weston. Tenía que llamar ya.

—¿Sabe cuánto tardará? Tengo que hacer una llamada de trabajo.

—Un cuarto de hora, más o menos.

Asentí.

—Vale, genial. Si sigo al teléfono cuando esté listo, ¿podría por favor pasar al siguiente cliente y después atenderme a mí?

—Por supuesto.

Lo que pensaba que sería una llamada de quince minutos se convirtió en otra de casi una hora. Cuando por fin colgué, el dependiente iba por el tercer cliente, como mínimo, así que tuve que esperar a que acabase. Mientras me paseaba de un lado a otro, el móvil de Weston me vibró en la mano. Bajé la cabeza para ver quién era. La pantalla se iluminó y mostró la notificación de un mensaje de alguien llamado Eli que decía: «Oye, tío, ¿dónde te metes?».

Me hizo sonreír, porque estaba bastante segura de que la mayoría de mis amigas pensaban lo mismo de mí últimamente. No quería invadir su privacidad, así que no abrí el resto del mensaje pero, cuando fui a pulsar el botón lateral para apagar la pantalla, apareció otro mensaje, una notificación de un correo.

«¿Has conseguido ya lo que necesitamos de la muchacha Sterling?».

Me quedé helada.

¿Qué quería decir eso?

Creí haberlo leído mal, pero lo releí, esta vez más despacio. El remitente era Oil40@gmail.com.

«¿Has conseguido ya lo que necesitamos de la muchacha Sterling?».

A pesar de mis intentos por mantener la calma, se me empezó a acelerar el corazón y me entraron náuseas. Tenía que haber una explicación lógica para un mensaje así.

Tal vez el correo fuese de Sam Bolton… Puede que ya tuvieran el presupuesto para la reparación y quisiera que ambos lo aprobásemos antes de empezar.

Aunque me parecía demasiado pronto para que lo tuvieran listo.

¿Oil40? ¿Por qué tendría Sam un correo con la palabra «aceite» en inglés?

Sacudí la cabeza. «Esto es ridículo». El mensaje podría haberlo mandado alguno de los contratistas con los que Weston trabajaba. ¿Por qué había pensado mal automáticamente? ¿Por qué había creído que no presagiaba nada bueno?

Puede que Weston hubiese pedido presupuestos para algo y le dijese al contratista que necesitaba mi autorización. Últimamente habíamos estado tan ocupados que ni siquiera me lo habría dicho todavía. Seguro que era eso. Tenía que serlo.

Pero...

«¿Has conseguido ya lo que necesitamos de la muchacha Sterling?».

La muchacha Sterling...

No era forma de tratar a una persona con la que haces negocios. Aunque suponía que había muchos idiotas que todavía se referían a las mujeres como «muchachas».

Eso no era culpa de Weston.

Quienquiera que fuese ese contratista, era un capullo.

De hecho, debería abrir el correo y ver quién lo había mandado para saber exactamente quién se refería a una mujer de esa forma tan retrógrada.

Pero... Weston me había dejado su móvil porque confiaba en mí y abrir el correo sería traicionar su confianza.

Por otra parte, ya había visto la notificación, así que... de perdidos al río. Comprobar la identidad del remitente no era una intromisión después de lo que había visto ya.

No mucho.

¿Verdad?

Me quedé mirando el móvil con el dedo a punto de abrir el mensaje, pero no pude hacerlo. Sentía que, por mucho que tratara de justificarlo, estaba mal.

Así que cuando el dependiente se acercó a hablar conmigo, metí el teléfono en el bolso y traté de olvidarme de lo que había estado a punto de hacer. Por lo visto no podían repararme el móvil, así que el dependiente me había traído uno nuevo, y se ofreció a volcar los datos del antiguo. Dijo que tardaría unos diez minutos y que volvería enseguida.

Por desgracia, eso me dio más tiempo para darle vueltas al tema.

¿Por qué me inquietaba tanto esa vista previa del correo? No me costó dar con la respuesta.

«Porque te cuesta confiar en la gente». Casi todos los tíos en los que había confiado me habían defraudado, así que no me sorprendía que mi imaginación se pusiese en lo peor.

Weston no sentía nada por mí.

Me había usado con el fin de conseguir algo.

«¿Has conseguido ya lo que necesitamos de la muchacha Sterling?».

Dios, quien hubiera mandado el mensaje sonaba igual que mi padre.

«Consigue lo que necesitamos del chico Lockwood».

Había tantísimas formas de interpretar esa frase... Podría tratarse de cualquier cosa. Eso sí, si abría el correo, traicionaría la confianza de Weston. Me rebajaría al nivel de Liam porque, si no había confianza, no había relación.

Con mucho esfuerzo, logré mantener guardado el móvil de Weston en el bolso mientras acababa las gestiones en la tienda de Verizon. Al salir a la calle, el aire fresco me hizo sentir un poco mejor. Durante las dos calles de camino al The Countess, caí en la cuenta de que, tarde o temprano, Weston vería el correo cuando le devolviese el móvil. Si estaba esperando a comentarme algo que había surgido (a lo que hacía referencia el correo), me lo diría pronto. Seguro que no tenía que esperar mucho para saciar mi curiosidad.

En una hora o dos me estaría riendo de lo tonta que había sido por agobiarme por un correo de un contratista sesentón. Weston me diría que teníamos que revisar un presupuesto para darle el visto bueno y asunto zanjado.

Seguro que era eso.

Hasta me reiría de mí misma.

Aunque, mientras regresaba al The Countess, me sentí más inquieta que risueña.

—Entonces, ¿tenemos que comentar algún otro problema? —pregunté.

Acababa de terminar y me había acercado a su despacho. Eran casi las diez de la noche y le había devuelto el móvil a Weston hacía horas, pero él seguía sin mencionar que tuviera que aprobar algo.

Sacudió la cabeza.

—Ahora mismo no se me ocurre ningún otro problema.

Tal vez debería recordárselo por si se había olvidado…

—¿Y algo de la reparación o de los presupuestos? Te he traído hace unas horas uno de la empresa del WiFi, que quiere renovar nuestros servicios. ¿Tú tienes alguno para mí?

Weston pareció pensarlo.

—No, lo único que tengo pendiente es revisar las fechas que nos deben los Bolton. Aparte de eso, creo que ya está.

Sentí un hueco en el estómago. ¿Se había olvidado del correo?

—Bueno, pues voy arriba. Hoy he recibido bastantes correos y todavía tengo que responderlos. ¿A ti también te ha pasado?

Weston se encogió de hombros.

—No. De hecho, ya estoy al día. —Y esbozó una sonrisa petulante—. Supongo que soy más eficiente que tú.

Me obligué a sonreír. No quería irme de su despacho todavía porque me aferraba a la esperanza de que se acordase, pero no sabía qué más decir, así que me quedé en el sitio, incómoda.

Al final, Weston dijo:

—Nos vemos arriba en un rato, tengo que acabar unas cosas.

Me deshinché como un globo.

—Vale.

De vuelta en la habitación, me sentía defraudada conmigo misma. ¿Por qué no le había preguntado por el correo? Había visto la notificación sin querer. No podía enfadarse por eso. Sin embargo, en lugar de terminar con mi sufrimiento, había dejado que esos pensamientos se enconasen profundamente.

En el fondo, sabía que el problema no era que hubiese hecho algo malo. No me preocupaba confesarle a Weston que había leído una notificación en su móvil. Lo que me ponía nerviosa era que me dijera que no se trataba de nada de lo que se me había ocurrido y no lo creyese. Me costaba muchísimo confiar en la gente y odiaba pensar lo peor de entrada. Así que traté de ocultar mis miedos y me aferré a la convicción de que la situación se arreglaría.

«Seguro que ve el correo y me dice algo cuando suba. Estoy haciendo una montaña de un grano de arena».

En lugar de desgastar la alfombra de tanto pasearme, decidí darme un baño. Llené la bañera con agua caliente y eché sales aromáticas. Me metí, cerré los ojos, inspiré hondo y exhalé.

«Estoy en una playa de Hawái. Siento el calor del sol en el cuerpo, y el sonido de las olas al chocar contra la orilla me produce somnolencia».

Pero ¿dónde estaba Weston? ¿Por qué no había venido todavía?

«Porque es un capullo y un mentiroso al que ya no le dirijo la palabra. Por eso».

Volví a inspirar hondo para calmarme y tratar de apartar esos pensamientos.

Esta vez fui a un sitio de Londres que me encantaba y que no tenía nada que ver con Weston: un parquecito con vistas al río a unas calles de donde vivía. Por desgracia, cuando me imaginé sentada en un columpio admirando las vistas, por el rabillo del ojo me fijé en una pareja que estaba sentada sobre una manta.

Liam y mi prima.

Me volví para correr hacia otro lado y vi a mi padre cerniéndose sobre mí.

Chasqueó la lengua.

—Te lo dije.

Suspiré y abrí los ojos. Tal vez fuera mejor que probase con música, con algo que pudiese cantar. Estiré la mano hacia donde había dejado el móvil, abrí la aplicación de Spotify y elegí una lista de reproducción de canciones antiguas que casi me sabía de memoria. Después de unas seis o siete canciones, por fin sentí que se me relajaban los hombros. Hasta que «Honesty», de Billy Joel, empezó a sonar. Cantaba sobre lo solitario que era el mundo y lo difícil que era descubrir la verdad, y regresó la tensión de la que me había deshecho. Frustrada, salí de la bañera y apagué la música antes de que terminara la canción.

Tras secarme, me puse uno de los albornoces cómodos del hotel y me apliqué crema hidratante en la cara y en el cuerpo. Salí al pasillo en dirección a la habitación y pegué un bote cuando me encontré a Weston quitándose los zapatos.

—Joder. —Me llevé la mano al pecho—. Me has dado un susto de muerte. No te he oído entrar.

Weston dejó a un lado el segundo zapato y se irguió con una sonrisa arrogante.

—Porque estabas cantando canciones horribles y antiguas. Menos mal que eres preciosa e inteligente, porque cantas de pena.

Me tapé más con el albornoz.

—Cantar me ayuda a relajarme.

Weston se acercó y me posó las manos en los hombros.

—Sé de algo que te ayudará a relajarte y que no implica que los de las habitaciones contiguas crean que estamos matando gatitos.

Estaba de broma, pero se dio cuenta de que me costaba sonreír.

Colocó dos dedos bajo mi barbilla y la alzó para mirarme a los ojos.

—¿Estás bien?

Desvié la mirada.

—Tengo muchas cosas en la cabeza.

—Te entiendo. Vamos a contrarreloj. Te propongo algo: voy a ducharme en un momento y cuando vuelva te daré un masaje en los hombros con esa crema que te gusta tanto —propuso mientras se inclinaba hacia mí.

Quería confiar en él, así que traté de buscar algún gesto que indicara que mentía, pero no vi nada.

—¿Por qué no te quitas el albornoz y te metes en la cama? —sugirió—. Solo tardaré unos minutos.

Me obligué a sonreír de nuevo y asentí.

Me besó suavemente antes de meterse en el baño. Unos minutos después, yo seguía en el mismo sitio y oí que abría el grifo de la ducha. ¿Qué hacía? Él no tenía ni idea de lo que me pasaba por la cabeza, así que saldría del baño, me daría un masaje y pensaría que solo eran los preliminares. Con estos sentimientos, no podría hacerlo. Tenía que hablar con él.

No hice otra cosa que darle vueltas al asunto y barajar las opciones sobre cómo sacar el tema sin que sonase a acusación. Estaba tan absorta que no escuché el ruido proveniente del baño. Weston había puesto «Don't Stop Believin'» de Journey, una de las canciones que había cantado yo mientras terminaba de bañarme. Di una palmada en el bolsillo del albornoz y me di cuenta de que había dejado el móvil en el baño, así que seguro que él había decidido poner la misma lista de reproducción. Unos segundos después, una voz grave acompañó a la de Steve Perry en el estribillo. Cantaba bien y tenía una voz de lo más *sexy*. Incluso con todo lo que estaba pensando, tuve que sonreír ante su sentido del humor. Me estaba imitando para pincharme.

Me gustaba mucho, joder, y quería que todo fuese un gran malentendido por mi parte. Tenía tantísimas ganas de descubrirlo…

Me encaminé hacia lo que se había convertido en mi lado de la cama, pero por el rabillo del ojo capté algo dorado a la altura de los pies, justo donde se había sentado Weston.

El corazón se me puso a mil.

Su móvil.

Tenía otra oportunidad.

Podía echar un vistazo rápido y darlo por zanjado de una vez por todas.

Ni siquiera tendría que sacar el tema.

Weston nunca se enteraría de que había dudado de él.

En menos de treinta segundos lo sabría, sabría que no había hecho nada malo.

O...

O...

Ni siquiera pude pensar en la alternativa.

Pero tenía que cerciorarme.

Esta vez no pensaba desaprovechar la oportunidad.

Con el corazón acelerado, cogí el móvil a los pies de la cama. Empecé a escribir la contraseña y en ese momento la música dejó de sonar.

Mierda.

Había terminado de ducharse.

Apenas tardaría un par de minutos en secarse.

Tenía que darme prisa.

Me temblaban las manos al teclear los dos números. El teléfono se desbloqueó y abrí la aplicación del correo. En la segunda página, abrí uno al azar para ver a qué hora lo había recibido y vi que había sido antes del que estaba buscando. Se me habría pasado con las prisas. Volví a los anteriores y leí la primera línea de cada mensaje hasta dar con ese mismo de nuevo.

Nada.

No había pruebas del correo que había recibido.

Miré la puerta cerrada del baño y sentí como si una bomba estuviera a punto de explotarme en el pecho. Weston saldría en cualquier momento.

¿Dónde narices estaba el puñetero correo?

¡Mierda!

¡En la papelera!

Tenía que revisar los correos borrados.

Encontré la carpeta enseguida, la abrí y se me paró el corazón. Estaba arriba del todo. Era el único que había borrado esa tarde.

Volví a mirar hacia la puerta cerrada del baño una vez más, inspiré hondo y abrí el correo.

Para: Weston.Lockwood@LockwoodHospitality.com
De: Oil44@gmail.com

¿Has conseguido ya lo que necesitamos de la muchacha Sterling?
Date prisa, Weston. Demuéstrame que todavía puedes aportar algo a esta familia. Tenemos que saber su oferta.

Al final del correo aparecía la firma:

Oliver I. Lockwood.
Director ejecutivo de Lockwood Hospitality Group

Debajo estaba la respuesta:

Para: Oil44@gmail.com
De: Weston.Lockwood@LockwoodHospitality.com

Lo tengo. Estoy esperando a que termine para ver si cambian algo.

Me entraron ganas de vomitar. Aunque no fue eso lo que hice cuando la puerta del baño se abrió.

# Capítulo 25

## *Weston*

—Este albornoz es la caña. —Salí del cuarto de baño frotándome uno de los brazos—. No me extraña que te lo pongas siempre. Creía que te daba vergüenza pasearte desnuda. ¿Crees...?

Pum. Algo me golpeó en la cabeza. Y con fuerza.

Levanté la mano y palpé humedad justo encima de mi ceja izquierda.

Confundido, esperaba que hubiera un intruso o algo. Pero no. Lo que vi cuando levanté la vista fue a una mujer cabreadísima.

—¿Qué cojones, Sophia? ¿Me acabas de lanzar algo?

Tenía la cara roja.

—¡Serás cabrón!

Mi móvil estaba un poco más allá, en el suelo. La pantalla se había agrietado.

—¿Me has lanzado el móvil? —Me miré los dedos. La humedad era sangre—. ¡Estoy sangrando, joder!

—¡Mejor!

—¿Has perdido el juicio? ¡Me acabas de abrir la cabeza con el móvil!

—Eso parece... Por haberme acercado a ti de alguna forma. Sal de mi vista, Weston. ¡Vete!

—Pero ¿qué pasa? ¿Qué narices he hecho?

—¿Que qué has hecho? Te diré qué cojones has hecho. ¡Nacer!

—Soph, no sé qué te ha dado de repente, pero independientemente de lo que creas que he hecho, no me puedes lanzar un puto móvil a la cabeza.

Se acercó a mesita auxiliar y cogió la lamparita.

—Tienes razón. Esto dolerá más. Y ahora vete o te juro que te la lanzo también.

Levanté las manos.

—Dime qué he hecho, o qué sospechas que he hecho, y me iré.

Se me quedó mirando fijamente y habló con la mandíbula apretada.

—«¿Has conseguido ya lo que necesitamos de la muchacha Sterling?».

Arrugué el rostro.

—¿Qué? ¿De qué hablas?

—¿No te suena de nada? Espera, ¿y qué tal el «Lo tengo. Estoy esperando a que termine para ver si cambian algo».

Tal vez fuera la herida en la cabeza, pero me llevó varios segundos procesarlo. Aunque, en cuanto lo hice, me golpeó más fuerte incluso que el móvil. Cerré los ojos.

Mierda.

Mierda.

Mierda.

Mierda.

Había leído mis correos.

Negué con la cabeza.

—Puedo explicarlo.

—Sal. De. Aquí.

Di un paso hacia ella.

—Soph, escucha…

—¡Que no des un paso más! —Se quedó quieta un buen rato. Vi cómo los ojos se le empañaban, aunque intentó contener las lágrimas lo mejor que pudo. Le temblaba la voz cuando por fin volvió a hablar—. Vete. No quiero oír nada de lo que tengas que decirme.

Su labio inferior tembló y lo sentí como un mazazo en mi corazón.

—Me iré. Pero tenemos que hablar, Soph. Se trata de un malentendido.

Una enorme lágrima descendió por su mejilla, pero siguió mirándome a los ojos.

—¿Puedes mirarme a la cara y decirme que ese correo es sobre otra cosa que no sea usarme para robar información sobre nuestra oferta?

Tragué saliva.

—No, pero…

Levantó las manos.

—Vete, Weston, por favor.

Bajé la mirada.

—Me iré. Pero esto no se ha terminado. Cuando te calmes, hablaremos.

Sin querer faltarle todavía más al respeto, fui hasta la puerta. Darle el espacio que necesitaba era lo mínimo que podía hacer, así que me marché en silencio, sin decir nada más.

Fuera, en el pasillo, una mujer mayor salió de su habitación a unas cuantas puertas de distancia. Al verme, se cerró la rebeca y giró la cabeza. Entonces reparé en que solo llevaba puesto el albornoz del hotel. También me había dejado la llave de mi habitación dentro, y eso sin mencionar que ahora mi móvil estaba roto. Eché otro vistazo rápido a la *suite* de Sophia y decidí que llamar no era una opción. Tendría que hacer de tripas corazón y bajar al vestíbulo así para hacerme con otra llave de la habitación. Y el móvil… bueno, ahora esa era la menor de mis preocupaciones. Lo único que importaba era conseguir que Sophia me escuchara.

Aunque ni siquiera sabía si eso llegaría a arreglar lo que había destruido.

Al día siguiente, me levanté a rastras de la cama a las siete, aunque no había pegado ojo. Me puse unos pantalones y una camisa, me cepillé los dientes y me lavé la cara. La tirita que anoche me había colocado en la cabeza se había oscurecido por culpa de la sangre, así que me puse una nueva. Hasta ahí pude llegar esa mañana. «A la mierda afeitarse. Y a la mierda la ducha».

Me había pasado las últimas ocho o nueve horas dándole vueltas a lo que le iba a decir a Sophia. Si le contaba la verdad, no le haría gracia. Pero mentirle y ocultarle cosas era lo que me había metido en este embrollo y, si cabía la posibilidad de ganarme de nuevo su confianza, tenía que empezar a ser sincero. Aunque la verdad le doliera.

Abajo en el vestíbulo, compré dos cafés grandes y fui directo al despacho de Sophia. Tenía la puerta cerrada, así que me dirigí hacia la sala de juntas que usaba su equipo.

Llamé y abrí la puerta.

—¿Está Sophia?

Charles sacudió la cabeza.

—¿Has pasado una mala noche?

—¿Eh?

Me señaló la tirita en la frente.

—Ah —dije—. Algo así. ¿Está aquí?

—No. Prueba a llamarla. Aunque a esta hora ya debería estar embarcando, así que quizás no puedas contactar con ella hasta dentro de unas cuantas horas.

—¿Embarcando? ¿Adónde va?

—A West Palm. A ver a su abuelo.

«Mierda».

Tenía planificado un viaje a finales de semana, el día anterior a enviar las ofertas, pero hoy no.

—¿Sabes por qué va?

Charles torció el gesto.

—Supongo que para hablar de negocios. Y seguro que ya te he dado más información de la que a los Sterling les habría gustado que te revelara. Así que, si tienes más preguntas, deberías planteárselas directamente a Sophia.

Desanimado, me dirigí a mi despacho. Necesitaba hablar con ella, aunque tendría que pedirle su número de teléfono a alguien, ya que no me lo sabía de memoria y seguía sin móvil. Abrí la puerta del despacho y me encontré un montón de cosas encima del escritorio. Sobre la pila de ropa doblada que había dejado anoche en su *suite* estaba mi móvil con la pantalla rota.

Hundí los hombros. El mensaje de Sophia me había llegado alto y claro: «No quiere saber nada de mí».

Durante el resto del día me puse en piloto automático. Lidié con los efectos colaterales de la inundación en el salón en obras, revisé unos cuantos informes de tasación de última hora, me reuní con el equipo legal y me pasé por la tienda de móviles para que me arreglaran la pantalla. Por suerte, parecía tratarse del único daño, cosa que me sorprendía teniendo en cuenta que me había golpeado en la cabeza con la suficiente fuerza como para partir la pantalla. Había llamado a Sophia cuatro veces, pero en cada ocasión saltó el buzón de voz. Las cosas que necesitaba decirle no eran para comentar por teléfono, y mucho menos en un mensaje, así que colgué todas las veces.

A las seis de la tarde, ya estaba empezando a volverme loco, así que decidí ir a dar un paseo por la calle. El primer bar por el que pasé me llamó la atención, pero seguí caminando sin ralentizar el ritmo. El segundo estaba en la misma manzana. Vacilé muy ligeramente, pero, aun así, seguí andando. Para cuando pasé junto al tercer bar en otra manzana, empecé a sentir que esa cosa me llamaba por mi nombre. Así que, cuando reduje el paso hasta casi quedarme quieto, me obligué a llamar a un Uber en vez de jugármela volviendo al The Countess a pie.

Por suerte, en Nueva York había tantos Uber como taxis, así que mi coche llegó en menos de dos minutos.

—¿Al hotel The Countess? —preguntó el conductor, mirando por el espejo retrovisor. Probablemente estuviera pensando que era pedazo de vago con lo cerca que estábamos.

—Sí… Bueno, ¿sabe qué? Olvídese. ¿Puede llevarme al 409 de Bowery?

El tipo torció el gesto.

—Va a tener que cambiar el destino desde la aplicación.

Gruñí y me llevé la mano al bolsillo. Saqué un billete de cien de la billetera y lo tiré sobre el asiento delantero.

—Conduzca. ¿Con eso valdrá?

El tipo se guardó los cien pavos en el bolsillo.

—Usted manda.

—Bueno, bueno, mira a quién tenemos aquí. Ya casi va a empezar *Jeopardy!* Ya que vas a interrumpirme el programa, ¿me has traído al menos los rascas?

Que yo recordara, era la primera vez que me presentaba allí con las manos vacías. Y, en realidad, no me había olvidado.

—Lo siento —le dije—, no quería pararme. La tienda al final de la manzana a la que suelo ir vende cerveza.

El señor Thorne cogió el mando y apagó la tele.

—Siéntate, hijo.

No me dijo nada más, sino que esperó a que fuera yo el que le contara qué pasaba. Sabía que esperaría pacientemente hasta que reorganizara mis ideas, así que solté un suspiro y me pasé una mano por el pelo.

—No sé por dónde empezar.

—Entonces empieza por el principio.

Escondí el rostro entre mis manos.

—La he jodido.

—No pasa nada. Todos cometemos errores. Cada día es una nueva oportunidad para empezar a estar sobrios.

Negué con la cabeza.

—No, no es eso. No he bebido nada. Cuando me he dado cuenta de que iba por ese camino, he pedido un Uber y he venido directo aquí.

—Bueno, eso está bien. Para eso estamos los padrinos. Me alegro de que sintieras que podías acudir a mí. Dime qué te pasa, entonces.

Solté el aire de los pulmones con dificultad.

—Te acuerdas de la mujer que te he mencionado varias veces, ¿no? La que conociste el otro día en el The Countess.

Asintió.

—Sí, Sophia, la mujer que quiere pegarte en las pelotas la mitad del tiempo y que es demasiado guapa para alguien tan feo como tú.

Esbocé una sonrisa cargada de tristeza.

—Sí, ella.

—¿Qué le pasa?

—Ahora estamos juntos. O, al menos, lo estábamos.

—Vale… ¿qué ha pasado para que cambien las cosas?

—He traicionado su confianza.

—¿La has engañado?

—No. Bueno, no de la manera que estás pensando.

—¿Entonces?

—Es una larga historia.

—Supongo que es una suerte que dispongas de un público entregado. Ya sabes que no me funcionan las piernas y no puedo levantarme por muy aburrida que sea tu historieta, ¿no?

Suspiré.

—Sí.

Aunque el señor Thorne ya conociera lo peor de mí, me avergonzaba admitir lo que había hecho. Al menos, el resto de cosas horribles que había hecho a lo largo de los años podía achacárselas al alcohol.

—Continúa —me alentó—. Créeme, sea lo que sea, yo he sido peor, hijo. No voy a pensar menos de ti.

—Vale. —Respiré hondo y me preparé para empezar por el principio—. Bueno, te conté que nuestras familias no se llevan bien. Nuestros abuelos se pelearon por una mujer llamada Grace hace más de cincuenta años. Grace murió hace unos meses y dejó el cuarenta y nueve por ciento del hotel a cada uno de ellos.

El señor Thorne gruñó.

—Lo único que mi ex me dejó a mí fueron los papeles del divorcio.

Sonreí.

—La cosa es que mi abuelo odia al abuelo de Sophia. Y ya sabes en qué términos estoy con él desde mi última cagada.

Asintió.

—Sí.

Tomé aire profundamente.

—Bueno, pues mi abuelo me llamó justo después de bajarme del avión en el que también viajaba Sophia. Yo le mencioné quién se había sentado a mi lado y él me atacó y me dijo que al final acabaría distraído con líos de faldas. —Sacudí la cabeza—. Me dijo que me diera la vuelta y regresara en el próximo vuelo. Que yo no era el indicado para el trabajo porque las mujeres y el alcohol eran mi debilidad. Le respondí que se equivocaba, pero él insistió en que enviaría a mi padre y entonces me colgó. Yo acababa de salir de la zona de seguridad, así que me dispuse a tomar un poco el aire antes de decidir qué hacer a continuación. Diez minutos después, mi abuelo me volvió a llamar y me dijo que había cambiado de parecer y que tenía una nueva estrategia. Como yo era un donjuán, quería que sedujera a Sophia y me enterara de la cifra que iban a ofrecer los Sterling.

Los ojos del señor Thorne adoptaron el brillo oscuro de la decepción.

—¿Y tú accediste?

Cerré los ojos y bajé la cabeza antes de asentir.

—En aquel momento solo pensaba en cómo lograr que me dejara quedarme para demostrarle que no era un fracasado. Habría accedido a cualquier cosa. Tras reflexionar, me di cuenta de que no me quedaba nada más en la vida aparte del trabajo. Había perdido a Caroline, la mayoría de mis amigos eran fiesteros y tenía que alejarme de ese ambiente. —Resoplé—. Tú eres prácticamente el único amigo que tengo.

Él sacudió la cabeza.

—De todas las cosas de las que hemos hablado a lo largo de los años, esa última tiene que ser la más triste. Pero ya llegaremos a eso. Centrémonos en la zagala. Entonces, le dijiste a tu abuelo que lo harías, ¿y después qué?

Me encogí de hombros.

—Después… me enamoré de ella.

—Entonces, ¿te acercaste a ella con la intención de seducirla y luego eso cambió?

—Esa es la cosa. Aunque le dijera a mi abuelo que iba a acatar su orden, en realidad nunca lo hice. Sophia y yo hemos tenido una extraña relación de amor-odio desde el instituto, así que todas las veces que me metía con ella y luego las cosas se calentaban no significaban que estuviese jugando con ella. Era real. Siempre ha sido real, joder. Nada de lo que le haya dicho a Sophia o haya hecho con ella ha tenido que ver con mi abuelo. —Hundí los dedos en el pelo y tiré de los mechones—. Pero cada vez que me pregunta si voy a poder conseguir la información de su oferta, yo le aseguro que sí.

—¿Y nunca tuviste la intención de obtener esa información de Sophia?

Sacudí la cabeza.

—Tenía pensado inventarme una cantidad un poquitín por debajo de la nuestra y a volar. Si todo mi trabajo en el hotel había sido acertado, entonces ganaríamos igualmente, y nadie tendría por qué saber nada.

—¿Y le has contado esto a Sophia?

—No me ha dado la oportunidad.

—Y ahora piensas que no se lo va a creer cuando por fin le cuentes la verdad.

—Estoy segurísimo de que no. Vaya, incluso cuando te he contado la historia a ti ha sonado a excusa de las malas.

El señor Thorne asintió.

—Odio admitirlo, pero tienes razón.

—Genial. —Hundí los hombros—. He venido aquí pensando que tú me dirías algo distinto.

—Teniendo en cuenta que soy tu único amigo, opino que es mi trabajo decirte las cosas como son. No necesitas que te dore la píldora. Lo que necesitas es a un amigo con quien desahogarte, a quien contarle tus problemas y que te ayude a resolverlos. Y, sobre todo, necesitas a alguien que te recuerde que beber solo empeorará las cosas.

Levanté la mirada hasta él.

—Lo sé. Supongo que solo quería fingir por un ratito que podía haber una salida fácil.

—Lo sé, hijo. Cuando nos pasa algo bueno, nuestro primer instinto es beber para celebrar. Cuando ocurre algo malo, queremos beber para olvidar. Y, cuando no pasa nada, bebemos para que algo ocurra. Por eso somos alcohólicos. Pero no podemos ahogar las penas en alcohol, porque las muy cabronas son nadadoras olímpicas.

Me obligué a sonreír.

—Gracias.

—Cuando quieras. Para eso estamos los mejores amigos. Pero no esperes que te trence el pelo. Por cierto, llevo tiempo queriendo decirte que ya va siendo hora de que vayas al peluquero.

Pasé la mayor parte de la noche junto al señor Thorne. No se nos ocurrió ninguna manera fácil de salir del lío en el que me había metido, pero no fue por falta de ganas. Por desgracia, no había modo fácil de salir de esta. Solo esperaba que al menos hubiera alguno, fácil o no.

# Capítulo 26

## *Sophia*

Toc, toc, toc.

Era casi medianoche. A menos que se tratara del servicio de limpieza llamando a la puerta, cosa que dudaba, solo había una persona que podía llamar a esa hora.

Me mantuve en silencio con la esperanza de que creyera que me había dejado la luz encendida y me había marchado ya. Lo que menos me convenía era discutir con Weston. Después de pasar dos días con mi padre y con mi abuelo, estaba agotada, exhausta física y mentalmente. Esa noche, tras volver a hurtadillas al The Countess, lo único que me apetecía era meterme en la cama, pero mi abuelo me había pedido que le mandase un montón de cosas y, como ya estaba con el agua al cuello por lo que le había contado, quería demostrarle que me iba a comprometer al cien por cien. Así que había venido al despacho antes de volver siquiera a mi habitación. Al pasar por delante de la oficina de Weston hacía unos minutos, me había quedado tranquila al ver que la luz estaba apagada.

Toc, toc, toc.

Volví a contener la respiración una segunda vez.

—Soph, sé que estás ahí. He estado mirando las cámaras de seguridad del hotel desde que te fuiste, esperando a que volvieras. Te he visto entrar hace un rato.

—Déjame en paz, Weston.

Para variar, no me hizo caso, sino que entreabrió la puerta. En vez de abrirla del todo, solo la movió hasta dejar abierta una rendija.

—Voy a entrar. Por favor, no me tires nada. Solo quiero que me des dos minutos.

Puse una mueca. Por mucho que lo odiase, me sentía mal por haberle lanzado el móvil y haberle hecho daño. Nunca había sido violenta con nadie.

La puerta chirrió al abrirse y entonces Weston entró. Verlo me provocó un dolor en el pecho. Tenía el pelo alborotado y parecía llevar días sin afeitarse. Vestía una camisa arrugada, unos pantalones con los que estaba segura de que había dormido, y una enorme tirita le cubría la zona de la frente sobre la ceja izquierda.

Suspiré. Ayer pasé de estar furiosa a triste. Ya no quería tirarle un móvil a la cara; en su lugar, lloré hasta quedarme dormida. Ni siquiera lloré cuando Liam y yo rompimos, y eso que habíamos estado bastante tiempo juntos. Pero no pensaba darle a Weston la satisfacción de saber lo dolida que estaba. Ya bastaba con que hubiera caído en su juego. Mi orgullo no sobreviviría si veía lo fatal y triste que me había dejado. Así que intenté mostrarme borde y resentida, aunque no tuviera fuerzas ni para eso. Simplemente quería que acabase con ese maldito juego para poder pasar página.

—¿Qué quieres, Weston? Estoy cansada del viaje y necesito terminar un par de cosas del trabajo antes de irme a dormir.

Entró y cerró la puerta suavemente.

—Lo siento mucho, Soph.

—Vale, genial. Gracias. ¿Has acabado ya?

La táctica de Weston de ponerme ojitos de cordero degollado era buena. Si no supiera lo buen actor que era, habría creído que se sentía mal de verdad.

—Sé que la cosa no pinta bien, a juzgar por lo que has leído. Pero te juro que no he utilizado tu información y no pensaba darle nada a mi familia. Tienes que creerme.

—Lo cierto es que no. Lo que tengo que hacer es aprender de los errores que he cometido. Y el primero fue creerme lo que salía por tu boca. Pero no te preocupes, que eso no volverá a pasar.

Dio varios pasos hacia mí.

—Mi abuelo no confiaba en mí para ocupar el cargo cuando le dije que serías tú la que se encargaría de llevar las cuentas de los Sterling. Él era muy consciente de que, dados mis antecedentes estos últimos años, las mujeres y el alcohol habían sido mi ruina. Quería pasarle el testigo a mi padre. Solo claudicó cuando acepté sonsacarte información.

—Mi padre me dijo lo mismo. Creo recordar que sugirió que usara mis «armas de mujer» para sonsacarte información, pero eso ya lo sabías, ¿no? ¿Y por qué lo sabías? Porque te lo conté.

Weston cerró los ojos.

—Ya.

Sentí el ardor previo a las lágrimas. Tragué con fuerza y proseguí:

—Fui lo bastante tonta como para dejarte solo en mi *suite* con todos los documentos y mi portátil. Seguro que te partiste de risa mientras rebuscabas entre mis cosas. He sido la pardilla más ingenua del mundo.

—Para nada. No miré tus cosas, te lo juro.

Me explotaba la cabeza por las estupideces que había cometido estando con él.

—Dios. Lo hemos hecho a pelo. ¿Me hago las pruebas para las ETS ya? ¿También me has mentido en eso?

Weston cerró los ojos.

—No, no tengo nada. Jamás te haría algo así.

Qué estúpida había sido. Había confiado en mi mayor enemigo; lo había creído por encima de mi propia familia y, de paso, había puesto en peligro mi trabajo.

—¿Qué hago, Soph? —me suplicó—. ¿Qué hago para demostrarte que te estoy diciendo la verdad? Si quieres, llamamos a mi abuelo en altavoz para preguntarle si le he pasado información. Haré cualquier cosa que me digas.

Negué con la cabeza.

—¿Harías cualquier cosa? Entonces vete, Weston.

Nos miramos a los ojos y vi que los suyos estaban anegados de lágrimas. Joder, qué estúpida era. Incluso después de lo que había pasado, quería creerlo. Quería fingir no haber visto el correo y que las cosas volvieran a ser como antes. Pues sí que me había enamorado como una tonta.

Al final, él acabó asintiendo.

—Vale.

Se dio la vuelta y abrió la puerta, pero se me ocurrió algo que podía hacer por mí, así que lo llamé.

—Oye, le he dicho a mi familia que en un descuido he dejado algunos papeles del trabajo en una zona a la que tú tenías acceso. Me daba demasiada vergüenza contarle a mi padre y a mi abuelo que la zona en cuestión había sido mi habitación y que te había dejado ver más que los papeles, así que, si de verdad quieres hacer algo por mí, al menos sigue fingiendo. Lo último que necesitan saber los hombres de mi familia es que he dejado que mis emociones me nublen el juicio.

Weston se encogió.

—Entiendo.

Me quedé mirando la puerta cerrada después de que se fuera. Parecía simbólico. La otra noche dio la impresión de que habíamos dejado las cosas sin resolver. Era evidente que necesitábamos una última conversación. Ahora que todo había acabado, debería haberme sentido mejor. Pero aquello significaba aceptar lo que había pasado y alejarme de esa puerta bien cerrada. Aunque a lo mejor tenía que ponerle un candado doble para cerciorarme de que no la volvía a abrir sin querer.

# Capítulo 27

## *Weston*

Dos días después, aguardaba impacientemente que Sophia se presentara.

Teníamos una reunión programada con Elizabeth Barton, la abogada del hotel, para hablar de unos asuntos de última hora relacionados con temas de renovación de contratos. Esperaba recibir una llamada para avisarme de que la reunión se había cancelado o, al menos, de que pasaría a ser por videollamada en vez de presencial. Yo llegué una media hora antes, solo por si Sophia aparecía. Pero, con cada minuto que pasaba, perdía un poquito más la esperanza de que se presentara.

Justo a las nueve, un borrón rojo apareció en la puerta. La entrada al vestíbulo era una pared de cristal, así que vi a Sophia vacilar con la mano en la puerta. Respiró hondo, levantó la barbilla, cuadró los hombros y, joder, yo me enamoré mil veces más de ella.

Hasta ahora había pensado que lo que la hacía tan irresistible para mí habían sido nuestras discusiones. Su enfado era mi mecha y yo, solo un niño a quien le gustaba jugar con cerillas. Pero, en ese momento, me di cuenta de que no era su ira lo que me había atraído, sino su fortaleza. Cuando entró en la sala, su belleza era innegable. Cuando sonrió, casi se me doblaron las rodillas. Pero cuando se irguió y sus ojos brillaron con determinación, no fue la mecha para mi llama. Sino que ella misma se convirtió en fuego. Un fuego descontrolado y precioso.

Maravilloso.

Y sencillamente perfecto.

El corazón me martilleó en el pecho mientras se acercaba al mostrador de recepción y les decía algo a los trabajadores. Aunque solo estuviera a metro y medio, y el área de recepción se hallara más bien tranquila, no pude oír ni una palabra. Tenía los oídos embotados.

Desde nuestra conversación de la otra noche, había practicado lo que le diría si tenía otra oportunidad. Había planeado darle más detalles; poner todas las cartas sobre la mesa y convencerla de que nunca había sido mi intención traicionarla. Pero lo cierto era que nada de eso importaba ya. Haber planeado seguir adelante con lo de sonsacarle información o no era casi irrelevante. El hecho de haber accedido a ello y no habérselo contado ya era traición suficiente. Ahora lo que me tocaba no era centrarme en lo que había hecho mal, sino en lo que sentía por ella y lo que iba a hacer para arreglar las cosas.

Con aquel nuevo plan de acción, me levanté y caminé hacia la recepción, donde Sophia seguía.

—Ah, hola —me saludó la mujer—. Le estaba diciendo a la señorita Sterling que la señora Barton va a llegar unos minutos tarde. Tenía una videollamada internacional antes de su reunión y ha empezado tarde.

Sophia irguió la espalda todavía más y me ignoró.

—¿Sabe cuánto tiempo va a tardar? —preguntó ella—. Tengo otra reunión después de esta.

Habría apostado mi cuenta bancaria a que mentía.

—No debería tardar más de diez o quince minutos —respondió la recepcionista—. ¿Le traigo una taza de café o té mientras espera?

Sophia suspiró.

—No, gracias.

La recepcionista me miró a mí, pero yo sacudí la mano.

—Yo estoy bien.

—Vale. Bueno, ¿por qué no se sientan? Yo los avisaré en cuanto haya terminado su llamada.

—De hecho… —Di un paso hacia adelante—. ¿Por casualidad no tendrán otra sala de juntas libre?

—Eh… sí, claro. La que usarán para la reunión está disponible. ¿Necesita hacer una llamada o algo?

Sacudí la cabeza.

—No. La señorita Sterling y yo tenemos algunos asuntos que tratar. ¿Cree que podríamos usarla antes de que la señora Barton esté disponible?

La recepcionista sonrió.

—Claro, sin problema. —Se puso en pie—. ¿Por qué no me siguen? Informaré a Elizabeth de su ubicación cuando termine.

Sophia parecía confusa, así que me aproveché de ello, porque sabía que una vez recuperara la noción de la realidad no entraría a una sala conmigo voluntariamente. Coloqué la mano en la parte baja de su espalda y extendí la otra para que ella entrara primero.

—Después de ti…

Apretó la mandíbula, pero no quería montar ninguna escenita. Ese no era el estilo de Sophia, al menos en el vestíbulo delante de la recepcionista. No me cabía duda de que una vez cerrara la puerta de la sala de juntas, me gritaría una y mil veces más lo cabrón e hijo de puta que era. Así que tendría que dejarla fuera de juego interviniendo antes de que ella tuviera la oportunidad de hacerlo.

Seguimos a la recepcionista hasta una larga sala de juntas. Me alegraba de que no tuviera cristalera, como les gustaba hoy en día a los corporativos estadounidenses para que todo lo que sucediera dentro fuera visible a cualquiera que pasara por allí.

—¿Seguro que no quieren que les traiga un café? —preguntó desde la puerta, una vez habíamos pasado dentro los dos.

—No, gracias —respondió Sophia.

—Yo estoy bien. —Sonreí y señalé la puerta—. Si no le importa, voy a cerrarla.

—Ah, claro. Por supuesto. Ya lo hago yo. —La recepcionista agarró la manilla y la cerró con suavidad.

—Weston… —saltó Sophia al instante.

Pero yo la corté.

—Necesito treinta segundos. Y si quieres, después de eso, iré a esperar al vestíbulo. —No tenía ni la más remota idea del tiempo del que disponíamos, ni si tendríamos oportunidad de hablar otra vez antes de que terminaran las cosas en el The Countess, así que tenía que decirle lo que necesitaba… y rápido.

Sophia frunció los labios en una fina línea. No me dijo que sí, pero imaginé que el hecho de que no hablara era una buena señal. Así que empecé a pasearme arriba y abajo, mirando al suelo e intentando elegir las palabras adecuadas.

Sentía una opresión asfixiante en las costillas. Y sabía exactamente por qué. Tenía ese momento para quitarme todo ese peso de encima.

«Es ahora o nunca».

«No seas un gallina toda tu vida».

Así que respiré hondo, miré al otro lado de la mesa y esperé a que Sophia levantara la vista. Al final, aquel silencio incómodo la instó a hacerlo y yo me lancé a la piscina.

A la mierda.

«O todo o nada».

—Te quiero, Sophia. No sé cuándo empecé a quererte o si acaso eso importa. Pero necesito que lo sepas.

Al principio, vi la esperanza florecer en sus ojos. Los abrió como platos de la sorpresa, y esbozó la más mínima de las sonrisas. Pero aquella esperanza se marchitó tan rápido como había empezado a florecer.

Y vi cómo empezaba a recordar.

«A recordar que le había mentido».

«A recordar que debería odiarme».

«A recordar que no debería confiar en nada de lo que le dijera».

En menos de diez segundos, aquella diminuta sonrisa se revirtió, y sus ojos como platos se entrecerraron con sospecha.

—Tú no tienes ni idea de lo que es el amor.

Sacudí la cabeza.

—Te equivocas. Es verdad que ignoro un montón de cosas como, por ejemplo, cómo tener huevos suficientes para lidiar con mi familia o cómo decirle que no a mi abuelo cuando me pida hacer algo moralmente censurable, o incluso cómo estar en una relación, porque nunca he tenido a nadie normal en mi vida que me sirviera de ejemplo. Pero sí que sé, sin duda alguna, que estoy enamorado de ti. ¿Sabes cómo?

No respondió. Pero tampoco me dijo que parara.

Así que seguí.

—Sé que te quiero porque desde hace cinco años, cuando murió Caroline, dejé de querer ser un hombre mejor. Ni una sola vez me he mirado al espejo y me ha importado una mierda si me gustaba lo que veía o no. Pero cada mañana, desde que te subiste a aquel avión y me obligaste a cederte el asiento junto a la ventana, me he mirado a consciencia y me he preguntado qué podía hacer cada día para ser una mejor persona, un hombre mejor que se merezca a una mujer como tú.

»Sé que te quiero porque mi familia me desheredaría por enamorarme de ti. Y eso no me asusta ni la mitad que la posibilidad de que te marches de aquí sin creer que mi corazón te pertenece a ti más de lo que le haya pertenecido a nadie nunca.

»Sé que te quiero porque toda mi vida me he sentido como si no tuviera motivos para vivir más que como pieza de repuesto para mi hermana… hasta que te conocí.

»Sé que te quiero porque… —Sacudí la cabeza y me pasé una mano por el pelo—. Porque «eres la mejor, la más encantadora, tierna y hermosa persona que he conocido e incluso eso es un eufemismo».

Sophia abrió los labios y se le empañaron los ojos. No tuve que decirle que había tomado prestada esa cita de F. Scott Fitzgerald en vez de Shakespeare. Hace un mes, había buscado citas para burlarme de su ex, pero últimamente había empezado a disfrutar leyéndolas. Muchísimas me recordaban a ella, como esa misma.

Carraspeé.

—Soph, la he cagado. No es lo que piensas, pero soy consciente de que no importa que tuviera o no intención de darle a mi abuelo la información. Tendría que haberte hablado de ello y no haberle seguido el juego. No he tenido que traicionar tu confianza para perderla. Hasta la mentira más nimia y pequeña puede causar el más grande de los daños.

Ella resolló.

—Me siento como una idiota por querer creerte. —Negó con la cabeza y bajó la mirada—. Pero no puedo, Weston. No puedo.

—Soph, no. No digas eso. Mírame.

Ella siguió negando con la cabeza. Cuando una lágrima resbaló por su mejilla, levantó la vista y susurró:

—Countess.

Arrugué el ceño. Entonces recordé que la había obligado a elegir una palabra de seguridad en caso de que las cosas se volvieran demasiado intensas. Nunca la había pronunciado hasta ahora. Sentí que el corazón se me partía en dos.

Sophia se encaminó hacia la puerta de la sala. Yo fui a por ella, pero levantó la mano y me detuvo.

—No, por favor. Tengo que ir al baño. —Su voz sonó tan baja y cargada de emoción que me atravesó como un puñal—. No me sigas. Déjame tranquila. Ya has dicho lo que querías decir. Yo te he escuchado. De verdad. Y ahora quiero que me dejes en paz.

Bajé la cabeza y asentí.

—Ve. No quiero hacerte sentir peor.

Sophia no volvió hasta diez largos minutos después. Y, cuando lo hizo, era evidente que había estado llorando. Me sentí como un idiota por haberla molestado justo antes de una reunión de trabajo. Ambos nos quedamos en silencio mientras aguardábamos sentados a la mesa. De vez en cuando la miraba por el rabillo del ojo, mientras que ella evitaba todo contacto visual. Cuando Elizabeth Barton entró por fin en la sala, Sophia me miró a los ojos.

Sabía que le dolía estar sentada frente a mí en la mesa, así que me puse en pie a la vez que Elizabeth tomaba asiento. Ya tenía lo que había venido a conseguir, así que lo demás no importaba. Nada importaba. Lo mínimo que podía hacer era intentar que Sophia se sintiera un poquito mejor al no tener que mirarme a la cara.

Me abotoné la chaqueta y me aclaré la garganta.

—Lo siento, Elizabeth, pero me ha surgido algo y tengo que marcharme.

La abogada parecía sorprendida.

—Lo siento. ¿Deberíamos aplazar la reunión?

Miré a Sophia.

—No. Continuad vosotras dos. Ya me pondré al día contigo, si tienes tiempo.

A Elizabeth se la veía completamente descolocada.

—Ah… de acuerdo. Bueno, ¿por qué no pides hora en recepción para hablar en otro momento?

Asentí, evasivo.

—Claro.

Durante las siguientes cuarenta y ocho oras, visité al señor Thorne cuatro veces. Era eso o beberme una botella de vodka. Ignoré las llamadas de mi abuelo y tampoco me puse al día con Elizabeth Barton para conseguir la información que necesitaba de ella. La única responsabilidad que no mandé al garete fue la de lidiar con los Bolton. Ya habían mandado el presupuesto y el plan de obra revisados, así que hablé con Travis sobre la posibilidad de recortar en algunas cosas para mantener la oportunidad de terminar a tiempo para el primer evento programado para el mes que viene. No es que la obra me importara más que cualquier otra cosa, no, sino que Sophia estaba vulnerable y no quería que pasara tiempo con un hombre que mostraba interés en ella. Puede que me hubiese enamorado, pero seguía siendo un cabrón egoísta.

Sophia y yo nos topábamos por los pasillos. Ella hacía lo que podía por no cruzar miradas conmigo, mientras que yo hacía lo propio por no arrodillarme frente a ella y suplicarle que me perdonara. Las horas pasaban y la fecha límite para entregar nuestras ofertas se aproximaba. En menos de veinticuatro horas, todo habría acabado. Uno de nosotros conseguiría la victoria para su familia, mientras que el otro nunca superaría la vergüenza de haber perdido. Pero lo más importante era que Sophia y yo ya no tendríamos motivos para seguir en contacto. Uno de nosotros tendría que abandonar el recinto y todo sería igual que en estos últimos doce años: nos convertiríamos en personas que se veían muy de vez en cuando en algún que otro evento social, sin necesidad de cruzar palabra alguna.

La noche previa al día en que teníamos que enviar la oferta no pude dormir. Le había mandado la tasación final del hotel a mi abuelo, junto con mi recomendación para la puja. Él me había respondido preguntándome si estaba seguro de que nuestra oferta era superior a la de los Sterling. Le dije que sí, aunque en realidad no tenía ni idea.

A las cuatro y media de la mañana, ya no soportaba seguir tumbado en la cama, así que decidí salir a correr. Normalmente corría unos cinco kilómetros, pero hoy corrí hasta que me ardieron las piernas, y luego desanduve todo el camino de vuelta, deleitándome en la agonía que me provocaba en el cuerpo cada paso que daba.

La cafetería del vestíbulo ya había abierto, así que pedí una botella de agua y fui a sentarme en un rincón tranquilo donde Sophia y yo ya nos habíamos sentado anteriormente. Un cuadro enorme de Grace Copeland estaba colgado cerca y, por primera vez, me detuve a contemplarlo con calma.

—Lo pintaron a partir de una foto que le sacaron en su quincuagésimo cumpleaños —dijo una voz familiar.

Desvié la mirada y hallé a Louis, el gerente del hotel, admirando el cuadro conmigo. Señaló el asiento junto al mío.

—¿Le importa que me siente?

—Para nada. Adelante.

Seguimos contemplando el cuadro en silencio, hasta que al final me decidí a preguntarle:

—Estuvo con ella desde el principio, ¿verdad?

Louis asintió.

—Casi. Yo llevaba la recepción cuando este sitio no era más que un edificio ruinoso. Cuando Grace compró las partes del señor Sterling y de su abuelo tuvimos unos años difíciles, puesto que la situación económica era inestable. Había semanas en las que no podíamos siquiera pagar a los empleados, pero todos estábamos tan entregados a Grace que nos las arreglábamos para sobrevivir.

Volví a mirar el cuadro. Grace Copeland había sido una mujer muy guapa.

—¿Cómo es que nunca se casó después de romper el compromiso con el viejo Sterling? No pudo ser por falta de oportunidades, seguro.

Louis negó con la cabeza.

—Tuvo un montón de pretendientes. Y hasta salió con alguno de ellos. Pero creo que jamás se le curó el corazón roto. Aprendió a vivir con los pedacitos y, a veces, hasta llegó a entregar uno o dos, pero opinaba que solo podemos comprometernos con una persona cuando esa persona posee todo nuestro corazón.

Miré a Louis otra vez.

—Está casado, ¿verdad?

Sonrió.

—Desde hace cuarenta y tres años. Algunas mañanas estoy deseando salir de casa para poder descansar un poco de mi Agnes. Tiende a hablar mucho, sobre todo de la vida de los demás. Pero, por las noches, siempre estoy deseando volver con ella.

—¿Entonces cree que es verdad?

Él frunció el ceño.

—¿El qué?

—¿Cree que, si alguien se lleva el corazón de otra persona, no volverá a ser capaz de amar igual?

Louis se quedó pensativo un momento.

—Creo que hay personas que permanecen en nuestros corazones para siempre, incluso después de marcharse físicamente.

A las nueve y diez me sonó el teléfono. El número no me sonaba, pero tenía el presentimiento de saber de quién se trataba.

—¿Diga?

—¿Señor Lockwood?

—Sí.

—Soy Otto Potter.

Me recliné en la silla.

—Me imaginé que me llamaría.

—Bueno, solo quería asegurarme de que la oferta que he recibido por su parte es la correcta.

Respiré hondo y suspiré.

—Sí, lo que está escrito ahí es lo que la familia Lockwood está dispuesta a ofrecer.

—Y usted es consciente de que no habrá segundas oportunidades, ¿verdad? Se lo llevará el mejor postor.

Tragué saliva.

—Sí.

—Muy bien, pues. Pronto estaremos en contacto.

Tras colgar, cerré los ojos y esperé a que me acometiera el miedo. Pero, sorprendentemente, no lo hizo. En cambio, me sentí extrañamente tranquilo. Tal vez por primera vez en muchísimo tiempo o, tal vez, por primera vez en toda mi vida.

# Capítulo 28

## *Sophia*

—Enhorabuena una vez más, Sophia.

Elizabeth Barton me ofreció la mano para que se la estrechara cuando nos pusimos en pie en la sala de juntas.

—Gracias. —Logré esbozar una sonrisa medio pasable.

Había transcurrido una semana desde la llamada en la que me habían comunicado que mi familia había ganado la puja, aunque a mí se me antojaba más bien que había perdido la guerra. Mi padre había venido sin Spencer para invitarme a celebrarlo con una cena y mi abuelo me había ofrecido supervisar todos los hoteles de la costa oeste, la zona más grande en la que operábamos. Todo iba sobre ruedas, pero yo me sentía más perdida que nunca. La razón era obvia.

—¿Te quedarás supervisando el The Countess? —preguntó Elizabeth.

—Todavía no lo sé. Me han ofrecido un puesto en la costa oeste, pero aún no he decidido qué voy a hacer.

Ella asintió.

—Bueno, pues seguiremos en contacto hasta que me avises.

—Muchas gracias.

Elizabeth también le dio la mano a Otto Potter.

—Me alegro de conocerlo, Otto. Le deseo mucha suerte con Pies Felices.

—Teniendo en cuenta el cheque que me acaba de entregar, creo que Pies Felices caminará por la calle de la felicidad durante una buena temporada.

Elizabeth sonrió.

—¿Se dirige al centro? Porque podemos ir en taxi juntos.

Otto sacudió la cabeza.

—Voy a quedarme por aquí un rato más.

Ambos se estrecharon la mano y después Otto y yo nos quedamos solos. Él me lanzó una sonrisa cálida.

—Si tiene unos minutos, me gustaría hablar de algo con usted.

Hice un gesto con la mano hacia los asientos.

—Claro, por supuesto.

En cuanto nos acomodamos, Otto sacó un trozo de papel del bolsillo y lo desdobló. Lo deslizó por la mesa hacia mí.

—La puja era confidencial, pero he supuesto que como ya se han firmado los papeles y son los accionistas mayoritarios del The Countess, no importa que le enseñe la oferta de los Lockwood.

Cogí el papel y le eché un vistazo. Era el mismo papel que había firmado yo para pujar en nombre de mi familia, pero en el hueco de la cantidad de la puja habían escrito 1,00 $. Bajé la vista hasta la parte inferior del documento para comprobar quién había firmado y, sí, había sido Weston Lockwood.

Sacudí la cabeza y miré a Otto.

—No entiendo nada.

Él se encogió de hombros.

—Yo tampoco, así que llamé a Weston para cerciorarme de que no se hubiera equivocado. Me confirmó que, en efecto, esa era la oferta de su familia.

—Pero, entonces…, ¿quería perder?

Otto recogió el papel y lo dobló antes de guardárselo en el bolsillo.

—Creo que más bien quería asegurarse de que ganara otra persona.

Estaba frente a la puerta y el corazón me iba a mil por hora. Estas semanas habían sido horribles. Me daba la sensación de que habían transcurrido a paso de tortuga. Se suponía que hoy cruzaría la línea de meta, pero, en lugar de eso, me veía de nuevo en el punto de partida.

Esta mañana tenía intención de firmar los documentos legales del The Countess y oficializarlo todo antes de relajarme y meditar mis próximos pasos. Le había dicho a mi abuelo que le daría una respuesta sobre lo de la costa oeste mañana, así que tenía que tomar decisiones bastante importantes. Después de los procedimientos del día anterior, había supuesto que tendría las ideas más claras, pero me sentía más confusa que nunca y necesitaba que el culpable me lo explicara a la cara.

Así que levanté el puño e inspiré hondo antes de llamar a la puerta de la habitación de Weston. Habían pasado ocho días desde que lo había visto por última vez en aquella sala de juntas. Su despacho había permanecido cerrado y a oscuras y no se lo veía por el hotel. De ser otra persona, habría pensado que se había marchado del edificio, pero lo conocía y, tras consultar las reservas, comprobé que anoche aún seguía allí.

Respiré de forma entrecortada y me obligué a llamar a la puerta con los nudillos. Mi corazón latía desbocado mientras aguardaba a que la puerta se abriera, y sentía la cabeza embotada: llena de cosas que no podía olvidar. Tenía tantas preguntas… Tras un par de minutos sin respuesta, volví a llamar, esta vez más fuerte. Mientras esperaba, las puertas del ascensor al final del pasillo se abrieron y un botones sacó un carro lleno de equipaje encaminándose hacia mí. Me saludó bajándose el sombrero.

—Buenas tardes, señorita Sterling.

—Llámame Sophia, por favor.

—De acuerdo. —Introdujo la tarjeta en la ranura de la puerta a dos habitaciones de distancia y metió dentro el equipaje. Al terminar, señaló la puerta frente a la que estaba yo.

—¿Busca al señor Lockwood?

—Sí.

El botones sacudió la cabeza.

—Creo que ha dejado la habitación hace un rato. Lo he visto con el equipaje en la recepción cuando he venido, a las nueve.

Sentí que se me paraba el corazón de golpe.

—Ah, vale.

Dado que ya no había razón para quedarme allí, dudé en si bajar a recepción y confirmar lo que me había dicho el botones, pero no estaba segura de poder contener las lágrimas si lo hacía. En lugar de eso, me dirigí al ascensor y pulsé el botón de mi planta. Ya eran pasadas las doce, así que técnicamente no estaría bebiendo por la mañana.

Tuve que hacer uso de toda la fuerza que tenía para caminar y salir del ascensor, pero, cuando lo hice, me tambaleé.

Parpadeé varias veces.

—¿Weston?

Estaba sentado en el suelo, apoyado contra la pared junto a la puerta de mi habitación, con la mirada gacha y el equipaje al lado. Al verme, se levantó.

El pulso se me disparó.

—¿Qué… qué haces aquí?

Estaba incluso peor que la última vez que nos habíamos visto. Tenía unas ojeras pronunciadas bajo los ojos enrojecidos y su tez morena se había tornado amarillenta. Se había dejado barba, pero no estaba ni recortada ni igualada. Parecía como si ni siquiera se hubiera preocupado de afeitarse. Y, aun así, estaba guapísimo.

—¿Podemos hablar?

Aunque había ido a buscarlo, mi mecanismo de autodefensa me hizo vacilar.

Él se percató y frunció el ceño.

—Por favor…

—Claro. —Asentí. Por el rabillo del ojo vi la cámara en la esquina del pasillo—. Vamos dentro.

Mientras abría la puerta, me sentí hecha un manojo de nervios. Necesitaba una copa como la que más y aquello me recordó algo. Me di la vuelta y miré a Weston a los ojos enrojecidos.

—¿Has estado… bebiendo?

Él negó con la cabeza.

—No. Me cuesta conciliar el sueño.

Volví a asentir, dejé el portátil y el bolso en la mesita auxiliar antes de sentarme en un extremo del sofá, al lado del sillón en el que suponía que Weston se sentaría. Sin embargo, él no pilló la indirecta y se sentó en el sofá, a mi lado.

Un minuto después, me cogió la mano.

—Te echo de menos. —Se le quebró la voz—. Te echo mucho de menos.

Noté aquel familiar sabor salado en la garganta, pero ya no me quedaban lágrimas que derramar.

Antes de que pudiera pensar siquiera en cómo responder, prosiguió:

—Siento haberte hecho daño y llevarte a dudar de lo mucho que me importas.

Sacudí la cabeza y miré nuestras manos.

—Tengo miedo, Weston. Me da miedo creerte.

—Lo sé, pero, por favor, dame otra oportunidad para demostrarte que puedo ser el hombre que te mereces. La he cagado. No volverá a pasar. Te lo prometo, Soph.

Me quedé callada un buen rato tratando de poner en orden las dudas y los sentimientos que se agolpaban en mi interior. Cuando por fin pude centrarme un poco, lo miré.

—¿Por qué pujaste un dólar?

En su mirada vi que no esperaba que yo lo supiera.

—Mi familia no merecía quedarse a cargo del hotel. Después de lo que mi abuelo le hizo al tuyo hace tantos años y lo que quería que yo te hiciera a ti, no lo merecía. Había que hacer las cosas bien de una vez por todas.

—Me parece muy noble por tu parte, pero ¿qué pasará cuando tu abuelo se entere?

Weston me miró a los ojos.

—Ya lo sabe. Fui a verlo para decírselo en persona el día después de entregar la puja y que te informasen de la victoria.

Abrí mucho los ojos.

—¿Y cómo fue?

La comisura de sus labios se crispó.

—No muy bien.

—¿Te despidió?

Él negó con la cabeza.

—No hizo falta. Dimití.

—Madre mía, Weston, ¿por qué lo hiciste? ¿Para demostrarme tu lealtad?

—No fue solo por eso. Tenía que hacerlo por mí mismo, Soph. Se veía venir. Esto ha sido la gota que ha colmado el vaso. Me di cuenta de que mi familia tuvo mucho que ver con mis problemas con el alcohol. Bebía porque no me gustaba cómo era. Y aquello empezó por cómo me hacían sentir. Me he pasado casi toda la vida intentando demostrar a mis padres y a mi abuelo que soy más que una pieza de repuesto. Por fin me he dado cuenta de que la única persona a quien tengo que demostrarle algo es a mí mismo.

No sabía qué decir.

—Parece que has hecho un buen examen de conciencia esta semana.

—Así es.

—¿Y ahora qué vas a hacer? Como ya no tienes trabajo con los Lockwood…

Él se encogió de hombros y esbozó una leve sonrisa burlona.

—Pues no lo sé. ¿Hay algún puesto libre en Sterling Hospitality?

Lo miré a los ojos. Me había hecho mucho daño, sí, pero me dolía más estar lejos de él. ¿Me la estaría jugando si le daba otra oportunidad? Tal vez. En esta vida no había nada seguro. Bueno, excepto que me sentiría fatal si no me arriesgaba y no volvía a intentarlo con él. Weston se había lanzado por un precipicio a lo loco y quizás, si yo también lo hacía, aprenderíamos a volar juntos.

—Ahora que lo dices... —Inspiré hondo y me quedé oscilando en el borde de aquel precipicio imaginario—. Hay un puesto en este hotel para el que creo que serías perfecto.

Weston alzó una ceja.

—¿No me digas? ¿Cuál?

—Estarías por debajo de mí.

Sus ojos brillaron, esperanzados.

—¿Debajo de ti? No me importaría.

—Y tendrías que echar muchas horas.

Curvó la comisura de los labios muy ligeramente.

—No supone un problema, tengo bastante aguante.

Alcé un dedo y me di toquecitos en el labio, como si estuviera valorándolo.

—La verdad es que no sé si serías el mejor candidato para el puesto. Hay otros a los que también tengo que valorar. ¿Te importa que te dé una respuesta más adelante?

—¿Otros candidatos... a estar debajo de ti?

No pude reprimir una sonrisilla engreída.

—Así es.

La chispa en los ojos de Weston se tornó una hoguera. Me tomó por sorpresa cuando se inclinó hacia delante, pegó el hombro a mi pecho para levantarme del sofá, al más puro estilo de los bomberos. Con un solo movimiento me había levantado, me había puesto boca arriba y me había tumbado en el sofá de golpe.

Weston se cernió sobre mí.

—Creo que tienes razón —respondió—. Puede que un puesto por debajo de ti no encaje mucho conmigo. ¿Tienes algo por encima? Me gusta demasiado ejercer el control y creo que en ese departamento me iría mejor.

Me reí.

—No, lo siento, ese departamento está lleno.

—Yo sí que te voy a llenar.

Joder, lo había echado muchísimo de menos. Le acuné la mejilla.

—Me da en la nariz que podrías hacer un buen trabajo. Deja que me lo piense. Tal vez sí que pueda encontrarte el puesto perfecto.

—Yo ya sé cual es, preciosa. —Me apartó un mechón de pelo de la cara—. Dentro de ti. Donde pertenezco. ¿Cómo solicito ese puesto?

Sonreí.

—Estoy casi segura de que ese puesto ya lo tiene, señor Lockwood. Se coló dentro hace mucho tiempo, solo que a mí me daba demasiado miedo admitirlo.

Weston me miró a los ojos fijamente.

—¿En serio?

Asentí.

—En serio.

—Te quiero, Soph. No te volveré a decepcionar.

Sonreí.

—Yo también te quiero, y mira que eres un quebradero de cabeza.

Weston rozó sus labios con los míos.

Sentí como si mi pecho por fin estuviese entero, aunque todavía me picaba la curiosidad con un asunto.

—¿Qué habrías pujado realmente?

—¿Para el The Countess?

Asentí.

—Tasé el hotel por algo menos de cien millones, así que habría ofrecido dos para el porcentaje minoritario. ¿Por?

Sonreí.

—Mi oferta fue dos millones cien mil. Habría ganado de todas formas.

Weston soltó una carcajada.

—¿Tanto te importa?

—Pues claro. Te habría ganado con todas las de la ley. Ahora me las puedo dar de prepotente en vez de pensar que me has dejado ganar.

Él sonrió de nuevo.

—¿Te las vas a dar de prepotente?

—Cada vez que pueda.

—¿Sabes? Ahora estoy en modo suplicante, pero al final me acabaré cansando de que me lo restriegues. No me gusta perder. Pero no pasa nada. Eres la única con quien quiero pelear y arreglar las cosas. Veo un futuro plagado de peleas y polvos.

Puse los ojos en blanco.

—Qué romántico eres.

—Pues sí, soy Don Romántico. Tienes una suerte…

# Epílogo

## *Weston*

*Dieciocho meses después*

—¡Pase!

La puerta de mi despacho se abrió y un rostro que no esperaba encontrar me sonrió.

Louis Canter miró a su alrededor.

—Bueno, mírate, qué aspecto más rudo.

El mobiliario de mi despacho consistía en una triste mesa plegable, una solitaria silla de metal y tres cartones de leche que había usado para construir diferentes compartimentos para los archivos. Una solitaria bombilla colgaba del techo con un cable largo y naranja. Conseguir que el despacho estuviese presentable no estaba en lo alto de mi lista de prioridades.

Me levanté y rodeé el escritorio para saludarlo. Mientras nos estrechábamos la mano, le dije, bromeando:

—¿Qué, de visita por los barrios bajos? Ya sabes que la única vista al parque en este hotel es la de la calle de enfrente, donde puedes pillar *crack* barato, barato.

Se rio entre dientes.

—Las obras en el vestíbulo van bien. Me recuerda mucho a mis días mozos cuando empecé a trabajar en el The Countess.

—No me preguntes por qué, pero no creo que Grace tuviera que pagar a los vagabundos para que dejaran de mear en la entrada.

—Tal vez no. Pero el ambiente es el mismo. Ese alboroto cuando entras por la puerta principal: los obreros tratando de dar los últimos retoques, empleados nuevos correteando de aquí para allá para que todo esté a punto para cuando lleguen los primeros huéspedes. Te das cuenta de que está a punto de suceder algo especial.

Sonreí. Pensaba que solo yo lo notaba. Seis semanas después de que la familia Sterling se hubiese hecho con el control del The Countess, iba de camino a visitar al señor Thorne cuando me percaté de la señal de Se vende en la ventana de un hotel cerrado. La agente inmobiliaria resultó estar dentro, así que me detuve un momento. Mientras ella hablaba por el móvil, yo eché un vistazo. El sitio estaba plagado de telarañas y completamente abandonado. Pero el cartel que había encima de lo que solía ser el mostrador de recepción me llamó la atención. «Hotel Caroline». En ese momento, supe que mi vida estaba a punto de cambiar.

El edificio llevaba cinco años cerrado. Luego me enteré de que el hotel había cerrado justo una semana después de que falleciera mi hermana. Yo nunca había sido de los que creían en el destino, pero me gustaba pensar que mi hermana me guio aquel día y que me mandó aquella señal porque ya era hora de ponerme serio y echarle un par. Ahora mismo, este no era el mejor de los barrios, pero era prometedor (lo único que me podía permitir) y tenía fe en la zona. Y más importante aún, tenía fe en mí. Por fin.

Un mes después de entrar en el Hotel Caroline, un día que resultó coincidir con mi trigésimo cumpleaños, entregué un cheque de casi cinco millones de dólares a cambio de las escrituras de un hotel prácticamente en ruinas. Fue la primera vez que toqué un solo centavo de la cuenta que me abrió mi abuelo como compensación por ser un saco de órganos de repuesto para mi hermana.

Como cortesía, aquella tarde llamé a mi abuelo y a mi padre para decirles que yo me iba por mi cuenta. Ninguno de los dos había superado todavía lo que había hecho con el The Countess. Pero en ese momento sentí que debía decírselo.

Ninguno me deseó buena suerte. Tampoco intentaron decirme que estaba cometiendo un error. Para ser sinceros, les importaba una mierda lo que hiciera. Y eso sin mencionar que ninguno se acordó de que era mi cumpleaños. «Hasta nunca. Cierre la puerta al salir».

Ese mismo día fui a ver a Sophia por la noche y celebré la libertad exactamente como me gustaba: con una buena pelea con mi chica. Se había enfadado porque no le había mencionado ninguno de mis planes hasta que ya fue demasiado tarde. Había comprado un hotel destartalado y básicamente me había despedido de mi familia sin haberle dicho ni mu.

Incluso a día de hoy sigo sin saber muy bien por qué lo hice. Quizás tenía miedo de que intentara evitarlo o, tal vez, fuera algo que necesitaba hacer solo. Sea como sea, no le hizo mucha gracia que la dejara de lado. Aunque me acabó perdonando cuando le provoqué tres orgasmos.

—¿Y qué te trae por aquí, Louis? —pregunté—. ¿Sigue todo listo en el The Countess para esta noche?

—Todo está perfecto. Los de mantenimiento empezaron a organizarlo en cuanto Sophia se marchó al aeropuerto ayer. Estará todo preparado para cuando llegues esta noche.

—Genial. Gracias.

Louis tenía una bolsita marrón de papel en la mano. Me la entregó.

—Puede que esto también te guste. Lo he encontrado en una de las cajas que sacamos del almacén.

Arrugué el ceño.

—¿Qué es?

—Un regalo que le di a Grace en la Navidad de 1961. Me había olvidado de él. Pero míralo. Pensé que iría como anillo al dedo para esta noche.

Dentro de la bolsita de papel había un adorno de cristal envuelto en papel de periódico antiguo. Al principio no sabía si venía a cuento, pero cuando lo giré y leí lo que estaba pintado al otro lado, levanté la mirada.

—Me cago en la puta.

Louis sonrió.

—La vida es un círculo enorme, ¿verdad? A veces creemos haber llegado al final, y luego reparamos en que solo hemos vuelto al punto de partida. Buena suerte esta noche, hijo.

## *Sophia*

Sonriendo, desde las escaleras mecánicas del aeropuerto vi cómo Weston inspeccionaba la muchedumbre en mi busca. Aunque no fuera el hombre más alto, destacaba. Desprendía magnetismo. Sí, era alto, misterioso y guapo; eso por descontado. Pero no era eso lo que lo diferenciaba de los demás, sino su manera de moverse: con los pies firmes en el suelo, la barbilla bien alta y un brillo travieso en los ojos que combinaba con la sonrisilla engreída que siempre parecía tener en los labios. Ahí estaba, en la zona de recogida de equipajes, con un ramo de flores en la mano, y estaba segura de que los corazones de algunas mujeres cercanas latían a toda velocidad ante aquella escena.

En mitad de las escaleras, me divisó, y su sonrisilla se transformó de golpe en otra de oreja a oreja. Llevábamos juntos más de año medio, y había transcurrido casi uno entero desde que nos habíamos lanzado a vivir juntos, pero aun así su sonrisa seductora seguía derritiéndome por dentro. Se abrió camino a través de la zona de llegadas hacia las escaleras mecánicas sin apartar la vista de mí ni un segundo.

—¿Qué haces aquí? —pregunté sonriendo mientras bajaba por las escaleras.

Weston agarró mi maleta, me envolvió la cintura con un brazo y me estrechó contra él.

—Me moría de ganas de verte.

Me besó como si no me hubiera visto en un mes entero, aunque había salido para visitar a mi abuelo ayer por la mañana.

—Bueno, pues ha sido una sorpresa bonita. Gracias por recogerme.

Al salir del aeropuerto, me abroché el abrigo.

—Cómo se nota que ya no estoy en Florida.

—Sí, se supone que mañana nevará.

—¿Síííí? Sería fabuloso. Espero que aguante para Navidad, así estará todo blanco.

—Preciosa, si mañana nieva y sigue así durante dos semanas, no van a ser unas navidades blancas, sino más bien grises y asquerosas.

Puse un puchero.

—No me arruines mi sueño porque odies las navidades.

—No las odio.

—Vale. ¿Entonces podemos decorar a mansalva el apartamento este fin de semana?

—Sí, claro.

Sabía que estas fechas eran duras para Weston, porque decorar le recordaba a Caroline. Pero este año yo quería hacer algo más que el anterior, que había sido un poco triste.

Durante el trayecto a la ciudad, le conté a Weston cómo había ido el viaje. Él me puso al día sobre el Hotel Caroline, que abriría sus puertas justo después de Nochevieja. Como parecía de buen humor, pensé que sería buena idea abordar otra conversación pendiente.

—Esto… mi abuela va a cumplir ochenta años el mes que viene. Mi abuelo le va a organizar una fiesta sorpresa en Florida.

Weston me miró.

—Ah, ¿sí? Qué detalle.

—He pensado que a lo mejor podríamos ir.

—¿Los dos?

—Sí, los dos.

—Quieres que vaya a una fiesta con tu familia.

Asentí.

—Sí.

—¿Qué crees que dirá tu abuelo sobre eso?

—Ya se lo he mencionado y… está aceptándolo. —Era verdad. Bueno, en parte. Al menos esta vez no había dicho «por encima de mi cadáver» cuando le propuse que conociera al hombre con el que vivo. Me lo tomaba como un avance.

Weston tamborileó los dedos en el volante.

—Si eso es lo que quieres, iré.

Abrí mucho los ojos.

—¿De verdad?

—Es importante para ti, ¿no?

—Sí. Sé que mi abuelo te adorará en cuanto te conozca.

Weston sacudió la cabeza.

—¿Por qué no bajamos el listón un poquito para evitar decepciones después, nena?

Sonreí.

—Vale.

Después de atravesar el túnel, Weston giró a la derecha en vez de a la izquierda.

—¿No vamos a casa?

—Tengo que parar en el The Countess primero.

—¿Y eso?

—Eh… Me equivoqué y me han entregado allí un paquete. Lo pedí con tu cuenta de Prime y no me fijé en que la última dirección que aparecía era la del hotel.

Bostecé.

—Estoy cansada. ¿Es importante? Puedo traértelo a casa mañana cuando termine de trabajar.

—Sí que es importante.

—¿Qué es?

Se quedó en silencio un minuto.

—Nada que te interese. Con eso es suficiente.

Sonreí.

—Es mi regalo de Navidad, ¿verdad?

Nos detuvimos a una manzana del The Countess y Weston aparcó. Se desabrochó el cinturón e hizo amago de bajarse del coche.

—Yo te espero aquí —le dije.

—No.

—¿A qué te refieres con «no»? ¿Por qué no puedo esperarte aquí?

Weston se pasó una mano por el pelo.

—Porque el paquete está en tu despacho, y yo no tengo la llave.

Rebusqué dentro del bolso, que había dejado en el suelo.

—Ah. Toma mis llaves.

Weston resopló.

—Tú ven conmigo y ya está.

—Pero estoy cansada.

—No tardaremos más de un minuto.

Ahora fui yo quien resopló.

—Está bien. Pero a veces eres un pesado de mucho cuidado, ¿lo sabías?

Él gruñó algo mientras bajaba del coche y luego corrió a abrirme la puerta. Cuando me tomó de la mano para ayudarme a salir, noté que la tenía sudada.

—No sabía que tu volante tuviera calefacción integrada.

—Y no tiene.

—Entonces, ¿por qué te sudan tanto las manos?

Weston torció el gesto y tiró de mí para que empezase a andar. En la entrada del The Countess, le indicó al botones que no se preocupara con un gesto desdeñoso de la mano, y me abrió la puerta él mismo. Se le había agriado el humor en un santiamén.

Dentro, di cuatro o cinco pasos antes de detenerme. Parpadeé varias veces, confundida.

—¿Qué... qué es esto?

—¿A ti qué te parece?

—A mí me parece el árbol de Navidad más grande que he visto nunca.

Weston me animó a que me acercara. Nos detuvimos a unos cuantos pasos frente al gigantesco abeto balsámico y levanté la mirada. Era inmenso, y lo habían colocado entre las dos escaleras curvas que conducían a la primera planta. Casi tocaba el techo del primer piso. Debía de medir unos diez metros y hacía que todo el vestíbulo oliera a Navidad.

—¿Te gusta? —me preguntó.

Sacudí la cabeza.

—Me encanta. ¡Es enorme!

Weston me guiñó un ojo y se inclinó hacia mí.

—Eso ya lo he oído antes.

Me reí.

—En serio, no puedo creer que hayas hecho esto.

Len, del departamento de mantenimiento, se nos aproximó. Tenía un alargador en la mano y un enchufe en la otra. Miró a Weston.

—¿Preparado?

Weston asintió.

—Como nunca antes.

Len conectó los cables y el árbol se iluminó con luces blancas. Ni siquiera iba a intentar adivinar cuántos miles de luces debía de haber por toda su extensión. Unos cuantos segundos después, empezó a titilar. Era absolutamente mágico. Y me había quedado tan ensimismada que ni siquiera me percaté de que Weston se había movido. Pero, cuando lo hice, el mundo pareció detenerse de golpe.

Todo pareció desaparecer salvo el hombre arrodillado frente a mí.

Me cubrí la boca con las manos y al instante los ojos se me anegaron en lágrimas.

—¡Madre mía, Weston! ¡Y yo que no quería salir del coche!

Se rio entre dientes.

—Evidentemente, eso ha sido improvisado, pero muy acorde a nosotros, ¿no crees? Hemos tenido que discutir justo antes de enseñarte esto. No seríamos nosotros si todo fueran sonrisas y rosas.

Negué con la cabeza.

—Tienes razón.

Weston respiró hondo y noté cómo su pecho se inflaba y deshinchaba. Me tomó de la mano y por fin entendí por qué le sudaban. Mi chico arrogante estaba nervioso. Me llevé la otra mano al pecho, justo encima de mi corazón acelerado. «Él no es el único que está nervioso».

Weston carraspeó.

—Sophia Rose Sterling, antes de conocerte no tenía propósito alguno en la vida. No mucho después de que entraras en ella, me di cuenta de que la razón por la que iba sin rumbo era porque tú aún no me habías encontrado. Mi propósito en la vida es quererte. En el fondo, lo he sabido desde el momento en que pusimos un pie en este sitio. Aunque no lo entendí entonces. Tardé un poco en comprender que el amor no tiene por qué tener sentido; solo debe hacernos felices. Y tú lo haces. Tú me haces el hombre más feliz del mundo, Soph. Más que nunca. Quiero pasar el resto de mi vida peleándome contigo solo para hacer las paces después. Y quiero que el resto de mi vida comience hoy. Así que, ¿me harás el honor de casarte conmigo, porque… «no desearía en el mundo a otro compañero sino a ti»?

Las lágrimas caían como un torrente por mis mejillas. No sé por qué, pero me arrodillé y pegué mi frente a la suya.

—¿Cómo puedo decirte que no cuando por fin has citado bien a Shakespeare? ¡Sí! ¡Sí! Me casaré contigo.

Weston me puso en el dedo el diamante más bonito de corte cojín que había visto nunca. Las numerosas luces que iluminaban el árbol sobre nosotros palidecían en comparación con su brillo.

Muy fiel a su estilo, Weston me rodeó la nuca con una mano y apretó antes de estrellar mis labios contra los suyos.

—Perfecto. Y ahora cállate y dame esa boca.

Me besó en mitad del vestíbulo, delante del grandísimo árbol de Navidad, con ahínco e intensidad. Cuando por fin nos separamos para respirar, oí a la gente aplaudir. Tardé unos cuantos segundos en caer en la cuenta de que estaban aplaudiendo por nosotros. La gente no había perdido detalle de la proposición. Enfoqué la vista a la vez que echaba un vistazo a nuestro alrededor.

«¡Ay, madre! El señor Thorne está aquí».

«Y... esa...». Parpadeé varias veces.

—¿Esa es...?

Weston sonrió.

—Scarlett. Sí. La hice venir anoche para pedirle tu mano. Supuse que no tendría tanta suerte con tu padre, y, de todas formas, valoras más su opinión que la de él.

Seguíamos arrodillados en el suelo, así que Weston me ayudó a ponerme en pie. Scarlett y el señor Thorne nos dieron la enhorabuena, al igual que muchos otros empleados.

Levanté la vista hacia Weston, todavía sin creérmelo.

—No puedo creer que hayas preparado todo esto. ¿Recuerdas la historia que te conté sobre la última vez que se puso el árbol en este vestíbulo?

—Sí —respondió—. Los tres decoraban el árbol juntos, justo en este mismo lugar. Grace siempre albergó la esperanza de que nuestros abuelos entraran en razón algún día y que todos pudieran ser amigos de nuevo y volver a repetirlo. Pero eso nunca ocurrió, así que no volvió a poner el árbol. Por eso lo he hecho. Nuestros abuelos son demasiado cabezotas como para entrar en razón, pero creo que Grace Copeland se alegraría de ver que los Sterling y los Lockwood por fin han enterrado el hacha de guerra.

Sonreí.

—Pues sí, seguro.

Weston hundió la mano en el bolsillo del abrigo.

—Ay, casi se me olvida. Ordené que colgaran las luces para que estuviese bonito cuando lo vieras, pero vamos a decorarlo juntos. Igual que hacían ellos. Hay unas veintitantas cajas llenas de adornos detrás del árbol. Pero tienes que colgar este primero.

—¿Sí?

Desenvolvió una bola de cristal de un trozo de papel de periódico y me la tendió.

—Louis se la regaló a Grace por Navidad y ayer la encontró en el almacén. Si me quedaba alguna duda de que pedirte matrimonio delante de este árbol era la mejor decisión, este adorno me confirmó que era cosa del destino.

Bajé la mirada a la bolita de Navidad, que estaba personalizada, igual que sucede con muchos otros adornos que se compran hoy en día. Había tres figuritas pintadas en plata y cogidas de las manos, las dos de los extremos ligeramente más grandes que la de en medio, y, por debajo, rezaban sus apellidos:

Sterling – Copeland – Lockwood
Para siempre

—Esos somos nosotros y Grace Copeland nos ha reunido, Soph.

—¡Madre mía! ¡Tienes razón!

Weston se inclinó y rozó mis labios con los suyos.

—Pues claro que la tengo. Como siempre.

Colgué el adorno en el árbol y le rodeé el cuello con los brazos.

—¿Sabes? No me gusta el anillo que has escogido y creo que podrías haber sido un poquitín más creativo con la pedida. Ah y el árbol… es muy cutre.

Weston abrió los ojos como platos.

—Espero que no lo digas en serio.

—Pues sí. —Traté de ocultar la sonrisita, pero fracasé—. Tal vez debamos discutirlo luego cuando lleguemos a casa.

Los ojos de mi prometido se oscurecieron.

—¿Por qué esperar tanto? Nos vemos en la lavandería dentro de cinco minutos…

# Agradecimientos

Gracias a vosotros, los lectores. Gracias por dejarme formar parte de vuestras aventuras literarias. Parece que últimamente la vida se ha puesto patas arriba y me alegra ofreceros una pequeña vía de escape. Espero que hayáis disfrutado de la historia de *enemies to lovers* de Weston y Sophia y que volváis para conocer a los siguientes.

A Penelope: los últimos años han sido una aventura increíble y loca, y no preferiría vivirla con nadie más.

A Cheri: gracias por apoyarme siempre y por mantener el secreto mi edad ;) Los libros nos han unido, pero nuestra amistad durará para siempre.

A Julie: gracias por tu amistad y tus conocimientos.

A Luna: han cambiado muchas cosas en un año y me ha encantado ser testigo de ello. Gracias por tu amistad.

A mi maravilloso grupo de lectoras de Facebook, Vi's Violets: no hay mejor regalo que 17 000 mujeres inteligentes a las que les encanta hablar de libros. Gracias por formar parte de este viaje tan loco.

A Sommer: esta es mi favorita. Sé que siempre lo digo, pero esta vez es verdad… ¡hasta que te superes con la siguiente! Gracias por otra cubierta tan increíble.

A mi agente y amiga, Kimberly Brower: gracias por estar siempre ahí. Cada año supone una oportunidad nueva contigo. ¡Estoy deseando ver lo que se te pasa por esa cabeza!

A Jessica, Elaine y Julie: ¡gracias por pulir la novela y dejarla resplandeciente!

A Eda: ¡gracias por tu ayuda y por la información!

A todos los blogueros: gracias por animar a la gente a darme una oportunidad. Sin vosotros no habría nadie a quien dar las gracias.

Os quiero,
Vi

Chic Editorial te agradece la atención dedicada a
*Rivales,* de Vi Keeland.
Esperamos que hayas disfrutado de la lectura
y te invitamos a visitarnos
en www.chiceditorial.com,
donde encontrarás más información
sobre nuestras publicaciones.

Si lo deseas, también puedes seguirnos
a través de Facebook, Twitter o Instagram
utilizando tu teléfono móvil
para leer los siguientes códigos QR: